U0133492

满族口头遗产传统说部丛书

爱新觉罗的
故事

石克特立·盈儿

毓嶦 讲述

德甄 整理

吉林人民出版社

图书在版编目（CIP）数据

爱新觉罗的故事 / 石克特立·盈儿，毓嶦讲述；德
甄整理 . —— 长春：吉林人民出版社，2019.5
（满族口头遗产传统说部丛书）
ISBN 978-7-206-16923-6

Ⅰ . ①爱… Ⅱ . ①石… ②毓… ③德… Ⅲ . ①满族—
民间故事—中国 Ⅳ . ① I277.3

中国版本图书馆 CIP 数据核字（2019）第 293974 号

出 品 人：常　宏
产品总监：赵　岩
统　　筹：陆　雨　李相梅
责任编辑：姜　雪　孟广霞　李相梅
装帧设计：赵　谦

爱新觉罗的故事
AIXINJUELUO DE GUSHI

讲　　述：石克特立·盈儿　毓嶦　　整　理：德　甄
出版发行：吉林人民出版社（长春市人民大街 7548 号　邮政编码：130022）
咨询电话：0431-85378007
印　　刷：吉林省优视印务有限公司
开　　本：720mm×1000mm　　　1/16
印　　张：14.5　　　　字　　数：250 千字
标准书号：ISBN 978-7-206-16923-6
版　　次：2019 年 5 月第 1 版　　印　　次：2019 年 5 月第 1 次印刷
定　　价：45.00 元

如发现印装质量问题，影响阅读，请与出版社联系调换。

出 版 说 明

　　满族口头遗产传统说部是具有较高社会价值和文化价值的满族文化的百科全书。整理发掘满族说部的项目工作被文化部列为中国民族民间文化保护工作试点项目，并被国务院批准列入第一批国家级非物质文化遗产名录。

　　"满族口头遗产传统说部丛书"是千百年来满族各氏族对祖先英雄事迹和生存经验的传述，一代一代口耳相传，保留下来的珍贵的满族遗存资料。经过近三十年抢救整理，从二〇〇七年到二〇一七年的十年间，根据整理文本的先后，我社分四次陆续出版了五十部说部和三本研究专著。此套丛书无论从社会价值和文化价值来看，都是一套极具资料性、科研性和阅读性融为一体的满族文化的百科全书。

　　此次出版对以下两个方面做了调整：

　　一、在听取各方专家建议的基础上，对原丛书进行了筛选，选取最有价值、最有代表性的四十三部说部，删去原版本中与文本关系不紧密的彩插，对文本做了大幅的编辑校订，统一采用章回体表述方式，并按照内容分为讲述萨满史诗的"窝车库乌勒本"、讲述家族内英雄人物的"包衣乌勒本"、讲述英雄和历史人物的"巴图鲁乌勒本"、讲述说唱故事的"给孙乌春乌勒本"等，突出了说部的版本特色。

　　二、保留研究专著《满族说部乌勒本概论》，作为本丛书的引领，新增考古发掘的图片和口述整理的手稿彩色影印件。

　　特此说明。

吉林人民出版社

编 委 会

序

任何民族的文学都包括两大部分。一是个人用文字创作的、以书面传播的文学，一是民间集体口头创作的、口口相传的文学。后一部分文学是前一部分文学的源头，是根性的文学。中国作为东方文明的古国，口头文学的历史去之遥远。就像西方文学始于古希腊罗马的神话故事，我国文学史上第一部作品是《诗经》，即民间口头文学集，这表明口头文学是一个民族文学的源头。在漫长的历史中，这两部分文学一直同根并存，相互滋育，各自发展，共同构成一个民族文化与精神的极为重要的支撑。

中华民族有着巨大文学想象力和原创力。数千年间，各族人民以口头文学作为自己精神理想和生活情感最喜爱和最擅长的表达方式，创作出海量和样式纷繁的民间文学。口头文学包括史诗、神话、故事、传说、歌谣、谚语、谜语、笑话、俗语等。数千年来，像缤纷灿烂的花覆盖山河大地；如同一种神奇的文化的空气在我们的生活中无所不在；且代代相传，口口相传，直到今天。

我们的一代代先人就用这种文学方式来传承精神，表达爱憎，教育后代，传播知识，娱悦生活，抚慰心灵；农谚指导我们生产，故事教给我们做人，神话传说是节日的精神核心，史诗记录文字诞生前民族史的源头。它最鲜明和最直接地表现中华民族的精神向往、人间追求、道德准则和价值取向。中国人的气质、智慧、审美、灵气、想象力和创造力，充分彰显在这种口头的文学创造中。

这种无形地流动在民众口头间的口头文学，本来就是生生灭灭的。在社会转型期间，很容易被忽略，从而流失。

特别是在这个现代化、城市化飞速推进的信息时代，前一个历史阶段的文明必定要瓦解。口头文学是最脆弱、最易消亡。一个传说不管多么美丽，只要没人再说，转瞬即逝，而且消失得不知不觉和无影无踪，所以联合国教科文组织把口头传统和表现形式，包括作为非物质文化遗产媒介的语言列为非物质文化遗产之一。

在中国，有史诗留存的民族并不很多，此前发现的有藏族史诗《格萨尔王传》、蒙古族史诗《江格尔》、柯尔克孜族史诗《玛纳斯》、苗族史诗《亚鲁王》。作为满族民族历史和文化传统的重要载体——"说部"，是满族及其先民世代相传的极其宝贵的精神财富。它最初用"乌勒本"（满语 ulabun，为传或传记之意）指称，后受汉文化影响，改称为"说部"或"满族书""英雄传"。说部最初用满语讲述，至清末满语渐废，改用汉语并夹杂一些满语讲述。在漫长的历史进程中，满族各氏族都凝结和积累了精彩的"乌勒本"传本，如数家珍，口耳相传，代代承袭，保有民族的、地域的、传统的、原生的形态，从未形成完整的文本，是民间的口碑文学。"满族说部迥异于其他文类，不仅涵盖了口头传统，也吸纳了民俗学中多种民间文艺样式，包容性极强。"

我以为，对于无形地保留在人们记忆与口口相传中的口头文学，抢救比研究更重要。它是当下"非遗"工作的重中之重，要清醒地认识到文化和文明于人类的意义。当社会过于功利的时候，文化良知就要成为强音，专家学者要在抢救非物质文化遗产中勇于承担责任，走进民间帮助艺人传承与弘扬民间艺术，这也是知识分子的时代担当。

让人感到欣喜的是，经过吉林省的专家学者近三十年的抢救、发掘和整理，在保持满族传统说部的原创性、科学性、真实性，保持讲述人的讲述风格、特点，保持口述史的原汁原味的基础上，将巨量的无形的动态的口头存在，转化为确定的文本。作为"人类表达文化之根"的满族说部，受东北地域与多族群文化的影响，内容庞杂，传承至今已逾千万字。此次出版的《满族口头遗产传统说部丛书》为四十三部说部和一本概论。"说部"分为讲述萨满史诗的"窝车库乌勒本"、讲述家族内英雄人物的"包衣乌勒本"、讲述英雄和历史人物的"巴图鲁乌勒本"、讲述说唱故事的"给孙乌春乌勒本"四大部分。概论作为全套丛书的引领，从学术研究的角度对乌勒本产生的历史渊源、民族文化融合对其的影响、发展和抢救历程等多方面深入思考。

多年来"非遗"的抢救、保护、研究和弘扬，已取得卓越的成就。但未来的路途依然艰辛漫长，要做的事情无穷无尽。像口头文学这样的文化遗产的整理和出版，无法立即带来什么经济利益，反而需要巨大的投资和默默无闻的付出，能在这个物质时代坚守下来，格外困难。

文化传统和传统文化不是一个概念，我们的终极目的不是保护传统文化，而是传承文化传统。传统文化是固定的、已有既定形态的东西。我们所以要保护它，是因为这些文化里的精神在新时代应以传承，让我们的文化身份不会在国际资本背景下慢慢失落。

现在常把文化自觉与文化自信并提，这两个概念密切相关同时又有各自的内涵。文化自觉是真正认识到文化的重要性和自觉地承担；文化自信的关键是确实懂得中华文化所具有的高度和在人类文明中的价值。否则自信由何而来？

对传统文化的抢救与整理，不仅是为了传承，更为了弘扬。我们的民族渴望复兴，复兴的重要精神支撑在我们的传统和文化里，让我们担负起历史使命，让传统与文化为民族的伟大复兴发挥它无穷的力量。

冯骥才

二〇一九年五月

目 录

序　言

　　《爱新觉罗的故事》初稿曾征求过我的意见，我是读者中头一份。

　　整理者德甄在我们爱新觉罗家族晚辈中是位勤奋刻苦、聪慧思辨、过目不忘的佼佼者，是位孝顺懂事的贤侄女。

　　她通过多年收集、整理家族中口耳相承的故事和祖辈沿袭的习俗，用平实质朴的语言、细腻幽默的文笔，透过一个个小故事重拾在岁月里流逝的记忆和念想。"黄金肉""喝酸梅汤""四眼雍正""一亩三分地""二十五宝"等，叙说了她从小耳闻目睹而外人不知甚解的家族历史故事，内容丰富，趣味十足。

　　《爱新觉罗的故事》字里行间透露出多元一体的中华民族形成的伟大历史进程。

　　兹值出版之际乐为之序以申贺忱。

爱新觉罗·毓嶦

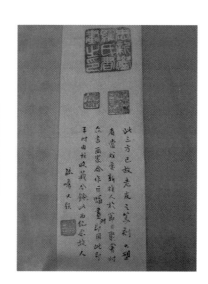

爱新觉罗族人多书画家，每当作大型画时多盖此三印

爱新觉罗的故事传承概述

爱新觉罗·德甄

在《爱新觉罗的故事》面世之际，有必要阐述爱新觉罗的故事传承概况。

"讲古"是流传于满族各大家族内部，讲述本民族特别是本宗族历史故事的习俗。有谚曰："老的不讲古，小的失了谱。"讲古在满族人家的日常生活中便是进行民族教育、英雄主义教育和历史文化教育的重要手段。

听我父亲德来银讲：我们家族是清圣祖康熙帝第十三子胤祥的后裔。雍正皇帝胤禛在胤祥的《交辉园遗稿》题词上说："朕弟怡贤亲王，天资高卓，颖悟绝伦。如礼乐射御书数之属，一经肄习，无不精妙入神，为人所莫及。"可见允祥（胤禛即位后，兄弟们把"胤"字改成"允"字）的文笔漂亮与雍正帝对他才气的佩服。胤禛继承皇位后便任命允祥为总理事务大臣，同日晋升为和硕亲王。雍正朝时，允祥帮助四哥雍正帝清查国库；总管会考府、造办处、户部三库、户部，参与西北军事的运筹，办理外国传教士事务；又管领汉军侍卫，督领圆明园八旗守卫禁兵，养心殿监理制造，诸皇子事务等工作都一丝不苟，样样完成得很好。允祥去世时，胤禛帝真正感到断臂之痛，亲自到墓地祭奠。

道光五年我的直系祖先载垣袭爵怡亲王。

到了晚清同治时期，我们这一支就以德为姓，曾祖父德子龙喜欢传讲爱新觉罗家族的这些故事，并以此作为族教的重要内容。

德子龙时期，我们这一支从北京来到天津生活，他把这些故事传讲给我的爷爷德世昌。德世昌大部分时间在天津，后来又去了杭州，杭州有满营，那是满族的聚集地，很多满族风俗得以继承，包括满族讲古习俗。在天津、杭州我的奶奶石克特立·盈儿（一般人称她为德石氏）和我爷爷一起听讲这些故事，不久就耳熟能详了。

祖父德世昌一九三一年来到上海，这一年生下我父亲德来银。

一九四〇年冬祖父去世，父亲、二伯父德来友和祖母德石氏从上海到杭州住在伯父德玉芬家，一直到一九四九年上海解放，又回到上海生活。父亲德来银也喜欢传讲这些故事。

所以爱新觉罗家族中我们这一支自同治朝后，说古传承人世系是清楚的，即德子龙——德世昌、德石氏夫妇——德来银，传讲到我这里已经是第四代了。从我开始又恢复了爱新觉罗老姓。

我们爱新觉罗家族的故乡在辽宁省的现新宾满族自治县赫图阿拉一带，后来随着清朝入主中原到了北京。在北京，满族传讲家族历史故事的传统传承了下来，那时，家族中就喜讲老汗王（指努尔哈赤）和皇太极统一女真诸部为清朝奠定基础的故事，而且从努尔哈赤年轻时到长白山采人参遇虎的故事讲起，讲到皇太极在盛京（今沈阳市）郊区启发达海创制新满文的故事。虽然努尔哈赤是天命汗，皇太极是天聪汗，那个时代的故事都是女真人的故事，但努尔哈赤被敬为清太祖、皇太极被敬为清太宗，所以在满族人中，他俩的故事理所当然被视作清代的故事。至于皇太极的妃子庄妃——家族传讲人都喜称她为大玉儿，关于大玉儿的故事更为族人所津津乐道。族人还喜讲摄政王多尔衮与顺治帝最初统一中国的故事，和康熙帝、雍正帝、乾隆帝创造百年盛世的故事。那时，虽然我们爱新觉罗家族喜欢传讲这些故事，但具体讲述者由于时代久远，不可确考了。

在我童年的记忆里，奶奶石克特立·盈儿常常"说古"，她嘴里有数不尽的满族古朴而久远的故事。在那个动荡的"文革"年代，她也会毫无顾忌而自豪地讲述先祖克难履险、能征善战、疾恶如仇、知恩必报的故事。她尤其爱讲慈禧故事，慈禧细读《申报》使杨乃武与小白菜的冤案得以平反的故事使我记忆犹新。所以我奶奶也是满族说部的重要传承人，她给我讲的故事最多。石克特立·盈儿于一八九五年四月生于天津，一九七六年九月在上海逝世，一九八七年清明安葬于杭州市龙居寺陵园。

这些故事的另外一个来源是爱新觉罗·毓嶦家族。我的宗族叔父毓嶦先生是道光皇帝的后代，道光帝的皇六子恭亲王奕䜣是他的曾祖父。他祖父是载滢，父亲是溥伟，他们都居住在北京。毓嶦和溥仪共同生活了二十年。他自幼承家学，随父研习书法，是民主促进会会员，是我国当代久负盛名的书法家、诗人、学者、社会活动家。毓嶦也爱讲爱新觉罗家族的故事，作为家族教育的重要组成部分，如通过孝庄皇太后与顺治帝、康熙帝亲自种地的"一亩三分地"故事，告诫我们做人做事都要留有余地的道理；又如通过道光帝的曾孙溥儒宁可不要皇位也要他钟爱的书画、诗文而成为享誉全球书画大师的故事，告诫我们人生一定要懂得仁善无敌和看重自己诗心的道理。我的伯父德玉芬在杭州经常参加溥儒举办的书画展，常常赞叹溥儒的艺术高超精湛，为爱新觉罗家族有这样杰出的艺术家引以为豪。这充分体现了满族对艺术的珍爱，也说明说部是进行族教的生动形式。

在爱新觉罗·毓嶦和有关族人的支持下，近十年来我将他和奶奶等人讲述的爱新觉罗故事进行了文字整理，书稿得以最后完成。

现在的这本书是满族说部的一个结晶，满语称为"包衣乌勒本"，即家传、家史故事。这是满族说部的四大形式中最常见的一种样式（另有窝车库乌勒本，巴图鲁乌勒本和给孙乌春乌勒本，既神话、英雄传说和说唱故事）。这本书讲述了我们爱新觉罗家族的历史故事。虽然我们家族离开东北老家已有三百年光景，但从这本书中仍然可以看出满族人对自己故乡风土人情的留恋之情、自豪之情。这本书保持了满族说部的豪情大气与民族艺术的特色。

我常常被祖父辈们絮叨的爱新觉罗故事所感动，这本书是对先祖的一个纪念吧！

第一章　努尔哈赤黄金肉

满族关于"黄金肉"的传说很多，都源自努尔哈赤。

据说努尔哈赤年少时，家道衰落，流落到抚顺、辽阳一带谋生。在辽东总兵李成梁府上当伙计期间，凭着聪明伶俐的脑瓜，进了总兵府的厨房打杂儿。

这总兵府里的饮食异常讲究，每次进餐都要八菜一汤，而且每顿不得重样。有一天，总兵府厨房的大师傅生重病卧床在家，府中一时无人做饭做菜，几个女仆急得团团转，费了九牛二虎之力，才做出了七道菜。这最后一道菜她们怎么也做不出来了。在一旁烧火的伙计努尔哈赤自告奋勇地说："我来做第八道菜。"说着撸胳膊挽袖子就要做。"去去去，你还能做？"女仆们推搡着叫他一边待着去，说别给添乱。正在此时，府上来人催快开饭。情急之下，努尔哈赤顾不得与女仆们争辩，利用手头可以抓到的原料立马做了起来：他麻利地拿起菜刀"嚓嚓嚓"切了一堆肉片，又拿个鸡蛋在碗边"啪"的一声敲开蛋壳，滤出蛋清，将肉片与蛋清和在一起，抓一抓放在油中炸黄，再用酱和糖炒一炒调味……嗨，还真像大师傅的样哪！看得女仆们目瞪口呆。

当这盘看上去金黄油亮、品相不错的菜及时端上桌后，总兵大人一尝，觉得味道不错，特别好吃，便问谁做的，传上堂，要嘉奖他。努尔哈赤来了，总兵大人问他菜名，努尔哈赤灵机一动，答道："叫'黄金肉'。"总兵大人一听，菜名也好，就奖赏了他。原来努尔哈赤善于观察学习，平时在师傅做菜时总是悄悄学，所以在关键的时候能露一手。以后这"黄金肉"倒成了总兵大人府上的家常菜啦！

另有一个传说更有意思。

努尔哈赤年少时母亲病逝，继母不喜欢他，有志气的他就常常和八个哥们上长白山采人参去。

有一天，他们九人忙乎了一天也一无所获。天开始黑了，他们正准备回自己的地窨子休息，忽然刮过一阵大风，一只斑斓大虎从天而降横在他们面前。九个人一时慌了神，赶紧按满族习俗把自己的帽子扔给它，看它叼谁的帽子。大虎把每顶帽子都闻一闻、瞧一瞧，好像在寻思什么。九个人紧张得大气也不敢出。

不一会儿，大虎把努尔哈赤的帽子叼了起来，看着他们。努尔哈赤不慌不忙地站出来，从容地向大虎走去。到了跟前，那只老虎仍然没有动，另八个人吓得都闭上了眼睛，认为一场惨祸就要发生啦。努尔哈赤仍然镇定地站在大虎面前，忽然大虎伸出前腿，趴下了身子。努尔哈赤突然明白了，翻身骑上了虎背……只听得一阵狂风过后声息全无，八人睁开眼睛一看，眼前的老虎和努尔哈赤都不见啦！

八个人正在抹眼泪，忽见努尔哈赤笑呵呵地走到他们跟前，打开衣襟，摸出一个用苔藓包着的包裹，然后恭恭敬敬地向天单腿跪拜，接着打开苔藓包裹，呀！那八个人的眼睛都瞪得溜圆，原来他们看到一棵从来也没有看到过的大人参，约莫足有五两重呢！

"哎哟妈呀，这么大的棒槌①啊！""努尔哈赤你从哪儿弄来的？"大家伙儿议论纷纷。

努尔哈赤嘿嘿笑着说："这是在老虎驮我去的地方采集到的。那里有一片棒槌，我已经做好了记号，明天我们去采回来！"

八个人难以相信这是真的，但眼前的努尔哈赤可是真真切切的呀。

第二天，努尔哈赤把他们带到一片高岗地，那里果然有许多人参，喜得大伙儿手舞足蹈就要采。

努尔哈赤叮嘱他们："哎，二甲子（指只长出两片叶子的小人参）的小棒槌都不要采，咱今儿个单要六品叶（指已经长出六片叶子的大人参）的，痛快！"

"好嘞！"八人一片答应声，就忙开了。

过了晌午，六品叶的大人参都采集了，他们都用苔藓包好了，这时大伙儿才感觉饥肠辘辘。努尔哈赤说："今日不能再单吃小米饭了，我要打点野牲口慰劳慰劳大伙儿。"这时大家看出努尔哈赤不简单，是个有福之人，愿意听他的调遣。

不一会儿，努尔哈赤扛着一头公野猪回来了。满族猎谚称：一猪（野猪）、二熊、三虎。尤其是独单的公野猪最邪乎，它的皮滑，弓箭射不透，

---

① 棒槌：东北方言，指人参。

最喜欢和猎人拼命。现在努尔哈赤一个人不带狗就把一头大公野猪打回来啦，有人欢天喜地地说："有努尔哈赤，我们就有野猪肉吃。"八人一起动手，野猪收拾好了，在山上什么调料也没有，只能清水煮一煮。

正如谚语所说：饿了甜如蜜。大伙儿都饿了，虽然是清水煮白肉，这顿饭却吃得喷香直冒口水。吃完后，一抹嘴，有人说，这是努尔哈赤打来的野猪肉，太珍贵啦，就叫"努尔哈赤黄金肉"吧！

下山后，努尔哈赤带着大伙儿把大人参卖了，得了很多钱，成立了军民合一的八旗军，跟着努尔哈赤上山的那八个人，分别都当了八旗军的首领。从此，努尔哈赤就被他们敬为汗王了。

后来，两种"努尔哈赤黄金肉"都受到了满族人的珍视。

前一种"黄金肉"后来也叫作"软熘肉片"，颜色金黄，清香酥嫩，滋味醇美，营养丰富，是清宫名菜，每到大典盛会，在酒席宴上，第一道菜必上"黄金肉"。慈禧太后也对它念念不忘，经常要点这道菜品尝。她说：这是先祖赐予儿孙们的珍馐，切切不可忘记。

后一种"黄金肉"在满族萨满教中传承。满族祭祀祖先时，都要吃"黄金肉"，不过不是野猪肉，而是家养的黑色公猪肉。据说，那和努尔哈赤打的公野猪最像。"黄金肉"成为满族萨满教的阿莫逊①神肉。有清一代，北京故宫坤宁宫的萨满教祭礼中都有"黄金肉"。

吃"黄金肉"这个习俗后来流行于各地的满族人家。每年冬至，我的母亲总要置办鸡鸭鱼肉各式各样的菜祭祖，其中有一道菜必做，那就是"黄金肉"，即使在食品匮乏的年代，肉要凭票购买，这道菜也必须有，因为那是清朝的始祖努尔哈赤亲自发明的。

---

① 阿莫逊：满语，译成汉语即祭神的猪肉。

第二章　十三副甲起兵的故事

明朝万历十一年，那年三月的一天，柳叶刚刚吐绿，二十五岁的努尔哈赤带着比自己小五岁的亲弟弟舒尔哈齐在抚顺马市卖马。那时候女真人的马匹好，所以努尔哈赤哥俩一下子把十几匹马都卖了，高高兴兴到马市旁边的一家小酒店喝酒。酒过三巡，小哥俩看着这白花花的银子美得合不拢嘴。

两人正喝得迷迷糊糊，忽然一个女真人着急忙慌地从外进来，在努尔哈赤的耳边嘀咕了一阵。努尔哈赤一听，大惊失色，酒也醒了。原来那女真人说：明朝辽东总兵官李成梁联合建州部图伦城主尼堪外兰带领着三万军队包围了古勒寨，要将古勒寨内两千多兵民剿灭，活捉古勒寨城主阿台。那女真人还说，努尔哈赤的阿玛①、玛发②正在古勒寨呢！

李成梁要收拾的阿台既是努尔哈赤的舅舅，又是努尔哈赤的姐夫。因为努尔哈赤的额娘是阿台的姐姐，而努尔哈赤的堂姐嫁给了阿台。那时女真人不讲究辈分，只要男女双方情投意合、年龄相当就行了。而古勒寨原是王杲修的。王杲就是阿台的父亲，也就是努尔哈赤的姥爷。王杲是女真人，本姓额穆齐，原叫阿古，一表人才。少年时他随阿玛多贝勒到抚顺马市互市时，抚顺城的守备官张御使看中了他，收他做了干儿子，给他起了个汉名叫王杲，并将他留在抚顺家中，教他学习武艺和汉字。那时阿古聪明，从阿玛多贝勒那里学会了女真大字和小字，还懂得蒙古话。到了张御使家后，又学习了汉字，读了《水浒传》《三国演义》《奇门遁甲》。没想到他在抚顺待了三年多时，他的阿玛多贝勒因与明朝边官闹纠纷，被明朝边官给杀了。听到这个消息后，他不辞而别，偷偷逃离抚顺，回到自己的老家古勒寨，宣布自己承袭了阿玛建州右卫都指

---

① 阿玛：满语，即父亲。

② 玛发：满语，即祖父。

挥使的职务。一来二去，王杲发达起来了。他有两个儿子，一个就是阿台，另一个叫阿海。女儿额穆齐十六岁那年嫁给了建州左卫都指挥觉昌安的儿子塔克世，也就是努尔哈赤的父亲。自从建起了易守难攻的古勒山城后，他就开始攻击明军替父报仇。古勒寨是苏子河渡口女真朝贡贸易的必经之地，在今天的新宾满族自治县上夹河镇古楼村境内，是在古勒山上一座有两道寨门、座议事厅及五百间房屋的大寨城，形势阻险，城高坚固，易守难攻。

但是这位阿古都督好景不长，明朝辽东总兵官李成梁率领六万骑兵围剿古勒山城，王杲兵败无依，投奔海西女真哈达部首领王台。王台一向忠于明朝，不但不收留，反而绑了王杲，将他献给了朝廷。结果王杲被杀于北京。

王杲死后，儿子阿台在危难中逃脱而去。后来阿台回到古勒寨地方，又建城寨，成为寨主。李成梁没抓住王杲的儿子阿台，总感到是心腹之患，所以第二次要剿灭古勒寨。阿台之妻是努尔哈赤祖父觉昌安的孙女。觉昌安得到消息古勒寨将遭难，想救出孙女，又想劝说阿台归降，就同儿子塔克世到了古勒寨……

此时听这女真人诉说玛发觉昌安和阿玛塔克世都被围在古勒寨内，怎能让努尔哈赤、舒尔哈齐不着急上火？努尔哈赤小哥俩心急火燎，快马加鞭，赶往古勒城。到地方一看，已经来晚了！只见一片惨景：山城中两千多女真人全都被杀害了，没有一个喘气的。那惨景使努尔哈赤小哥俩怒火中烧。

努尔哈赤强忍怒火，对明军说："我是塔克世的儿子努尔哈赤，要见你们的大帅李成梁。"明军士兵去禀报了。

努尔哈赤小哥俩面对着还在冒烟的古城房屋和倒地的女真人尸体，不禁眼泪长流。

努尔哈赤在悲伤中听到明军在说：原来李成梁大军火攻了整整两昼夜，但只有两千余人的古勒城却岿然不动。这时建州女真苏克苏浒河部图伦城的城主尼堪外兰来到古勒寨下，高声喊话骗城内人说，天朝大军既然已经来了，哪还会不消灭了你们而去的？你们不如杀了阿台归顺了倒能活命。大帅有令，若谁杀了阿台，打开城门，谁就是此城之主！阿台部下有人信以为真，就杀死了阿台，打开了寨门……而此时李成梁下令："不分男妇老幼尽屠之！"明军冲进城内大开杀戒，见一个杀一个，不分男女老少，将古勒寨内所有人都杀死了。顿时山城居民尸横屯巷，血流成河。努尔哈赤的祖父觉昌安和父亲塔克世也在其中！

努尔哈赤和舒尔哈齐都能听懂汉语，现在他们知道：是尼堪外兰使的坏，他是不共戴天之敌。小哥俩把拳头攥得咯咯响。

话说李大帅正在和尼堪外兰喝庆功酒，听士兵禀报说努尔哈赤来要人，半天不出声，最后打了个唉声说："想那觉昌安、塔克世一生忠于朝廷，这次是误杀了！"

尼堪外兰抢过话头说："那觉昌安、塔克世父子是逆首王杲亲属，这次到古勒城是帮王杲儿子阿台的。"

李成梁微微摇头："他们也许会劝降阿台，阿台才是真正的祸根。现在这个祸根连根拔掉了。觉昌安、塔克世却冤死了。"

尼堪外兰这才不吱声了。

李成梁想了一下，对士兵说："你们找一找觉昌安、塔克世的尸体，还给努尔哈赤，让他带回去安葬吧！让努尔哈赤继承建州左卫都督之职，把都督的任免状给他，再给他三十份敕书，三十匹马。"这敕书，用今天的话说，就是贸易许可证。一道敕书，就能做一笔生意。三十道敕书，就是三十笔生意。

尼堪外兰还想阻拦，但那个士兵高声应诺得令而去。

努尔哈赤小哥俩怒火燃烧，还在对尼堪外兰咬牙切齿中，忽然见人抬上来两具血肉模糊的尸体竟是祖父觉昌安和父亲塔克世，不禁捶胸顿足，悲恸欲绝，差一点儿昏厥过去。

过了半天，努尔哈赤从牙缝里挤出几个字："我玛发、阿玛何故被害？李大帅怎么说？"

明使称："不是有意的呀，是误杀！"

努尔哈赤恨恨地说："误杀？说得轻松！好端端的两个人就被你们一个'误杀'丧了命？你们长眼睛了吗？"他狠狠地往地下猛甩一鞭，吓得明使倒退了几步。

明使定了定神，脸上堆出点笑容，说："大帅也为他们被误杀而难过呢，所以让我们归还你玛发、阿玛的遗体，并给你敕书三十道，马三十匹，还请你继续任建州左卫都督之职。这不，我给你拿来了都督敕书。"

努尔哈赤好像没听见一样，半天不吱声。那个明使只得把话又说一遍。舒尔哈齐嚷道："谁要你的敕书！还我们玛发、阿玛的命来！"

明使假惺惺地叹了口气，说："唉，人死不能复生！事已至此，安葬你玛发、阿玛要紧。我让士兵给你们送回赫图阿拉吧？"

舒尔哈齐还想理论，努尔哈赤一边拽住弟弟，一边冷冷地对明使说："不必。谢了！"

努尔哈赤勉勉强强收下了敕书、马匹。

努尔哈赤小哥俩赶着三十匹马，驮着觉昌安、塔克世的遗体，出了古勒城。

出城不久，舒尔哈齐就埋怨开了："阿浑德①，你干吗收下敕书、马匹？玛发、阿玛就这么白白送了性命？"

努尔哈赤又猛甩一鞭，恨恨地说："此仇非报不可！"然后对弟弟正色道："我也知道罪魁祸首是李成梁，玛发、阿玛惨死，我们与大明已经结下仇恨。但现在反明，就是鸡蛋碰石头。我们先找尼堪外兰报仇！"

舒尔哈齐这才明白，气呼呼地说："对，抓住尼堪外兰千刀万剐！"

同年五月的一天，努尔哈赤小哥俩在离赫图阿拉不远的地方隆重埋葬了觉昌安和塔克世，然后在玛发、阿玛的墓前将孝服换成了铠甲，投奔努尔哈赤的噶哈善、常书、杨书等人也一一换上了铠甲。努尔哈赤查了查，正好是祖上留下的十三副铠甲。族中还有七十多个青壮年愿意和努尔哈赤一起起兵报仇。他们在墓前杀了白马、乌牛来祭奠自己死去的亲人，并誓言一定要杀死尼堪外兰，以报这个血仇！

努尔哈赤十三副甲起兵后，首先遇到的是本族人对他的刺杀。

有一天晚上，天下着雷阵雨。努尔哈赤准备就寝，突然听到外面有人在悄声走步，赶紧叫醒了正在熟睡的妻子和儿子。他将儿子藏好以后，让妻子假装上厕所，自己爬上房顶观察。不久，看见妻子身后果然有个人，努尔哈赤立马从房顶上跳了下来将这个人给抓住了，并交给了同院住的舒尔哈齐。

第二天，舒尔哈齐等几个将领就要将那个人杀死，不料，努尔哈赤对他们说："你们不用大惊小怪，这个人我昨天晚上已经审问过了，他不是要来行刺我的，而是因为家里很穷，到咱们这来偷牛的。所以，我们不能杀了他，相反还要拿出些银子给他，让他回家好好过日子。"说完，努尔哈赤就下令将这个贼人给些银子后放了。

那个刺杀努尔哈赤的人前脚放了，舒尔哈齐就炸营了，责怪他哥哥努尔哈赤道："他明明是刺客，你怎么就把他当偷牛贼放了？还给他银子！"

---

① 阿浑德：满语，即兄弟。

努尔哈赤笑道："我何尝不知道他是前来暗害我的人？如果我们将他真的给杀了，那么他的主人知道了以后，发兵攻打我们怎么办？我们现在只有十三副甲起兵，力量弱小，不能到处树敌，只有把兵力都使在尼堪外兰身上，才能报玛发、阿玛的血仇。"

舒尔哈齐明白了，这才口服心服。

努尔哈赤十三副甲起兵后，把矛头直指尼堪外兰。第一仗就是攻占尼堪外兰的图伦城，尼堪外兰不照面就带着自己的老婆孩子和精兵强将逃跑了，留下来的只是一些老弱病残者，努尔哈赤人马不费一刀一枪便占领了图伦城，首战告捷。

努尔哈赤率领着自己的军队继续追击尼堪外兰。尼堪外兰逃到嘉班城，努尔哈赤追到嘉班城；尼堪外兰又弃城逃走了，努尔哈赤紧盯着又继续追击。

这尼堪外兰没什么大本事，就是嘴欠，为了讨好李成梁喊话骗古勒寨人，现在努尔哈赤盯着他不放，他只会逃跑。就这么的，一个前逃一个后追。当努尔哈赤的军队追到鹅尔浑城的时候，戴着斗笠的尼堪外兰一看到英武的舒尔哈齐全身披甲拦住了去路，魂飞胆战，连忙到鹅尔浑城下乞求守城的明军开门。结果他再三乞求，明军就是不开门。原来守城的明军看到努尔哈赤在追击尼堪外兰，他们不愿意管女真人的事。说时迟那时快，努尔哈赤单独一人悄悄地来到了尼堪外兰的背后，趁其不备，抢起锋利无比的大刀猛地向尼堪外兰砍去。结果还没等尼堪外兰反应过来，人头早已滚落在了地上，一对死不瞑目的眼睛瞪得溜圆，努尔哈赤已经出了口恶气！

努尔哈赤杀掉了尼堪外兰以后，便开始了三十多年的统一女真的事业。

舒尔哈齐在努尔哈赤起兵时，立下赫赫战功。努尔哈赤曾经给他封号"达尔汉巴图鲁"，意思为第一勇士。

顺治十年，清廷追封舒尔哈齐为和硕庄亲王。他的第六子济尔哈朗被封为和硕郑亲王。

第三章　赫图阿拉中的汗王井

满族人称赫图阿拉为老城。为什么称它为老城呢？因为是努尔哈赤出生的地方，也是努尔哈赤为后金选的第一个国都。为什么这个普普通通的小山城会被选为国都呢？因为和城里有一口十万军民也喝不尽水的汗王井有关。

赫图阿拉，满语是横岗的意思。努尔哈赤的父亲塔克世的房子至今还保留着，原先是努尔哈赤安置家眷的地方，清太宗皇太极和使清朝入主中原的摄政王多尔衮都出生在这里。其实努尔哈赤刚开始统一女真的政治中心地是离赫图阿拉不远的费阿拉城，当地满族人叫它为旧老城。

万历三十八年十一月的一天，努尔哈赤在费阿拉城一个议事厅，和朝鲜语说得呱呱的贴身"翻译"达海一起，接见朝鲜李朝使臣申忠一。申忠一嘀里嘟噜说了一通朝鲜话，努尔哈赤问达海他说的啥？懂得多种语言的达海立马告诉了努尔哈赤："汗王，他代表李朝向您表达敬意呢！"努尔哈赤听了很高兴。

这时，侍卫报告：在东海渥集部获得了大胜仗的额亦都回来了，已经到了城外。努尔哈赤大喜，说："走，我们一起去迎接他们！"

这额亦都姓钮祜禄，祖辈居住在长白山，其家族是雄踞乡里的富贵人家，因此遭人嫉妒。在他小的时候父母被仇人所杀，他躲在邻村得以幸免。十三岁那一年，他亲手杀死了害他父母的仇人，报了深仇大恨，然后逃到姑姑家。他姑父是嘉木瑚寨（今辽宁新宾县境）的寨主穆通阿。十九岁那年，长他三岁的努尔哈赤路过嘉木瑚寨，住在穆通阿家，与额亦都结识。他俩谈得十分投机，额亦都欣赏努尔哈赤的领袖气度，告诉姑姑要跟努尔哈赤出去闯世界，说："大丈夫生活在世间，就要干出一番轰轰烈烈的事业，决不能碌碌无为。这番出走，我决不会做让姑姑为难的事，请姑姑放心。"于是跟从二十二岁的努尔哈赤走了。努尔哈赤以十三副遗甲起兵进攻仇人尼堪外兰的城堡图伦时，额亦都冲锋陷阵，第一个登上图伦城墙，吓得尼堪外兰不战而逃；攻红透山东北部的巴尔达城时，又率先登城，身中敌箭五十余处，坚持拼杀，最终攻下坚城，努尔哈赤赐他为"巴图鲁"①。额亦都屡立军功，努尔哈赤视他为股肱之臣。这回听说额亦都又打了胜仗，努尔哈赤高兴得要亲自出城去迎接。

努尔哈赤带着达海、申忠一到了费阿拉城外，迎接比自己小三岁的爱将额亦都。令努尔哈赤高兴的是，额亦都这次只率兵一千人，不光收服了渥集部的那木都鲁、绥分、宁古塔、尼玛察、雅揽五路部族，降服了康古礼等首领和俘获了上万人以外，最不简单的是还把原来统治窝集部的乌拉部首领布占泰也擒回来了！

努尔哈赤和额亦都行了抱腰大礼（这是满族最隆重的礼节），然后来看曾经和自己拜过把子但又背盟的布占泰。只见他被额亦都五花大绑着，但仍然又高又大又漂亮。努尔哈赤定睛看了他一会儿，忽然上去给他松绑。布占泰一时愣住了，像他这样的败军之将是要杀头的呀！他醒过腔来，单腿跪地垂泪道："谢汗王不杀之恩，布占泰这回心服口服啦！"

努尔哈赤只微笑着说："我们一起到苏子河畔喝酒、跳莽式②喀③！"众人欢呼。

努尔哈赤对达海说："你要把今天的事记到档子④中去。"又对申忠一讲："今天的事你要向李朝国王禀报。"两人点头答应。

努尔哈赤带着众人来到了苏子河畔举办庆功宴会。宴会中，大伙儿吹洞箫、弹琵琶、爬柳箕（刮柳箕伴奏）、拍手唱歌，以助酒兴。酒行数巡后，努尔哈赤高兴地离开了椅子，抱起一把琵琶，边弹边耸动身体跳起了莽式舞。激动的布占泰憋不住了，起身和努尔哈赤对舞起来。这时额亦都、达海更多的人投入了这欢乐的舞蹈中，场上一片欢腾。

宴会后，努尔哈赤把让达海写给朝鲜国王的回帖交给了申忠一。他说："今天我太高兴啦，我还要让你们看一看我出生的地方。"众人又欢呼。

大伙儿跟着汗王到了赫图阿拉塔克世的房间，看到了当年汗王出生时用的谷草（满族有生孩子铺谷草的习俗），敬意油然而起。

出了塔克世房间，大伙儿又跟着汗王来到一片空敞地，那里只有一株百年榆树，此时正是冬天，光秃秃的枝丫上仿佛什么也没有。突然，

---

① 巴图鲁：满语，即英雄。

② 莽式：满语，即舞蹈。

③ 喀：满语，即去。

④ 档子：满语，即档案。

呱呱的乌鸦声使大伙儿抬头看去，呀！上面的树干和枝丫上长着翠绿的冬青(这里指榆树上的一种寄生植物，满族人称"冬青"。用"冬青"可治冻伤)，十分好看。

布占泰"嗖、嗖、嗖"几步快登就上树把百年榆树上的冬青采摘下来了。他跳下树喜滋滋地对努尔哈赤说："这回我们再也不怕冻伤啦！"

努尔哈赤很是高兴，转着老榆树琢磨，说："天都这么冷了，这老榆树枝头还能长冬青，真是根深枝茂啊！这四五个人手拉手才能围住的树干长这么多年得吸多少水才能活啊！看来这下面定有水源！"说完，他便吩咐赫图阿拉军民来年春天一定要在这里打井。

第二年春天，赫图阿拉百年榆树前的一口井打好了。这天，努尔哈赤带着额亦都、达海兴冲冲地来到这里，看到已被安置在赫图阿拉的布占泰浑身上下湿漉漉地站在井旁乐呵呢！努尔哈赤忙问他怎么了，布占泰说："这井打出来了。你瞅瞅，井沿和地一样平，还有好水，清冽微甜，我忍不住就要喝几口，不料蹲井边越喝越想喝，竟掉下水中……"

"哈哈哈，怪不得像个落汤鸡呢！"达海笑着说。

"没把你淹没了？"努尔哈赤也逗他说。

布占泰说："嗨，我是松花江长大的水鸭子，不怕水。我倒还想潜下去探探深浅，谁知身子就是沉不下去。你说奇不奇怪？看来这口井水深着哪，还淹不死人。"

"哦，有这事？"额亦都来劲了，说："备不住你是水鸭子沉不了你。我是长白山英锷峪(现辽宁省清原县英额门)出来的旱鸭子，我来试一试。"说完就跳进了井里。果然，真是神奇，额亦都想沉都沉不下去，在水面上瞎扑腾了一阵，身子还浮在上面呢！大伙儿看着直笑。

"额亦都，别费劲啦！"努尔哈赤叫他上来。额亦都离井后，只见一群小鱼在井里游哩。

努尔哈赤看着小鱼若有所思，然后郑重其事地说："真是口好井啊！看来它有取之不尽的水。过几年我们也要建国，就以赫图阿拉为都吧！"

达海听了十分高兴，说："这是受汗王封的井，就叫'汗王井'吧！"众人再三欢呼。

六年后，努尔哈赤在这里建立了后金第一个国都，这口汗王井让十万军民有喝不尽的水。

后来天聪八年，皇太极尊有"汗王井"的赫图阿拉为"兴京"。

如今，汗王井还在，小鱼仍然在井里游，井水仍然清冽微甜。

第四章　汗宫为啥是八角形的

　　赫图阿拉是清太祖努尔哈赤亲自选定的后金第一个国都，分内外两城，方圆十里。内城有汗宫、汗王寝宫、汗王井、塔克世故居、正白旗衙门等八旗衙署及文庙、关帝庙、城隍庙等一大批古建筑群和遗址；外城有驸马府、堂子等遗址。其中汗宫因努尔哈赤在这里登基称汗、定国号为"金"（史学界称后金，是为了和女真人完颜氏族立的金朝区别）、年号为"天命"而出名。它的全称应为"汗宫大衙门"。汗宫大衙门外形呈八角形，是一座有满族特色的重檐攒尖式建筑。

　　汗宫为啥是八角形的？

　　这和满族信仰的萨满教有关。吉林、辽宁的一些满族人家，他们的祖先神偶都是双手高举的模样。这就意味着祖先神永不停息地守护着自己的后裔，这是满族的飞天……这些祖先神来自八方，所以满族最重要的建筑修成八角形的。赫图阿拉汗宫修成八角形，就是要让爱新觉罗的祖先神能庇佑这刚刚成立的新政权。

　　汗宫大殿正中央是努尔哈赤登基称汗的宝座，宝座前是努尔哈赤批阅奏折的龙书案。宝座左右两侧摆放着八面旗帜，代表努尔哈赤创立的八旗制度。八旗组织融生产、政权、军事为一体，平时为民，战时为兵。当时努尔哈赤是八旗的最高统帅，独自统领正黄、镶黄两黄旗，而他的儿子皇太极统领正白旗。八旗又分为左翼和右翼。左翼是正黄、正白、镶白、正蓝四旗；右翼指镶黄、正红、镶红、镶蓝四旗。按五行相生相克的意思排列：两黄旗位于正北，取土克水；两白旗位于正东，取金克木；两红旗位于西，取火克金；两蓝旗位于南，取水克火。八旗的位置是不能颠倒的。

　　在汗宫里，努尔哈赤屡次设宴接待朝鲜使臣修好，数回与蒙古联姻结盟；又常常在这里召开八大旗主和理政听讼大臣会议，共议国政；谕令征伐作战，谕令举荐人才，谕令奖善惩恶，谕令国人植棉织布、开矿冶铁等，都是从汗宫发出的。

在这里，努尔哈赤开始了统一女真的战争，最终取得了成功；又宣布"七大恨"伐明，攻取抚顺，收降李永芳，取得萨尔浒之战的胜利，为以后进军中原奠定了坚实的基础。满族人认为这一切正是顺从天意的结果，也是祖先神保佑的结果。

一六二五年清太宗皇太极把都城从辽阳迁到沈阳（盛京），并在沈阳城内着手修建皇宫，即沈阳故宫。沈阳故宫的主要建筑大政殿（原称"大殿"，曾改名"笃恭殿"，康熙时改为今名），也是重檐八角亭式的建筑，所以俗称"八角殿"。须弥座台基是以大青石修建的，殿顶为绿剪边黄琉璃瓦，中央为宝瓶火焰珠攒尖顶。殿内有宝座、屏风及熏炉、香亭、鹤式烛台等。大政殿是用来举行大典的，如颁布诏书、宣布军队出征、迎接将士凯旋和皇帝即位等都在这里举行。大政殿和赫图阿拉汗宫有差不多的外形，内涵的意义是一样的，只是更加雄伟壮观罢了。

大政殿前长一百九十五米、宽八十米的广场上，十王亭分两侧自北向南而立。东侧为左翼王亭的镶黄旗亭、正白旗亭、镶白旗亭、正蓝旗亭；西侧为右翼王亭的正黄旗亭、正红旗亭、镶红旗亭、镶蓝旗亭。十王亭是左右翼王和八旗办公的地方。广场南为大红墙，清初为开放式广场，以木栅与宫外相隔。

沈阳故宫占地面积约六万平方米，有建筑九十余所，三百余间。始建于后金天命十年，建成于清崇德元年。顺治元年，清朝移都北京后，成为"陪都宫殿"。从康熙十年到道光九年间，清朝皇帝十一次东巡祭祖谒陵曾驻跸于此，他们都以八角形的宫殿呼唤祖先神的庇佑呢！

满族现在的戏剧新城戏源自八角鼓音乐，八角鼓曾经广泛流行于满族，这种八角形的乐器和八角形的建筑寓意着同样的文化意义。

第五章　达海、皇太极与新满文

满族人中有个美男子叫达海，这个人可了不得呀，因为他创制了新满文。新满文有很强的表达力，不仅翻译了汉族的儒家经典"四书"、《国语》等，而且翻译了《三国演义》等古典文学名著，甚至将以性爱描写见长的《金瓶梅》也翻译出来了。这些书在满族人中广为流传，所以满族人称达海为"满洲圣人"，实际上在创制新满文的过程中清太宗皇太极也起了很大的作用，还有很悲壮的故事哩。

达海祖上居住在新宾的觉尔察地方（今新宾满族自治县永陵镇觉尔察城），离努尔哈赤出生地赫图阿拉不远。达海家以地名为姓，满姓觉尔察。努尔哈赤起兵时，他的祖父博洛就去归顺了。达海父亲艾密禅担任了努尔哈赤的后金大臣。明代万历二十三年，达海在这个女真贵族人家中诞生了。

达海从小不喜欢骑马射箭，却喜好识字看书，九岁时便通晓满文，后来达到满文、汉文融会贯通的程度。二十岁时，达海负责起草努尔哈赤发布的命令，撰写与明朝、朝鲜等往来书信，得到后金政权的重用。

二十多岁时的达海眉清目秀、才华横溢、气质儒雅，很多满族姑娘都喜欢这个尚未娶妻的山音阿哥[①]，但高傲的达海从来目不斜视，使看上他的姑娘们着急得火烧火燎似的。

有一天，达海匆匆忙忙路过正白旗衙门口，发现大伙儿围着一个大女孩，这个大女孩的眼泪扑簌簌直掉。达海动了恻隐之心，问她怎么回事，那女孩边抽泣边说：她家原是依尔根[②]，她的母亲卧病在床，为了给母亲治病，父亲上长白山挖人参，不幸从悬崖上掉下来摔死了。今天早上被人抬回来，母亲急火攻心，也死了。说到这里，那女孩泣不成声。

---

① 山音阿哥：满语，即小伙子。
② 依尔根：满语，即平民。

达海着急地问那女孩怎么办，那女孩含着泪说，只要帮她体面地埋葬父母，她宁愿当阿哈①，一辈子当牛做马，也愿意以身相许。达海二话没说，掏出自己身上所有的银两，吩咐下人先买两口上好的棺材，处理好她父母的后事。然后他急着去办公事了，那女孩却感激地目送恩人远去的背影，心中泛起了爱慕之情。

过了几天，达海在自己的王宫文馆门口又遇到了这个女孩，这才得知原来她叫纳扎。为了报答达海，她自己愿当后金国汗宫中的一个侍女。达海内心很感动，但表面上还是冷冰冰的。

但是无论达海还是纳扎，都是血肉之躯。一来二去，他们便有了真情。

后金天命五年三月的一天，努尔哈赤正在汗宫中和八旗旗主商讨大事，忽然一个侍卫进来在努尔哈赤耳边低语了片刻。努尔哈赤只说一句："叫她在宫廷门外等着吧！"原来他的小妃漂亮的代因扎有要事相告。

努尔哈赤望着那些都是自己儿子、侄子的八旗旗主很高兴，就对大家说："今天我们就退朝吧，我还有些事要办。"大伙儿一片喳②声离开了。努尔哈赤传代因扎进殿。代因扎神神道道地在努尔哈赤耳边轻声嘀咕了一番，只见努尔哈赤忽然气得铁青了脸，大步向大殿外走去。

努尔哈赤来到文馆前，屋里男女幽会调情的低吟声清晰可闻。努尔哈赤推门进去，原来是达海与纳扎在亲热。在汗宫内，有人竟敢偷情通奸，这是个爆炸性的事件。

努尔哈赤强压怒火，问达海："她是谁？"

达海答："她是王宫侍女。"

"大胆贱人！来人啊，将他俩押下去！"努尔哈赤终于忍不住了，下令将达海、纳扎一道斩首。侍卫马上把他俩捆绑起来。

不料，那达海忽然大笑起来，连呼"死得其所，死得其所……"

努尔哈赤更生气了，却见他俩从容不迫地走向王宫外的刑场。

努尔哈赤气呼呼地回到大殿，小妃代因扎夸他杀得对。这时侍卫报四贝勒③皇太极求见。努尔哈赤让代因扎回自己屋去，叫儿子皇太极进来。

皇太极屏退了侍卫，急匆匆地说："阿玛，达海杀不得！"

---

① 阿哈：满语，即奴仆。

② 喳：满语，即是的意思。

③ 贝勒：满语，即王爷。

努尔哈赤低声问："为啥？"

"达海是我们女真少有的人才啊，我大金国很多文书要他起草的！"一听皇太极此话，努尔哈赤沉默不语。

皇太极又说："现在满文刚创制，很多需要改进的内容要靠他呢！"

努尔哈赤反背着手，低着头，踱着步，若有所思：皇太极的话使努尔哈赤想到了二十多年前，女真各部归于一统，但是那时还没有属于女真本民族的文字，他曾命巴克什①额尔德尼与扎尔固齐②噶盖创制。噶盖因罪伏法后由额尔德尼一人承担完成了创制任务。从此女真有了自己传达政令、制定法律、传播知识、吸取先进文化的文字，与明朝、蒙古各部的联系方便了许多，对女真社会发展起了很大作用。但是，额尔德尼所创制的满文是在蒙古文字基础上创制的，存在一定的缺点和不足，需要改进和完善，年轻有为的达海是接班人。但是，现在达海犯了错，如何是好？想到这儿，努尔哈赤抬起头，说："唉，达海违反宫廷之法，理当处斩啊！"

皇太极走上前恳切地说道："无非是达海喜欢上这个宫廷侍女，一个未婚男子这样做也容易理解。您要向汉族皇帝学习，把这个女的赐给他，他们就不算犯法啦！"此话提醒了努尔哈赤，努尔哈赤不犹豫了，道："快！你快去放了他们！"

皇太极出了大殿，赶紧找了匹马，翻身跃马向刑场飞驰而去。

快到刑场前，皇太极大喊："刀下留人！刀下留人！"

两个侍卫已经将腰刀高高举起，听到远远传来"刀下留人"的喊声，有些犹豫起来。

皇太极到了刑场，侍卫们一见是四贝勒，放下腰刀，连忙向贝勒爷行礼。

只见达海和纳扎两人四目紧闭，皇太极赶紧给他俩松绑。起先达海有些迷糊，但他是个男人，很快清醒过来，翻身跃起看她心爱之人："纳扎，纳扎，快醒醒，你快醒醒啊！"皇太极也一起帮他又推又唤纳扎。两个人唤了一会儿，纳扎仍然不出声。皇太极趴下仔细一听，纳扎已经完全没有气息啦！两人又抢救了一阵，纳扎还是没有一丝气息。

皇太极打了个唉声，对达海说："她是受惊吓而死。我来晚啦！"达

---

① 巴克什：满语，指有知识的文人。

② 额尔德尼与扎尔固齐：满语，审事官、断事人。

海抱着纳扎放声大哭。

良久，达海稍微平静一点儿，抹着眼泪对皇太极说："让我和她一块死，你不用救我。"

皇太极把达海扶起来，正色道："她死我也难过，但你有使命在身。"

"什么使命？"达海有气无力地说。

"改进满文。"

"啊……"达海仿佛真正清醒过来，他最知道满文的缺点与短处，逐渐沉稳下来。

皇太极吩咐手下人帮达海把纳扎好生安葬了。

后金天命十一年九月，努尔哈赤驾崩，皇太极继位，他令代因扎为阿玛努尔哈赤殉葬，替达海、纳扎报了仇。

后金天聪元年，皇太极下令让达海改革满文。达海知道这是皇太极早就要他完成的使命，无奈一直忙于给先汗努尔哈赤起草各种文件，还没顾得上完成这件事。达海明白满文清浊辅音不分，上下字雷同无别，人名地名很容易出错。但从哪里改起，达海左思右想一时没有主意。

一个月过去了，皇太极已经来过五次了，但达海还是没有思路，人倒瘦了一圈。

那一年春天，有一天皇太极下朝回来又找达海。这次皇太极没有问达海满文的事，只是兴冲冲地对愁思百结的达海讲："咱俩微服出宫，去看看桃花、梨花怎么样？"达海本来没有这个雅趣，但看汗王兴致那么高，只得和皇太极一起打扮成平民模样出宫了。

他俩出了盛京城，到了桃花、梨花盛开的地方（现沈阳城东南五里沈河区文化东路地方），只见白一片、粉一片，十分美丽，达海的心情也为之舒畅了许多。这时，皇太极才问起改革满文的事，达海叹了口气，摇摇头说："还是没有思路，不知从何处着手。"皇太极乐呵呵地说："可斟酌在满文上加些个圈点，用来区别容易混淆的字义？"他的话如一颗火星，一下子在达海心里点亮了一盏明灯。达海一拍脑门，竟忘了是跟汗王说话呢，抓住皇太极的手就说："嗨！你的话真对呀！走，咱们赶紧回去，改革满文要紧。"皇太极微笑点头竟也乖乖地跟着达海回去了。

半年后，在皇太极的好主意启发下，新满文被达海创制成功了。达海对满文进行了五个方面的改进：首先，编制了新满文"十二字头"；其次，字旁加各个圈点，将词义区别开来；第三，固定字形，使之规范化；第四，确定音义，改进字母发音，固定文字含义；第五，创制了十个专为拼写外来语的特定字母，以拼写人名、地名等。

后金天聪三年，皇太极在盛京王宫也设立了"文馆"，达海为新的"文馆"总领袖，带人用新满文翻译了有关明朝典章制度的《明会典》、兵书《素书》、儒家典籍"四书"、《国语》等，使满族人学习到了先进的汉族典籍。

后金天聪五年，达海被授予"巴克式"①称号，成为当时的著名学者。

后金天聪六年四月，皇太极率领八旗大军出征察哈尔草原，达海随军前往。六月上旬，达海不幸染病，皇太极得知后，派大臣前往探视。下旬，达海病故，年仅三十八岁，死时清贫得连一双好靴子也没有。皇太极悲恸欲绝，痛哭失声，道："达海，吾大金之颜回也。一箪食，一瓢饮，在陋巷，人不堪其忧，达海不改其乐，贤哉达海！"

达海生前有许多汉族朋友，范文程就是一个。范文程知道他英年早逝悲痛异常，以文祭之："三十年前，初相逢，师兄正是童蒙。幼年求学辞父母，鹤立已觉不同。囊萤映雪，学富五车，壮志凌长空。少年英姿，才气潇洒纵横。有幸得遇明主，随王伴驾，重任称股肱。一朝新文，几多译著，不肯任尘封。抛妻别子，英年早逝，留遗恨无穷。呜呼哀哉，把酒临祭东风。"范文程的悼文催人泪下。

皇太极回到盛京后，亲自为达海下葬，墓地就是新满文的诞生地——城外的那一片桃树、梨树林。康熙年间在达海墓前立了两块石碑，上面记载了达海创造新满文的功绩。

---

① 巴克式：满语，即贤师，先生。

第六章　清帝与范文程的故事

　　如今，新宾、辽阳、沈阳、北京的满族父老们仍喜欢讲四位清帝与范文程的故事，这四位清帝是清太祖努尔哈赤、清太宗皇太极、清世祖福临、清圣祖玄烨。他们都很愿意听这位为人低调的汉人文官的话。

　　那还是在后金的第一个国都赫图阿拉的时期，四贝勒皇太极被父亲天命汗努尔哈赤任命为正白旗的固山额真①。一天，他正在正白旗衙门处理旗务，忽然抬头看见一个气宇轩昂的汉人向他转达天命汗的命令：让他出征东海窝集部。

　　皇太极受命后，问他叫什么名字、什么地方人、祖上是什么人，那人不卑不亢地回答，他叫范文程，沈阳人，范仲淹的第17世孙。

　　皇太极记住了他和范仲淹的名字，兴冲冲地去问自己的同学、好友达海：范仲淹是什么人？

　　不料达海一提起范仲淹就两眼放光："啊，范仲淹是北宋名臣，了不起的大文豪啊！他在文章《岳阳楼记》中提出的'先天下之忧而忧，后天下之乐而乐'已成为千古名言；他的《答手诏条陈十事》也是一篇好文章，向宋仁宗提出了十条新政纲领；他在黄海沿岸主持修建的防风防海潮堤坝被当地百姓称为'范公堤'，至今还在呢！"

　　皇太极不禁频频点头，自言自语道："先天下之忧而忧，后天下之乐而乐……"

　　后来，皇太极向范文程所属的正红旗问了详情，又了解到：范文程，字宪斗，生于明万历二十五年。他的六世祖范岳在明朝朱元璋时期获罪谪辽东都司沈阳卫，从此范氏一门成为沈阳人。范文程的曾祖父范鏓是明朝的兵部尚书，受大奸臣严嵩排挤弃官。祖父范沈曾任明朝沈阳卫指挥同知。父亲范楠有两个儿子，长子名文采，次子就是文程。文程十八

---

　　① 额真：满语，即旗主。

岁时，与兄长一同考取秀才。万历四十六年，二十一岁的范文程被父汗努尔哈赤所掳，沦身为奴。不过，父汗很愿意请这位汉族奴隶一起商议军国大事，攻取沈阳、辽阳、广宁时，都带着他。了解了这些情况后，皇太极很关注这位汉人了。

一六二七年，皇太极继承了汗位为天聪汗。

天聪三年，皇太极主持了后金境内的所有儒生的第一次考试，并下诏说：自古以来，国家建设都是文武并用，以武功平祸乱，以文治佐太平。现在朕想振兴文化教育事业，在生员中选拔才华出众的人。诸贝勒府中及满、汉、蒙官员家中为奴的生员都要来考试，各家主人不得阻挠。考试结果，在汗王府、各贝勒府以及满、蒙官员家中为奴的读书人果真有二百人被选拔了出来，范文程就在其中。皇太极让他脱离了奴隶籍，可以重用他了。

同年，皇太极让范文程随同出征，范文程亲自用汉语招抚了潘家口、马栏峪、山屯营、马栏关、大安口五城。因他战功显著，被皇太极授予了游击世职。

后来皇太极在设文馆的基础上成立了内三院——内国史院、内秘书院、内弘文院。范文程被任命为内秘书院大学士，进世职为二等甲喇章京，负责撰写皇太极的书信、敕谕、祭文等，参与了当时的最高层机密。

皇太极虚心向范文程请教治国之道。范文程首先讲了"满汉一体"的重要性，要他注意发挥汉人的作用。皇太极果然听进去了，他下旨：凡是来归的汉官，不分职衔尊卑，不分人数多寡，一律收留恩养。范文程为此十分高兴。

天聪五年，围攻大凌河城时，皇太极命范文程向明军劝降。范文程骑着一匹马来到城西一个高台上，用汉语晓之以理、动之以情向明军喊话，守城的士兵听后果然归顺，其中有一个生员、七十二个男丁、十七个妇女。皇太极把他们都交给范文程来善养。另外，皇太极对大凌河城归降的一百五十多员大小汉官，一次就赏给仆役人口一千五百二十四人、牛三百一十三头，并给予庄屯和大量的土地。汉人有了军功照样成了新贵，有的汉官多达千丁，富裕程度超过了满族贵族。

范文程给皇太极讲的第二条治国之道是读书科举，皇太极也言听计从。

天聪五年，皇太极下了一道特殊的诏令：诸贝勒、大臣家的子弟，凡是年龄在十五岁以下、八岁以上的，都必须读书。这是清朝首次在制度中提到皇子和大臣子弟的教育。此道诏令的下达开创了满族读书学习的新风气。

天聪八年，皇太极第二次开科取士，分三个等级一次录取生员二百二十八人，赐其中十六名"通满洲、蒙古、汉书文义者"为举人。

崇德三年，皇太极第三次开科取士，以后基本上形成了三年一考的模式。大量知识分子通过科举考试进入了仕途，为清朝入主中原奠定了人才基础。

范文程给皇太极讲的第三条治国之道是要实现天朝传统制度，为此，皇太极做了很多革新。

皇太极命满族翻译家达海改进努尔哈赤时期创制的满文，范文程很支持达海创制新满文，因为这是促进翻译汉文书籍的必要之举。达海主持翻译的汉文典籍有《刑部会典》《素书》《三略》《通鉴》《六韬》《孟子》《三国志》《大乘经》等。随着这些典籍的广为传播，儒家思想和君臣之道在满族中传播开了，为实现天朝传统制度打好了思想基础。

天聪九年，范文程对皇太极说："今汗顺天意，合人心，受尊号，定国政适当。"皇太极大喜，于第二年春天正式祭告天地，接受群臣上尊号为"宽温仁圣皇帝"，改元崇德，定国号为清。从此中国历史上名副其实的清朝诞生了，为实现天朝传统制度奠定了根本的政体条件。

范文程殚精竭虑，操劳国事，先后上疏废除了连坐法，奏准更定部院官制，六部各设满洲承政一员，下置左右参政、理事官、副理事官、额者章；又亲自荐举了邓长春、张尚、苏弘祖等人为吏部参政、户部启心郎等，为清朝实现天朝传统制度准备了机构条件。

范文程还协调了皇帝皇太极与诸王多尔衮、豪格之间的紧张关系，使清朝能够久治长安。

皇太极也倚重范文程参与军政大事，每逢议事，常常说："范章京①知否？"每当议事决定不下来时就说："何不与范章京商议一下？"众臣下说："范章京已经同意。"皇太极这才最后批准。有时范文程生病在家，一些待办的事皇太极还要等他病好了再裁决。

皇太极和范文程常常一谈就是好几个小时，甚至范文程来不及吃饭和休息又被再次召入。皇太极设立汉军旗时，大臣们都纷纷推举范文程担任汉军都统。皇太极却说："范章京当都统的才能绰绰有余，但汉军都

---

① 章京：满语，有官职人的尊称。

统仅仅是一个军职。朕要留他在身边，商量军国大事呢!"可见范文程是皇太极身边不能离开的"贴身高参"。

崇德七年，清太宗皇太极取得松锦大捷后，要想使被俘的明朝主帅洪承畴归顺投降，但是洪承畴是大儒，绝食抗议，宁死不降。皇太极无计可施，就叫范文程前去谈论古今，设法让洪承畴归顺。虽然范文程的劝降也遭到洪承畴的拒绝，但是细心的范文程善于察言观色，发现一个细节向皇太极汇报说:"我和他谈话时，他虽不理我，但是看到梁上掉下的一点儿灰尘在衣袖上，却要仔细掸去。他这么爱惜衣裳，可见一定也爱惜自己的生命啊!"皇太极听了此话有了信心，对洪承畴倍加关照，恩遇礼厚，并让爱妃大玉儿去说服。洪承畴终于被大清的诚意感动，口服心服地归顺了，成了清朝统一天下的活地图。

崇德八年八月初九，皇太极去世，他的第九子福临继位，郑亲王济尔哈朗、睿亲王多尔衮为摄政王，改次年为顺治元年。

福临继位以后，郡王阿达礼、贝子硕讬因犯扰政乱国叛逆罪被朝廷处死，范文程是正红旗硕讬的属下人员，受到了牵连，但多尔衮知道范文程平时的为人，一如既往地信任他，只是将范文程拨入了皇帝亲领的镶黄旗，这在满族中被称为"抬旗"，是朝廷的一种激励呢!

一波未平一波又起。多尔衮的亲弟弟豫郡王多铎竟然要抢夺范文程之妻，经过诸王贝勒审实后，决定罚多铎一千两银，夺其十五个牛录，范文程这才化险为夷。

范文程以大局为重，为清朝入主中原立下了殊勋。

顺治元年，摄政王多尔衮收到吴三桂的乞兵书后正在犹豫要不要出兵，范文程上书摄政王，奏请立即出兵伐明，夺取天下。并在文中告诫多尔衮一定要对八旗军申严纪律，对老百姓不得有秋毫的侵犯。范文程的建议使多尔衮下定决心进军北京，并且有了定鼎中原的新基本方针。于是两军大战于山海关石河西，李自成败走，清军大胜并乘势追击。此时，沿途官民唯恐被杀掠，纷纷逃窜，范文程扶病随征，起草檄文并亲自宣读，使民心安定，清军迅速前进。

那年五月初二，多尔衮入居紫禁城内的武英殿，实现了入主中原的宏愿。当时，北京城百务废弛，社会混乱，人心波动，范文程为此昼夜操劳，推行他为摄政王制定的国政。他建议为崇祯帝发丧，多尔衮便下谕让官民为崇祯帝服丧三日，并按照明朝皇帝的葬礼安葬了崇祯帝。《清实录》记载:"谕下，官民大悦，皆颂我朝仁义声施万代云。"

入京之后，范文程制定了清朝的税收政策，宣布废除三饷——辽饷、剿饷、练饷，以万历年间的会计录原额按亩征解，田赋没有加派。后来清朝出现了百年康乾盛世，中国人口大增，和这一安抚百姓的制度分不开。

清朝很注意争取汉族文人的合作，大力起用明朝废官闲员，征访隐逸之士，让他们出来治政教民。顺治三年、四年再次举行乡试、会试。这些都是范文程努力的结果。

顺治元年起，范文程被委任为《太宗实录》总裁官，他把自己草拟的奏章一概焚烧不留，而在实录中所记下者，自己的材料不足十分之一，为人十分低调。

顺治十年八月，范文程被加少保兼太子太保。九月，年近花甲的范文程上疏，以病奏请休致。顺治帝谕告吏部："大学士范文程，自太宗时办事衙门二十余年，忠诚练达，不避艰辛，朕所倚赖。乃近以积劳成病，虽暂假调理，仍夙夜在公，未得专事药饵，且夕奏效，深系朕怀，暂令解任谢事，安心调摄，特加升太傅兼太子太师，昭朕眷礼大臣至意。"十四年，加秩一级，顺治帝派画工到范文程府上给他画像，"藏之内府，不时观览"。

康熙二年，范文程按照康熙帝指令到了沈阳东陵，想起皇太极的知遇之恩，回忆起和皇太极相处的日日夜夜，不禁伏地悲哭不已。

康熙五年八月初二，这位为大清建国定制立下卓越功勋的大学士，因病去世，终年七十岁。少年天子康熙帝亲撰祭文，遣礼部侍郎谕祭，赐其葬于河北怀柔县红螺山，谥"文肃"。几十年后，人们看到范文程祠的横额上有康熙帝亲笔题字——"元辅高风"。

第七章　盛京故宫过大年

清太宗皇太极改国号"金"为"清"，民族称号也从女真改为满洲，他是大清的第一位皇上，取得了松锦大捷，俘获了明朝统帅洪承畴。

当时洪承畴被清军俘获后，明朝以为他死了，为他举行了隆重的国葬，其实他还没有死，只是奄奄一息。皇太极想劝他投降，不料他是个大儒，至死也不投降。这可急坏了皇太极。

一连几天，皇太极吃不下去饭，洪承畴也拒绝进食以示抗议。皇太极眼见洪承畴只有一丝气息，就要身亡，只得让自己的爱妃大玉儿（她的正式封号后来是孝庄皇太后，顺治帝的母亲，康熙帝的祖母）去用长白山的老人参汤先救活他。

后来，皇太极夫妇的诚意感动了洪承畴，洪承畴不仅被救了过来，而且归顺了大清，愿意为大清效劳。两年后皇太极的儿子顺治能顺利进北京，皇太极的弟弟多尔衮统一中国势如破竹，与洪承畴、范文程这些汉族重臣出主意有关。

那一年过年前，皇太极因为洪承畴的归顺特别高兴，因为他知道这就离大清一统天下的大业成功不远啦。他下旨一定要好好过年。

春节，满族人称为"冬节"，因为满族故乡东北寒冷，还没有到天气暖和的春季，就要过"冬节"，俗称"过大年"。那一日清晨，诸王大臣们天蒙蒙亮就齐刷刷地等候在盛京皇宫的大政殿广场上，皇太极一到就带领他们到盛京东门外的堂子去祭天。

"堂子"，是清宫祭祀天神"阿布凯恩都力"的神圣场所。皇太极带领诸王大臣们代表国家在堂子前的广场上立杆祭天，然后又到圆式殿、亭式殿等处祭祀其他不同的神灵。祭祀的祝词全用满文，萨满边唱边舞，颂扬神的功德与法力，祈求在新的一年里赐福于皇帝和他的臣民。

堂子祭结束后，皇太极带领皇族回到清宁宫进行家祭，在宫里的西墙设有神位，祭祀爱新觉罗的部落神和祖先神。祭肉也称"阿木孙"（满语），用清水煮的纯乌毛公猪肉，俗称"白肉"，为了显示其珍贵，也称"努尔哈赤黄金肉"。祭祀完，大家要分吃阿木孙。皇太极吩咐手下送阿木孙不仅要送给满蒙大臣，而且一定要送到洪承畴、范文程这些汉族重臣家里。

两项祭祀结束后，皇太极来到皇宫大政殿升坐宝座，王公大臣开始进表文行礼叩拜。排在最前面的是诸王贝勒，他们都是皇太极的兄弟子侄，其次是满洲正黄旗、镶黄旗、正红旗、正白旗、镶红旗、镶白旗、镶蓝旗、正蓝旗和汉军、蒙古各旗的固山额真，他们依次率本旗官员上殿行礼。然后是专程前来盛京向皇太极朝贺进贡的蒙古各部贵族上前行礼。因为皇太极的皇后、爱妃是蒙古族人，所以有清一代，对蒙古人都很重视，蒙古族王爷、台吉①来了不少人。

接着是来朝贺的满洲各旗、蒙古贵族、汉军官员进献各种礼物，有金银绸缎、衣物毛皮、马匹鞍辔等，分别陈列在各旗旗亭之前，一时大政殿广场一片珠光宝气，琳琅满目，增添了新年的气氛。

朝贺仪式后，皇太极亲自主持新年宴会，他和王公贵族坐在大政殿内，其他官员在本旗旗亭前就座。除了皇太极坐在宝座上之外，王公官员们按照满族人传统自带毛皮坐褥席地而坐。宴会开始后，各旗亭前支起大锅，边煮边吃，食物以鹿、狍、野猪等兽肉为主。

宴会中，各族民间演员轮番上来为庆祝新年献艺表演，称为演"百戏"。如有打跟头的朝鲜人、骑木马者、歌唱者、作瓦尔喀(东海渥集部之一)舞者，弹满洲三弦、琵琶者，箫、胡琴手，打小跟头者。作舞朝鲜妇女、扮大鬼脸者、扮女鬼脸者、踢缸汉人妇女、踏独绳汉人妇女、含刀者、跳高汉人、登梯作舞汉人女童、弹汉人三弦琵琶歌唱者、执盘作舞汉人、扮汉人妇女鬼脸者、扮熊者、扮猴者、唱戏者、踩轮汉人等等。大家兴趣盎然地看着五花八门的"玩意儿"，沉浸在新年的欢乐中。

最让满族人叫好的是"玛虎"②表演，因为这个节目很有狩猎民族的生活特色：先是戴着龇牙咧嘴面具的"野兽""鬼怪"跳跃舞蹈一阵，然后是戴着威武英俊面具的"猎人"出来与其周旋打斗，最后在观众"空齐""空齐"③的欢呼声中"猎人"战而胜之。

皇太极亲自主持的那个大年，真过出了新年庆典的热闹气氛。

---

① 台吉：蒙古语，即地方官员。

② 玛虎，意为"面具"，这里是指"扮鬼脸"。

③ 空齐：满语，即喝彩声。

　　一百多年后的乾隆、嘉庆、道光皇帝东巡盛京期间，在大政殿广场仍然要举行包括类似规模的筵宴与表演，这是清太宗皇太极留下的传统，当然后来不是为了庆祝新年，而是祝贺皇帝重回故乡，谒陵祭祖。

　　时至今日，那里的族胞仍然喜欢讲盛京故宫过大年的故事。

第八章　大玉儿的故事

　　满族人对皇太极的爱妃庄妃喜欢亲切地称她的小名"大玉儿"，她姓博尔济吉特氏，名布木布泰，也译作本布泰。她是科尔沁草原上贝勒宰桑的女儿，是顺治帝的生母、康熙帝的祖母。生于明万历四十一年，逝于清康熙二十六年，一生五十五年中辅助了三位清朝皇帝，比慈禧皇太后的政治影响还长八年呢！一个化干戈为玉帛——消解蒙古族与女真族世仇的蒙古族女性大玉儿的故事，现在还在满族人中广为流传。

　　在大玉儿两岁的时候，她十五岁的姑姑哲哲嫁给了皇太极。自己十三岁时，也嫁给了皇太极。九年后，二十六岁的姐姐海兰珠又嫁给了皇太极。皇太极在崇德元年改后金为清时，册立了后宫五位后妃，称为"崇德五宫"，都是清一色的蒙古姑娘，蒙古科尔沁部落占了三席：姑姑哲哲被封为"中宫皇后"，姐姐海兰珠被封为"关雎宫宸妃"，布木布泰被封为"永福宫庄妃"。

　　清太宗皇太极对大玉儿是有一定感情的，这可以从对大玉儿的册封诏书看出来，诏书中说：你本布泰，原本是蒙古科尔沁部落的女子，因适逢前世的良缘为媒，你又具有美善的品质，所以在我登上皇位之后，按照历来的礼制，册立你为永福宫庄妃。诏书体现了皇太极的真情实意，大玉儿也很珍惜这种情意。

　　皇太极登上了大清皇位后，不久取得了松锦大捷，俘获了明朝统帅洪承畴，大玉儿也为他高兴。

　　不料有一回，皇太极回到大玉儿身边一连几天都愁眉不展，后来发展到寝食不安了。大玉儿一向不问朝政，后来见她的夫君不吃不喝慌了神，忍不住问他什么原因。皇太极打了个唉声说："松锦大捷俘获了明朝统帅洪承畴，放在满族人敬重的三官庙里，供他好吃的好喝的。不料洪承畴是个儒士，绝食数日，不肯归顺，眼看就要咽气啦。唉，如有他带路，我就能顺利入关平定天下啦！"大玉儿见皇太极对洪承畴又佩服又无奈，劝慰道："皇上不要发愁，办法一定会有的。您保重龙体要紧啊！"

后来，皇太极派了自己信得过的汉族朋友范文程到三官庙探望洪承畴。那范文程是宋代名士范仲淹的后代，当时已是清朝大学士了。范文程在三官庙想先试着与洪承畴谈论古今，但碰了一个大大的软钉子。不管范文程怎么说，洪承畴就是一声不吱不理他。范文程只得退出来。

洪承畴仍然绝食求死，皇太极想尽了办法，他也滴水未进。

明朝以为洪承畴已为国捐躯，为他举行了隆重的国葬，其实他还没有死，只是奄奄一息罢了。皇太极着急上火，饭也吃不下去了。

大玉儿明白了事情的严重性，一边端饭劝慰丈夫皇太极要按时进膳，一边说："那就让我去试一试吧！"皇太极知道爱妻的汉语好，无奈地点头答应，他只能把死马当活马医了。

大玉儿带着贴身侍女苏麻喇前去三官庙，进门吓一跳，那地上躺着个人瘦得皮包骨，简直像个死人。若不是先前听皇太极说把洪承畴安置在这里，她还想象不出这个人就是大明朝大名鼎鼎的勇将呢！"唉，真可怜见！"大玉儿不禁叹了口气，从苏麻喇手中接过一碗长白山的老人参汤，叫苏麻喇扶起这位将军，自己则一口一口将汤灌入洪承畴口中。洪承畴已经饿得迷迷糊糊，只觉得一股暖汤顺着咽喉流入肚中，他隐隐约约感到跟前有个人在给他喂食，警惕地微微睁开眼睛，发现是个夫人。只听这位夫人细语善言，口口声声称他为洪先生，佩服他杀身成仁的气概，并说："先生已经为大明尽责，如果大明皇上不再三诏谕，您改变了以守为战、保护饷道的策略，今天您还可能大捷而归呢！"

大玉儿何出此言？原来洪承畴是一位富有实战经验的统帅，可惜当时他所率领的明军是分别由八个边镇临时调集起来的。兵虽是精兵，但这些将帅是骄横出了名的，临阵常不服从统一号令。当皇太极发兵围攻锦州时，洪承畴原主张徐徐逼近锦州，步步立营，且战且守，不轻易作战。他本已控制了松山至锦州的制高点，局势有所好转。但明朝的崇祯皇帝生性多疑，用人不专，片面听信新任兵部尚书陈新甲的促战意见，同时又几番密下敕书令洪承畴立刻进兵。陈新甲还派监军到前线督促洪承畴速战速决，使洪承畴以守为战想把清军拖疲拖垮的作战方略无法实施。七月，洪承畴领兵援锦州，时辽东巡抚邱民仰驻军松山的北面。洪承畴将骑兵布置在松山东、南、西三面驻扎，将步兵布置在离锦州只有六七里地的乳山岗，准备与清军决战。哪承想皇太极亲率大军从盛京赶来赴援，驻扎在松山、杏山之间，部署在明军的南面，让济尔哈朗军攻锦州外城，截断松、杏间明军的联系，切断明军粮道，断绝洪承畴归路，在明军的背后形成了一种大包围态势。明军的战略意图本是在松锦之间与清军决战，现在却被清军切断后方粮道供应，造成了心理上的恐慌。在这种情况下，洪承畴主张决一死战，而各部总兵官主张南撤，最后集体决议背山突围。但两军一交战，明军士兵争相逃跑，清军趁势前堵后追，顷刻间明兵十几万人土崩瓦解，先后被斩杀者五万三千多人，自相践踏死者及赴海死者更是无计其数。剩下洪承畴自己带领的残兵万余人，被清军团团围困在松山，饷援皆绝。九月，多铎攻城，洪承畴突围失败。十月，豪格部驻松山，洪承畴又战败。松山一直被围困了半年之久，城中粮食殆尽。第二年三月，终于松山城破，洪承畴等被俘。

客官，你前后细细想一想，明军战败，洪承畴被俘，是不是大明皇上造成的？所以这大玉儿说："如果大明皇上不再三诏谕，您改变了以守为战、保护饷道的策略，今天您还可能大捷而归呢！"

大玉儿的话说到了洪承畴的心里，洪承畴渐渐恢复了精神，他这才抬眼望着这位清丽的贵夫人，不禁问道："您是谁呀？怎么这么清楚战场的情况？"

大玉儿正色道："我乃大清永福宫庄妃。"

洪承畴不禁潸然泪下。

当皇太极去三官庙时，洪承畴终于伏地称臣："臣愿效犬马之劳。"

后来清朝入关为什么能比较快地统一了全国，与洪承畴，当然还有范文程这些汉族重臣出主意有关。这是后话。

大玉儿为皇太极生了三女一男。皇太极驾崩后，他的长子豪格，次兄代善，弟弟多尔衮、阿济格、多铎等人准备以刀兵相见争夺皇位。大玉儿靠自己的聪明才智，使儿子福临登上了皇帝的宝座，避免了清朝的一场内乱灾难。

顺治帝入关时只有六岁，大玉儿教导好自己的儿子福临按帝王之仪行事，处理好和多尔衮的关系。多尔衮成为皇父摄政王是她的主意。

多尔衮死后，大玉儿辅佐十四岁的顺治帝亲政。她经常将后宫省下的钱物拿出来赈济兵民，支持顺治帝的全国统一战争。

顺治十八年，年仅八岁的玄烨继位，就是康熙帝。此时的大玉儿已是德高望重的太皇太后了，她不垂帘听政，却全力辅佐孙子主政。玄烨八岁生母病逝后，就由大玉儿来抚养。玄烨当了皇帝后仍每天都要到祖母房中请示问安，有时一日多次，祖孙二人感情日趋深厚。传说康熙帝用几个孩子智擒权臣鳌拜是祖母出的点子，后来鳌拜被擒后没有被杀，稳定了朝政，也是祖母的主意。如此这般，大玉儿经常对自己的孙子面授机宜，培养了康熙帝处理政务的能力。

大玉儿还为玄烨从小选了个女老师，就是她的贴身侍女苏麻喇。苏麻喇蒙古名字叫索玛勒，出生于科尔沁草原的一个牧民家庭，天命年间跟着大玉儿到了盛京宫中，后改成满族名字叫苏麻喇，意思是"半大口袋"。苏麻喇本是地位卑微的侍女，但大玉儿同她情如姐妹，称她为格格，这是清朝八旗王公贵戚家女儿的珍贵称号。大玉儿让康熙帝从小称她为"额娘"（即母亲）。宫中上下都尊称她为苏麻喇姑。苏麻喇姑秉性聪明，这个蒙古族姑娘跟着大玉儿也能写一手漂亮的满文，大玉儿选定她做玄烨的满文老师。这个第一任老师还真给康熙幼年打下了良好的教育基础呢！

康熙十二年，三藩之乱爆发，不久，草原上的察哈尔部布尔尼又乘机兴兵北疆，威胁到北京的安全。在这紧要关头，大玉儿成了康熙帝的主心骨，她要康熙帝沉着应战，同时遣使招抚，启用文臣图海，招募了三万八旗家奴为军，使叛乱终于平定。康熙还收复了台湾，成为我国文治武功很有作为的大帝，祖母大玉儿功不可没！

大玉儿七十五岁去世于北京慈宁宫，她在弥留之际做出了不同丈夫合葬的决定，因为她知道皇太极最爱的是姐姐海兰珠"关雎宫宸妃"。虽然姐姐早逝，大玉儿也不想死后再惊扰姐姐。她把自己的万年吉祥地选择在遵化县马兰峪顺治孝陵附近，这样能离北京近一些，继续庇佑她的孙子玄烨康熙帝。

第九章　故事中的故事

　　顺治十六年二月的某一天，风和日丽。顺治帝在乾清宫接受国相索尼（清朝并不设宰相，但满族民间仍把清朝重臣称为国相或者中堂大人。索尼后被顺治帝任命为四个顾命大臣之首）率领文武百官的祝贺，因为捷报传来云贵归于清朝一统了。顺治帝望着文武百官中的鳌拜、苏克萨哈、遏必隆、洪承畴、傅以渐、胡世安等满汉大臣，心情十分爽朗，笑眯眯地下旨：发国库银子三十万，一半赈济云贵两省的贫民，一半当作八旗的兵饷。

　　大伙儿也十分高兴，准备散朝。顺治帝把大家留下了，叫侍卫拿出一把磨得黝黑发亮的"小树干"请大伙儿传看。大伙儿你看我看，再三琢磨，这是什么玩意儿？

　　有人轻声说道："这是石箭箭杆？"

　　"呵呵……猜得不错，"顺治帝因为这种回答比较靠谱而高兴，又问，"它的正式名称是什么？"

　　那人摸摸脑瓜干眨巴眼答不上来。

　　只见索尼不慌不忙地说道："它的正式名称是'楛矢石砮'。'楛矢'是用东北本土生长的一种灌木做的箭杆，有着超强的韧性；'石砮'也是用产于东北的黑曜石制作的箭头，这种石箭头比铁还坚硬哪！"

　　"说得好！"顺治帝为索尼的博学鼓起掌来。

　　顺治帝又兴致勃勃地问大伙儿："我们先民用楛矢石砮有多长时间了？"大伙儿你看看我，我看看你，谁也回答不出来。

　　索尼想了想，又答："在老汗王努尔哈赤统一东海部时，瓦尔喀人用过这种楛矢石砮，但不知我们先民何时开始用这种石箭的。"

　　顺治帝笑了一笑，说："三千年前，在上古舜禹时代，我族先民肃慎人已经会制造楛矢石砮了。肃慎人还以这种猎具作为友好信物通好中原王朝呢！"

大伙儿啧啧称奇。

顺治帝接着告诉大家：两千多年前，孔子讲过"楛矢石砮"的故事。那是春秋战国时期，周游列国的孔子来到了陈国。一天，一群凶猛的鹰从陈国宫廷的上空飞过，一只受了伤的鹰身上还扎着一支一尺八寸的箭，从空中坠落到国君的庭院。当时的中原没有人认得这鹰、这箭。陈湣公不知道是怎么回事，四处寻问。正好鲁国司寇孔丘周游列国，来到陈国，陈湣公知道孔丘博览群书，精通世故，于是，派人去请教孔老夫子。还是孔老夫子学识渊博，见多识广，近前细辨，一一道来。孔子说："这群隼鸟从很远的地方飞来，鸟身上的楛矢是肃慎人造的。过去周武王灭殷，国势强大，很远的四方属国都来朝贡，当时北方的肃慎人贡献了'楛矢石砮'，石制的箭头约一尺八寸长。后来周武王为了表彰自己长女的美德，把肃慎人献来的'楛矢石砮'赐给了分封陈国的女婿胡公。在周武王那个时代，同族亲属分得珠宝，异姓诸侯分得远方来贡的珍品，以显示周王室的恩惠。我想陈国一定受赐过'楛矢石砮'，你们可以到仓库里去找找看。"从孔老夫子的解答中，人们才知道，那支沾有北国风情的长箭及那个带有地方特点的鸟儿，都来自那个遥远的东北肃慎人的领地。那只鸟儿叫隼，可能就是名鹰海东青。那支箭，就是肃慎人围猎常用的工具。就是这种楛矢石砮，肃慎人曾作为效忠中原王朝的信物多次进贡过天朝。陈湣公立刻派人去查找，果然在仓库的深处找到了这种楛矢石砮。这个故事被记载在《国语·鲁语》中。

顺治帝一口气讲完孔子的楛矢石砮故事后，问大家："今天我们再述孔子讲过的故事，意义何在？"

文华殿大学士洪承畴憋不住了，朗声说道："这个故事说明孔子博学，我们今天仍然要以他为师。"

顺治帝笑着点点头，说道："是呀，这个故事充分说明孔子博学，所以本朝以他为师表。大学士洪承畴，京城文庙的修缮就交给你了！"洪承畴荣幸地跪拜谢恩领旨。

顺治帝又问大伙儿："除了孔圣人的博学外，还有什么意思呀？"

这一问又把大家给憋住了。

顺治帝语重心长地说："这个故事说明早在两千年前，中国就开始互通，是一个大家庭哩！"

"是啊！""是啊！"大伙儿恍然大悟，频频点头。

其实让众臣信服的不光是感到孔子讲"楛矢石砮"的故事很受启发，

还为当朝这位年轻的皇上博学而欣慰。他们都听说顺治帝刻苦学习，曾在座位右边亲笔书写格言"莫待老来方学道，孤坟尽是少年人"警策自己，发愤读书读到呕血。他读过大量的汉文典籍，号召臣民尊孔读经，曾亲率诸王大臣到太学隆重祭奠孔子，亲行两跪六叩礼。他谕学官、诸生说："圣人之道如日中天，讲究服膺，用资治理。尔师生其勉之。"他命内院诸臣翻译五经，赞美说："天德王道备载于书，真万世不易之理也。"他认为"治平天下莫大乎教化之广宣，鼓动人心莫先于观摩之有象"。于是，他主持编修《资政要览》《劝善要言》《顺治大训》《范行恒言》《人臣儆心录》等，都亲自撰写序言。今日顺治帝说孔子讲"楛矢石砮"的故事实是为训导满汉众臣励精图治啊！

顺治帝最后郑重宣布："今年秋天打围我们再用楛矢石砮。索尼，你好好准备！"

"臣遵命！"索尼兴奋地应道。

大伙儿在一片欢呼声中散朝。

第十章　一亩三分地

云贵大捷后的又一天，顺治帝在乾清宫和大臣们商议朝政，忽然提出个"如何使大清长治久安"的问题。

急性子的鳌拜抢先亮开粗嗓门回答："皇上，各省重镇都要驻防八旗。"

顺治帝轻轻点头，说道："是的，以后重镇会有八旗驻防，但这还不能使大清真正长久安宁。"

汉臣胡世安说："皇上要重视农耕。"

"哦？怎么讲？"顺治帝示意他往下说。

胡世安不慌不忙地说："微臣以为，皇上要亲自参加先农坛耕地仪式，方能显示出朝廷对农耕的重视，这是立国之本，才能使国家长治久安。"

"嗯，有见地。"顺治帝频频点头，"胡爱卿，快快给大家伙讲详细些！"

胡世安一五一十地说了起来："先农，远古称帝社、王社，至汉时始称先农。《汉仪》记载'春时东耕于藉田，引诗先农，则神农也'；《五经要议》记载'坛于田，以祀先农'。魏时，先农为国六神之一，《唐书·卷十四》记载'风伯、雨师、灵星、先农、社、稷为国六神'。至此祭祀先农正式定为一种礼制，每年开春，皇帝亲领文武百官行藉田礼于先农坛。北京先农坛创建于明永乐十八年，将先农、山川、太岁等自然界神灵共同组成一处坛庙建筑群。嘉靖十年，于内坛墙南部增设天神坛、地祇坛，形成先农坛现今布局。惊蛰时分，帝后乘龙车从正阳门到先农坛'演耕田'，由皇帝、皇后'亲耕'，象征普天之下都种五谷了，表现朝廷对农业生产的重视。"

顺治帝为胡世安丰富的历史知识和精彩的发言鼓起掌来，说："胡爱卿不愧为大学士，知识渊博啊！"说完又对着众大臣说："诸位爱卿，朕决定了，今年惊蛰时节一定要去先农坛'演耕田'。你们都得去！"

"皇上英明！"众大臣异口同声作揖应和。

当天晚上，顺治帝给额娘①孝庄皇太后请安后，兴冲冲说起白天上朝的事，说到云贵大捷时，孝庄皇太后也喜气洋洋。说到胡世安的建议，孝庄皇太后沉思了一会儿，对顺治说："你到先农坛时，额娘跟你一起去。我满洲原以渔猎、游牧为生，农耕不发达，一些人还不会种地。现在入主中原，一定要在农耕上下功夫，不能摆花架子，要实实在在去做。"

"是呀，皇儿也这么想。"顺治帝见太后支持自己的想法更来劲了，干脆不回寝宫了，坐额娘跟前兴奋地唠开了。

经过母子俩一个晚上的商量，决定除了到时要去先农坛祭祀农神、"演耕田"外，还要在宫里的丰泽园内开辟一块由皇帝亲自耕种的一亩三分地。为啥偏偏是一亩三分地呢？当时顺治帝说了：这象征我大清国的十三个省。

顺治帝说干就干，很快就在丰泽园里开辟出一亩三分地，从那地挖出十二个小畦，象征一年四季十二个月，规定只有皇帝、皇后、皇太后才能到那块地去耕种。

那年惊蛰时节，斋戒了两天的顺治帝夫妇和孝庄皇太后都去了北京城的东北郊先农坛，一起隆重祭祀农神后，由户部尚书进耒、顺天府尹进鞭，顺治帝右手扶耒，左手执鞭，前面由两个老农夫牵牛，左右由两个年轻农夫扶犁，耕了三垅地。这圣驾躬耕往返三个来回，后来叫作"三推三返"哩！

一时间鼓乐齐鸣，禾词歌起，旗幡飘扬。顺治帝"亲耕"后就和额娘、福晋②一起登上观耕台观看臣下耕地的场景。这些文武大臣哪干过这活儿啊？跟小孩学步似的，有的扶犁曲里拐弯，有的扬鞭使不上劲儿，都急得头上冒汗。下人们看着笑得前俯后仰。顺治帝大声鼓劲："没事，好好练！"

祭祀神农氏后，顺治帝夫妇和孝庄皇太后亲自在丰泽园的一亩三分地里种地了。他们种上了从东北带来的谷子以及土豆、白菜、萝卜等菜蔬。

可能是北京的土地没有东北肥沃，也许是他们毕竟不是庄稼汉，种的东西长势都不太好。顺治帝正纳闷呢，不料自己得了急病。他请来孝

---

① 额娘：满语，即母亲。
② 福晋：满语，即妻子。

庄皇太后和满汉大臣，传位给自己的第三个儿子玄烨，请索尼、鳌拜、苏克萨哈、遏必隆为顾命大臣。安排完后事，他拉着孝庄皇太后与索尼的手说：一定要使玄烨种好丰泽园里的一亩三分地。孝庄皇太后和索尼答应了，顺治帝这才含笑而逝。

玄烨登基后，成为清朝入主中原的第二个皇帝，年号康熙。孝庄皇太后和索尼反复讲了顺治帝的遗愿——一定要康熙帝种好丰泽园里的一亩三分地。康熙亲政后经常跟自己的祖母孝庄太皇太后到那里种地。当时皇宫用的稻米都是从南方运来的，康熙想："为啥不能在北京地区也种水稻呢？"于是，他在丰泽园御田里种上了水稻。

康熙二十年六月的一天，康熙来到丰泽园御田，忽见一棵稻子在稻丛中"鹤立鸡群"，已经成熟了，非常高兴，将它专门收藏起来。第二年春上，把它作为种子，单独播下，细加管理，看看它是不是真的会早熟丰实。到收割时，这株稻种长出来的稻子果然又比其他稻子早熟了。康熙将它们全取作种子，下年再扩大试种。这样前后经过十多年，康熙帝培育成了米色微红、粒长气香而味腴的新品种，名叫"御稻米"。

康熙命人先在河北承德地区试种，获得了成功，这就使南方水稻北移到了河北。他十分高兴地吟出《早御稻》一首：

紫芒半顷绿阴阴，最喜先时御稻深。

若使炎方多广布，可能两次见秧针。

康熙渴望水稻面积不断扩大，一年争取收获两次，于是叫来了亲信李煦，要他先在江南的苏州试种二季稻。几经试验，终于又获得了成功。

康熙五十五年康熙帝下旨："各官府民要者，尽力给去，无非广布有益，浙江、江西要的也给。"并颁发了"凡来请种者，并皆发给"的谕旨。御稻米的成功，使康乾盛世的生产有了一定的物质基础。为此康熙又喜吟一首诗《畅春园观稻时七月十一也》：

七月紫芒五里香，近园遗种祝祯祥。

炎方塞北皆称瑞，稼穑天工乐岁穰。

康熙实现了顺治帝的理想。

康熙帝之后，雍正帝、乾隆帝对农业生产也很重视，有诗为证。雍正描写春耕季节农民辛勤劳作，而寄托自己由衷渴望的《耕》诗，曰：

> 原隰春光转，菲茨暖气舒。
> 青鸠呼雨急，黄犊驾犁初。
> 畎亩人无逸，耕耘事敢疏。
> 关心课东作，扶策历村墟。

乾隆描写丰泽园稻田、菜园的布局，表达自己重农理念的《丰泽园》一诗，道：

> 左艺蔬畦后弄田，
> 园名丰泽缅尧年。

每逢春耕开始，清朝皇帝都参加先农坛"演耕田"仪式，亲自扶犁示范，以示重农。而满族的农耕水平很快与汉族并驾齐驱了。

皇帝种地的故事在满族中广为流传，影响很大。今天，在上海奉贤我的自家小院里，我也亲手培植一些花草和果树，每个季节都有芳香和收获。院南有一座向北的太湖石笔直地竖立在鱼池中央，上面雕刻着"半亩园"三个红色大字，左边"福"字下是一行小字："丁亥年冬月"，右边落款是"爱新觉罗·毓嶦"。

"半亩园"是二〇〇七年冬天毓嶦叔父给我这小院起的名字，并亲笔写下墨迹。为啥要叫"半亩园"呢？毓嶦说，因为从前皇帝也只能亲自管一亩三分地，我们这些平民百姓不能超过皇帝，做人做事都要低调，这样才能留有余地。

第十一章　多尔衮护太庙

　　明代的太庙是顺治朝摄政王多尔衮保护下来的。这座太庙在今天北京长安街以北，故宫的天安门以东，过金水桥的劳动人民文化宫所在地。

　　顺治元年四月，多尔衮率领清军浩浩荡荡进入了北京城。当时李自成农民起义军边放火边撤出北京，皇宫周围浓烟四起。多尔衮一看金碧辉煌的紫禁城眼看要毁于一旦，立即下令："全体将士全力以赴扑灭大火！"此时一清兵来报：皇宫外东侧供奉着明朝历代皇帝牌位的太庙也起火了！多尔衮调转马头直奔太庙。当他疾驰飞奔过太庙街门时，看到了令人震撼的一幕：玉带桥桥头栏杆的石柱旁有一个披头散发的驼背老人，他挣扎着从血泊中爬起来，冲到太庙大殿前，先用木棍把墙根下燃烧的木头挑开，然后拿起一件浸满水的破棉袄，不顾一切地扑向大火。瞬间火势微弱了下来，可上边的窗户还在噼噼啪啪地燃烧。老头转身一看，恰巧旁边有几个方形的石礅，中间的窟窿眼插着碗口粗的旗杆。旗杆足有二丈多高，是举行祭祀时插旗幡用的。他用力把旗杆扳倒，旗杆顶端正好搭在大殿的房檐下。老人如同猿猴一样爬了上去，一只手死死抱住旗杆，另一只手拼命扑打火苗。多尔衮忙对跟从的侍卫喊："还愣着干什么！快上！帮他一起灭火！"侍卫们纷纷下马，学着老人的样儿把另几根旗杆扳倒，迅速爬上去扑火。火终于被扑灭了。老人摇摇晃晃地下了旗杆，想按照明朝的大礼向多尔衮叩拜，但是"咕咚"一声倒地晕了过去。只见他满脸是血，浑身焦味，手上、胳膊上烧起了大泡。"这位老人豁出性命来保护这太庙，一定是个奇人。"多尔衮挥一挥手对侍卫说，"快抬下去诊治！"

　　后来才知道这个奇人叫蒯忠，是在太庙做杂役的太监。他是二百多年前修建皇宫的主要工匠蒯祥的十世孙，在父亲的指点下，他从小就会自己动手制作小宫殿模型。长大了，木工手艺有了，他翻烂了皇家建筑的规范著作《营造法式》，梦想做一个像先祖一样建造宫殿的工匠。每天，他守候在先祖建造的大殿旁边，轻轻地抚摸着每一块砖、每一条石、每一根柱子，如醉如痴。别的太监看到他老是对着大殿发愣，也问不出为什么，便给他起了个外号"蒯疯子"。起义军进驻太庙后，其他守太庙的十几个太监很快都溜走了。只有他，闭着眼睛盘腿坐在炕上，一动不动。一来是他年纪大了，二来也是最主要的，他要守着自己陪伴了一辈子的太庙建筑。那天他发现太庙大殿的西南角着了火，痛哭失声，捶胸顿足。突然，他磕磕绊绊地向北跑去，在玉带桥滑了一个跟头，脑袋撞在了桥头栏杆的石柱上，鲜血立刻流了出来……再后来就是多尔衮他们看到的一幕。

太庙大殿保住了，院中那株明成祖朱棣亲手栽种的古柏和大殿六十八根金丝楠木大柱仍然高高矗立。多尔衮凝视着这个比太和殿还要雄伟的建筑群沉思起来，耳边响起了他的朋友内院大学士范文程的话：这次进军北京不是和明朝争天下，而是和李自成争天下。要成功的话，一定要保护好明朝的太庙与陵寝，要严禁军卒抢掠，真正做到对老百姓秋毫无犯。想到这里，他下令：太庙和城外的明陵都要派兵把守，一草一木不能受到侵犯。

摄政王多尔衮落实好这些命令后，开始做顺治帝进北京的准备，他下令一切要按明朝制度隆重举行仪式，厚葬已经被李自成逼死的明思宗崇祯皇帝。

不久，改朝换代的新皇帝要来了，北京城的老百姓都拥挤在道路两旁观看，只见身着摄政王朝服的多尔衮早早地恭候在北京城门外。时辰一到，迎接新皇帝的仪式开始了：依明朝礼仪一样的卤簿仪仗队整齐肃穆，鸣鼓奏乐声中，黄盖下只有六岁的顺治皇帝缓缓而来，他身前是摄政王多尔衮，身后是庄严肃穆的文武百官。两旁的百姓看到这一情景，啧啧称奇，也放心了许多，因为这是新的朝廷的新气象，证明清朝仍然是坚持天朝制度的正统朝廷。

那年六月里的一天，多尔衮也是身着朝服，恭恭敬敬地先把明代皇帝的神位请到了历代帝王庙里，再把自己祖先的牌位移到了太庙里，然后，又下令把辽金元等皇帝的神位也供奉在历代帝王庙中。他郑重其事地对大臣们说："辽朝、金朝、元朝也是中国正统的王朝，他们的皇帝神位也应该受人敬重和祭祀。"多尔衮的这一举动安抚了北京百姓，自此，明代已经成为历史，太庙揭开了新的一页。

多尔衮望着已经变成清朝太庙的大殿，想到自己跟随皇太极亲征朝鲜的一幕：当时他已经包围了朝鲜王子、王妃及众大臣所居住的江华岛，他据哥哥皇太极的旨意竭力劝降，使朝鲜君臣放弃了继续抵抗，求得了和平。正因为他在江华岛的这一成功，使皇太极除去了后顾之忧，在天聪十年改国号为清，年号崇德，面南称帝。想到这里，多尔衮下令严禁八旗军抢掠，停止剃发，为明崇祯帝朱由检发丧，派叶臣、石廷柱、巴哈纳、马国柱、吴惟华、多铎、阿济格等开始了全国统一战争。几年后取得了成功。

顺治七年十二月初九戌时，多尔衮由于公务繁忙，病死在边外喀喇城。噩耗传到京城，顺治帝下诏为他举行国丧，追尊为"懋德修道广业定功安民立政诚敬义皇帝"，庙号成宗。但是，多尔衮死后两个月，其政敌便揭发他的所谓大逆之罪，追夺多尔衮的一切封典。

一百二十余年后，酷爱读书的乾隆帝读清朝前期的史书时，为多尔衮掉下了眼泪，他跟臣下说：如果多尔衮真要篡权，当时他任摄政王，朕的曾祖父顺治帝只是六岁小孩，真是易如反掌，但他没有这么做，可见这是一个冤案呀！是他保护了明朝太庙与明陵，致使清朝顺利入主中原的啊！

乾隆四十三年正月初十，乾隆帝下旨追复多尔衮睿亲王的封爵，将他补入《玉牒》，仍然要有人补继袭封他的爵位。乾隆帝这样评价他："定国开基，成一统之业，厥功最著"。

多尔衮和朝鲜李氏生有一女，名东莪，多尔衮倒台后分给了信王多尼，命运不详。其养子多尔博是多铎之子，后归宗。乾隆帝为多尔衮恢复名誉后，仍以多尔博四世孙淳颖承袭睿亲王爵，一直传到民国初年。

多尔衮保护好了明太庙，又保护了明陵，不仅使清军顺利统一了全国，也真正保护与传承了一部分重要的中华传统文化啊！

第十二章　望祭长白山

爱新觉罗皇室发源于黑龙江，离长白山很远，康熙帝为什么要册封长白山呢？爱新觉罗家族是这么解说的：

当初康熙帝亲政后，更爱读书了。一天，他读到《清太祖武皇帝实录》时，被里面记录的一个神话故事深深感动了。那个神话中说：在长白山之东有一布库里山，内有一水池名叫布尔湖里。一天有三位天女降临池畔，大姐叫恩古伦，二姐叫正古伦，最小的妹妹叫佛库伦。佛库伦因吞食了喜鹊衔来的朱果生了个儿子，此孩儿生下来就能讲话，体貌周正，见风就长。他根据母亲佛库伦的指点乘坐小木船随江而下，来到了俄漠惠之野的俄朵里城，对正在争斗的众人说："我是天女所生，姓爱新觉罗，名布库里雍顺。天生下我就是要我来平定你们争斗的。"他因平息了三姓人的械斗而被众人奉为贝勒（这里指国主），在长白山之东建立了满洲国。

原来这是个关于爱新觉罗家族始祖布库里雍顺出身的美丽神话。康熙帝为了给本民族和长白山追本溯源，继续如饥似渴地读着大量的古籍：

《山海经·大荒北经》记载："东北海之外……大荒之中，有山名曰'不咸'，有肃慎氏之国。"康熙帝知道了长白山曾名"不咸山"，而"肃慎"是史书中对满族先人最早的记载。

《北史·勿吉传》记载："国南有徒太山者，华言太皇，俗甚敬畏之，人不得山上溲污。行经山者，以物盛去。上有熊罴豹狼，皆不害人，人亦不敢杀。"康熙帝知道了长白山又有"徒太山""太皇山"之称，满族先人勿吉人不敢随意"溲污"[①]，山上的野兽有灵性，人们不敢杀害，反映了当时先民对长白山的崇拜之情。

康熙帝又读了一系列金史典籍，知道了满族的直系先民女真人崇拜

---

① 溲污：满语，即解大小便。

长白山的历史：早在金大定十二年十二月，长白山神被封为兴国应灵王，金人在其附近建庙致祭，这是长白山最早受到的敕封；大定十五年三月，奏定封册仪物，每年春秋二仲择日致祭；明昌四年十月，又封长白山为"开天弘圣帝"……在短短的二十一年里，又是封王又是封帝，说明女真人对长白山的敬仰，长白山被尊为民族的守护神。

当康熙帝读到《诗经·鲁颂》中的"泰山岩岩，鲁邦所詹。奄有龟蒙，遂荒大东"时，只感到眼前一亮，这不是讲鲁国人人敬仰的泰山实际上是"大东"（长白山）的连绵延续吗？他坐不住了，激动地站起来在南书房里踱来踱去，思忖了半晌，一拍巴掌，自言自语道："朕要向世人提出，长白山是泰山龙头的新看法。朕要册封长白山！"转念又一想，"对，朕得先派人去长白山考察考察，看看那长白山究竟如何。"夜深人静了，他躺在床上还想啊思啊，竟一宿没合眼。

康熙十六年初夏，康熙帝派遣了内大臣觉罗武默讷与侍卫费要色、塞护礼、索鼐等人前去考察长白山了。这一行人风尘仆仆来到吉林将军府，巴海将军一听是康熙帝亲令他们专程前往长白山踏查的，连忙派了曾经到过长白山采集人参的宁古塔（现黑龙江省宁安市）副都统萨布素陪他们同去。萨布素请来吉林额赫讷殷地方猎户岱穆布鲁当向导，前往长白山主峰。

他们一路跋山涉水，穿过岳桦林来到长白山顶峰，当时大雾弥漫，一时辨不清景物，武默讷赶紧跪念康熙帝敕旨，萨布素等六人也忙跪拜行大礼。呀！顿时雾散天晴，天池露出了美丽而神奇的面貌，四周峰峦历历在目，山坳里只有冰雪泛出玉光。武默讷等人又对天池行了大礼。

众人仔细眺望：天池环以五峰，湖面广袤约三四十里，夹山涧水而喷注，形成一个很壮观的瀑布。天池从左边流出的是松花江，从右边流出的是大小殷讷河（鸭绿江、图们江）……武默讷等人对着神奇的天池又一次行了大礼。

踏查归来后，康熙帝听了武默讷等人谒拜天池的详细经过，心中大喜，告诉武默讷一定要把长白山的所见所闻都记录下来。当时康熙还下了一道圣谕说："长白山发祥重地，奇迹甚多，山灵宜加封号，永著祀典。以昭国家茂膺神贶之意。著礼部合同内阁，详议以闻。"后来武默讷将这次经历写成了《封长白山记》（乾隆四十二年被收进了《钦定满洲源流考》）。

康熙十八年，礼部讨论册封长白山之事后，在奏章中讲："长白山系本朝发祥之地，祀典宜崇，但民舍遥远，不便建庙请封为长白山之神。"康熙帝那时已知"祖宗（长白山神）所由出"，同意众臣所奏，封长白山为神，每年都定期享祀，如泰山等五岳一样。

由于长白山路途遥远，就定在离吉林将军府不远的地方望祭。从此以后，望祭长白山神的祀典由乌拉官员在吉林乌拉城西的板山（满语：温德亨阿林，今吉林市西郊小白山）依典进行。

康熙二十一年三月二十五日，在长白山西麓的乌喇城，举行了隆重的长白山望祭仪式。康熙帝亲自率众向松花江岸东南方向的长白山行三跪九叩头礼，并写下了《望祀长白山》诗句：

> 名山钟灵秀，二水发真源。
> 翠蔼笼天窟，红云拥地根。
> 千秋佳兆启，一代典仪尊。
> 翘首瞻灵昊，岧峣逼帝阍。

康熙帝遥望这祖先发祥的神山，不禁双眼湿润了，久久不舍得离去。

当天晚上，康熙帝召见宁古塔副都统萨布素，又详细询问了长白山的情况。

萨布素禀报后，从怀里取出一摞文稿恭恭敬敬地呈献给皇上。康熙帝一看题名《长白山赋》，就来了兴趣，仔细读出声来，喜上眉梢。读毕，他对萨布素说："这是朕读到的长白山诗文中最好的一篇。作者吴兆骞是何人哪？"

萨布素答："吴兆骞本是江南才子，被人们誉为'江左三凤凰'之一。后来江南科举案被人告发，在顺治爷亲自殿试时交了白卷，刑部查他没有作弊情节，就免了死罪，依律发配到了宁古塔。他到宁古塔快二十年了，办起了书院，巴海将军的两个孩子和我的孩子都在他的书院学习呢！"

"哦，他到宁古塔快二十年了？"康熙帝又问，"那这个汉人对我大清这些年抗击罗刹（对沙俄侵略者的称呼）怎么看？"

萨布素听皇上提起这个话题立即眉飞色舞，答道："吴兆骞不仅给我们抵御罗刹写了许多好诗，而且出了许多好主意。此文人还会兵法呢！经常给我们讲《三国演义》。"

康熙帝微微点头，略有所思，他告诉萨布素，以后还要收集好他的诗文，不要遗失。

深夜，康熙帝仍然在吉林将军府的行宫中读吴兆骞的《长白山赋》，读到精彩之处，连连拍案叫好。

康熙帝临走前，召见了吉林将军巴海、宁古塔副都统萨布素、安珠瑚等人，要他们好生保护好长白山，好生保护好《长白山赋》的作者吴兆骞（康熙二十三年，经康熙帝下旨，被流放宁古塔二十三年的吴兆骞返回故里吴江）。

康熙帝东巡不久，就派员测量长白山的山形走势，后来他亲自写了一篇名为《泰山山脉自长白山来》的文章。在文中，康熙帝提出：泰山是中国龙脉的根本，而这最重要的龙脉发脉于长白山。

雍正十一年，盛京工部根据雍正帝的旨意在板山兴建望祭殿，遥祭长白山神。望祭殿竣工之后，每年的春分和秋分准备好二十只山鹿，二十头青牛，二十口乌毛猪作为供品，由吉林将军代皇帝率领众官员望祭长白山。

乾隆十九年，高宗弘历东巡吉林乌拉，于九月二十四日亲临吉林小白山望祭长白山，并赋诗《望祭长白山》。

嘉庆十年，仁宗颙琰东巡至盛京，派官员到吉林小白山望祭长白山。之后的清代皇帝，也都派朝廷大吏专赴吉林望祭长白山神。

……

离康熙帝册封长白山三百多年后——二〇一二年七月二十九日清晨，天刚露出鱼肚白，我们一行数人坐车从延边朝鲜族自治州府延吉市出发，到长白山天池去。长白山在我心中既遥远又亲近，她是太祖高皇帝先世的发祥地，是爱新觉罗皇室的龙兴之地，是远在上海的我心中始终向往和崇敬的圣山。

想到我终于有机会去亲近我梦寐以求的长白山了，兴奋的心情难以言表！进入长白山区，从车里放眼望去，群山起伏，树林茂密，沿途两旁的美人松仿佛在欢迎我说——格格回来啦，格格回家啦！

当我们到达长白山顶峰天池下面的平台时，仿佛一下子进入了冬季。这里海拔有两千多米，寒风凛冽刺骨。平台离天池主峰只有一二百米，这么近的距离让我感到仿佛走了好几里的山路。我脑海里立即闪现出康熙皇帝颂满族圣山长白山的诗句："翘首瞻灵昊，岩峣逼帝阍。"

我们站立在主峰上，第一眼看到天池，就被眼前的景色震慑了：雾在周围的山腰飘绕，水面上漂浮着一层薄薄的水气，构成了龙宫仙境般的景色，宛如镜面的湖泊忽隐忽现。

　　面对圣山，我这个满族格格充满敬仰之情，此时满族人讲述的关于康熙帝册封长白山的故事在我脑海中栩栩如生，连成一片……

　　面对圣山，我遐想万千，流连忘返。

第十三章　打虎英雄与木兰秋猎

　　清朝最大规模的围猎称为木兰秋狝（古代指秋天打猎为狝），因为秋天到木兰围场（今河北省围场县）打猎，也称木兰秋猎。

　　清朝笔记中的《清宫遗闻》记载：康熙帝曾自诩"朕自幼至今凡用鸟枪、弓矢获虎一百三十五"，堪称超级打虎英雄。到他的孙子乾隆帝竟创造了"一枪中双虎"的奇迹。满族父老经常讲起康熙爷的十三子胤祥也是一个少年打虎英雄，他在十三岁时就刀刃一只大老虎。这些，成了满族人引以为豪的佳话。

　　清朝皇帝在木兰围场曾经秋猎一百多次，承德的满族人有"先有木兰围场，后有避暑山庄"之说。那么木兰围场是谁始建的？是打虎英雄康熙帝建的。他为什么要建木兰围场？这和他喜欢读古书有关。

　　那还是康熙二十几岁的事。那时，他好读古书，常有收获。史书上最早记载的满族先民叫肃慎，也称"息慎""稷慎"。《左传》上写周朝人在列举其疆土四至时称："肃慎、燕、亳，吾北土也。"《山海经》等文献的记载，从传说中的虞舜、夏禹到有文字记载的商周时代，肃慎一直向中原王朝敬献贡品。主要贡品是一种坚硬如铁的石箭——"楛矢石砮"，以及一种名为麈的鹿科动物。

　　康熙最喜欢读的书是司马迁的《史记》。《史记·孔子世家》有个故事讲孔子在陈国居住三年时，有一天，从天上掉下来一只凶猛的鸟，此鸟身中一支石箭，陈惠公不明白这箭和鸟的来处，去问孔子。孔子告诉陈惠公这鸟身上中的箭是肃慎国的楛矢石砮。早先北方肃慎国曾将楛矢石砮作为贡品献给周武王，周武王令人在上刻字为"肃慎氏之贡矢"，分赐给诸侯。康熙读了这个故事后十分感慨，觉得孔子博学，也了解了早在两千年前中国就是一个大家庭了。

　　康熙读到《三国志·乌丸鲜卑东夷传》时十分自豪，那史书上说："自虞暨周，西戎有白环之献，东夷有肃慎之贡，皆旷世之功。"读到这里，康熙看明白了：古时中原帝王均把"肃慎来贡"作为衡量文治武功、体现威德的重要标志，说明当时肃慎人的猎具猎术已驰名中原。

康熙通过读古书知道：战国以后的挹娄、勿吉、靺鞨、女真，都是肃慎后人，一直与中原地区来往频繁。他们的故土范围南至长白山，西至松嫩平原，北至黑龙江中下游广大地区。

康熙读宋金史书籍时突然开了窍。宋金史上说：辽金时期的女真人"耐饥渴，苦辛骑，上下崖壁如飞，济江河，不用舟楫，浮马而渡""每见野兽之踪，能蹑而摧之，得其潜伏之所""以桦皮为角，吹作呦呦之声，呼麋鹿，射而啖之""辽王秋岁入山，女真常从呼鹿射虎捕熊，皆其职也"。酷爱狩猎的契丹皇帝也要依赖女真人的高超猎技助猎。女真皇帝中不少人被称为马上皇帝：金太祖完颜阿骨打曾宣言："我国中最乐无如打围。"一次，他箭射飞鸟，三发皆中，被辽使称为"奇男子"。金世宗完颜雍"善骑射，国人推为第一"。金章宗完颜璟创造了"三日之间，亲射五虎""一发贯双鹿"的纪录……康熙帝明白了：一定要传承好先民打围的习俗！虽然现在远离了东北故土的围场，但一定要在离北京不远的地方设立新围场，边打猎边练兵。

康熙的性格就是想到了的事就一定要去做。

康熙十六年的一天，康熙兴冲冲地首次来到塞外的辽朝围场，看到那里松涛花海周环千里，不禁诗兴大发，吟道："万里山河通远徼，九边形胜抱神京。"话音刚落，一只斑斓大虎猛地从树丛中跳出来。康熙面不改色心不跳，沉着地示意大伙儿后退，众皇子、王公大臣、侍卫只能后退。老虎似乎纳闷儿：怎么这么多人后退呢？那虎往前走了几步。

康熙示意大伙儿继续后退，大伙儿只得后退。老虎又往前走了几步。

当老虎第三次前进时，康熙还是让大家后退。

接着，康熙轻轻翻身下马，上前几步，和老虎只离着十几步远。大伙儿的心都提到了嗓子眼儿啦。

只见康熙不慌不忙地抽弓搭箭。那老虎仿佛被激怒了，山崩地裂般一声吼，向康熙猛扑过来。很多人紧张得把眼睛都闭上了。

当老虎山崩地裂的吼叫声还在树林中回荡时，一眨眼，它已经直挺挺地四脚朝天躺在康熙身旁了。好皇帝！康熙只一箭，就射中它额头上的"王"字了！

周围人被惊呆了，良久才发出欢呼声。

康熙弯下身去，从虎额上拔出自己的箭，用手巾擦了擦，连说："好虎，好虎啊！"

这时，有侍卫报：蒙古噶喇沁、敖汉、翁牛特三个部落的首领求见。康熙令他们到这里来。

三个部落首领看见皇帝脸上有血，不禁很困惑，赶紧请安问好。康熙指一指地上的老虎，微笑着说："是它迸溅的血。不碍事，不碍事！"

三个部落首领这才仔细看了地上的大老虎，吃惊地问："这是您射杀的？"

康熙大笑道："是它撞上了朕的箭啦！"

"啊？""好厉害呀！""了不得呀！"三个部落首领纷纷伸出大拇指夸奖这位年轻皇帝好胆量，也为自己有这么一位英武的皇帝庆幸。

傍晚，康熙让人用那只老虎肉做了顿野炊，招待三个部落首领。酒足饭饱后，三个部落首领高兴地率领蒙古族人跳起了安代舞；康熙也很高兴，跳起了满族人喜欢的莽式舞。

舞后，康熙皇帝讲起了《史记》中孔子给陈惠公讲肃慎人楛矢石砮的故事，众人啧啧称奇。

最后，康熙指着远处说："你们看，这里禽兽繁育，过去是辽朝狩猎的地方，现在已少有人烟。朕准备在这里建本朝的围场，取名'木兰①围场'，在这里既可以打猎，又可以练兵。如何？"

"真是个好主意啊！""太棒啦！"满蒙大臣、八旗旗主不断叫好。这时，噶喇沁、敖汉、翁牛特三个部落首领恭恭敬敬地行了大礼，然后诚恳地说："皇上英明啊！我等愿意把这里附近相连的土地都敬献给朝廷，以扩大木兰围场。"

康熙大喜，扩大围场正是他的愿望呢！他高兴地接受了三部落的土地敬献要求。

康熙一行回去后不久，便开始兴建木兰围场了。他们在木兰围场各个隘口设立木栅和柳条边，以此为界，驻守的军队按八旗军制分布，每旗设一营房，统五卡伦②，直属理藩院。在一万多平方公里的围场境内划分了七十二个小围。历经几年的努力，到康熙二十年木兰围场终于建好了，康熙皇帝重赏了蒙古噶喇沁、敖汉、翁牛特三部落首领。

以后，康熙、乾隆、嘉庆皇帝先后都率领王公大臣、八旗精兵来木

---

① 木兰：满语，即鹿哨。
② 卡伦：满语，即哨所。

兰围场围猎练兵。举行木兰秋猎成为清廷的大事，仪式隆重。出发这天，皇帝命令扈从的大臣到奉先殿拜祭，向列祖列宗表示不忘"国语骑射家法"。皇帝和随从的文武官员身着戎装征衣，披弓挂箭，陈设大驾仪仗出宫。进入了木兰围场，皇帝住的御营就成为清王朝临时政治中心，皇帝在此向全国发布政令。

木兰秋猎实际上是一次由皇帝亲自主持的大型军事演习。狩猎这天的拂晓，八旗军将士按正黄、镶黄、正白、镶白、正红、镶红、正蓝、镶蓝的阵列，集结布围。皇帝以此考察八旗军将士的射技，围猎中表现英勇的予以封赏，失职的给予惩处。驰骋射猎结束后，皇帝和将士们一起野餐。野餐后奏起悠扬的乐曲，翩翩起舞，引吭高歌。

清朝皇帝为了处理朝政方便，还在离开木兰围场不远处建起了避暑山庄。木兰围场自康熙二十年正式建成，到嘉庆二十五年一百三十九年间，共举行了一百零五次秋猎。嘉庆皇帝在《木兰记》碑文中写道："射猎为本朝家法，绥远实国家大纲。"事实上，连续一百多年的康乾盛世就是从这里诞生的。

木兰围场的设立是为了秋猎，所以这里不建亭楼台榭，如今现存的有东庙宫、乌兰布通战场、十二座连营等遗址和乾隆、嘉庆二帝撰文的碑刻摩崖等，人们还能看到当时在这里记载的康乾盛世时的一些重大事件，如：签订尼布楚条约、乌兰布通之战、多伦会盟、渥巴锡率众万里归来，等等。

满族原是游猎民族，喜欢讲狩猎故事，尤其是清朝皇族中出现了打虎英雄，为满族人自豪与津津乐道。前年我去承德时，看到了木兰围场。这些打虎英雄故事一直为爱新觉罗家族传讲。

第十四章　避暑山庄的来历

整个有清一代，都不修长城，这个思想源自康熙帝的治国之道，与木兰围场的建设有关。

康熙帝靠索额图等人智擒了鳌拜以后，实现了朝政归于皇上的一统局面。从那时起，康熙帝就总想着一个根本问题：如何使大清能长治久安？看到八旗子弟入关后有些人身材日趋肥胖，这要是以后有战事如何出征打仗？恐怕走道都要困难了！他很发愁，为此好长一段时间吃不下饭睡不着觉。

康熙帝想到曾祖父清太祖努尔哈赤年轻时到长白山采人参打野牲口，是个勤奋之人，想到祖父清太宗皇太极也是打猎高手……后来他终于想出了一个有效办法：就是让整个民族仍然保持关外打围的习俗，在打围中练兵，克服肥胖、懒惰。

康熙二十年，康熙帝为加强对蒙古地方的管理，巩固北部边防，在距北京三百五十多公里的蒙古草原建立了木兰围场。每年秋季，皇帝带领王公大臣、八旗军队与后宫妃嫔、皇族子孙等数万人前往木兰围场行围狩猎，以达到训练军队的目的。通过这个有效措施，八旗劲旅保持了战斗力。所以，康熙帝很重视木兰围场的秋猎，认为这才是国家长治久安的根本之举。

为了朝廷经常的木兰秋猎，康熙帝就要考虑在北京至木兰围场之间修一些行宫问题，最大的行宫修在哪里呢？

一天，他率众从木兰围场回来，路过一条小河，见上面雾气缭绕，仿佛在冒热气，就命令大队人马在这里休息，他要去探个究竟。

恰好路过个穿着蒙古服的老汉，康熙帝便大声问他："老人家，这是什么河啊？"

"哈伦告卢。"老汉用蒙语回答。

"啥？热的河？"

"是啊!"

"有意思。是不是因为它冒热气才叫热河呀?"

"可以这么说吧。这河呀,上中游有温泉,所以冬天也常不封冻。这阵子秋寒了,水汽遇冷就凝结成雾,就像冒热气了。"

谢过老汉,康熙帝自言自语叨咕:"热河?热河,好一个热河!"说罢信马由缰,沿着热河走了过去。

康熙帝看到这里有一片湖泊,湖上有八个小岛屿,洲岛错落,碧波荡漾。"好一派江南鱼米之乡的风光特色啊!"康熙帝不禁赞叹道。他往前一看:湖泊南岸是一大片平坦地。"很适合建造一些行宫",他自语道。又极目瞭望:远处碧草茵茵,分明是茫茫草原的风光。湖泊的西北部群山起伏,林木茂盛。这里简直是大清锦绣河山的缩影!

康熙帝越看越高兴,暗自琢磨着:这里四周环山,可以阻滞来自蒙古高原寒流的袭击,冬天温度肯定要高于北京;夏季和初秋也肯定格外凉爽,如果雨量集中,应该没有很炎热的日子……康熙帝看了半天琢磨了半天,然后庄重地对大伙儿讲:"这热河是个好地方啊,江南与塞北风光浑然天成。朕决定在这里建立一个最大的离宫,就叫'避暑山庄'吧!"众人纷纷称皇上好眼光。

经过康熙帝的精心准备,避暑山庄于康熙四十二年动工兴建,至乾隆五十七年最后一项工程竣工,经历了康熙、雍正、乾隆三代帝王,历时八十九年,成为北京至木兰围场二十一座行宫中最大的一所行宫。

建成后的避暑山庄雄伟漂亮,整体布局因山就势,巧妙应用地形差别设计建造。宫殿区布局严谨,建筑朴素,殿宇和围墙多采用青砖灰瓦、原木本色,淡雅庄重,既有南方园林的风格、结构和工程做法,又多沿袭北方常用的手法,成为南北建筑艺术完美结合的典范。妙就妙在这些人工建筑和周边山水浑然一体,充满了自然野趣。

和宫殿区相连的是苑景区,苑景区分成湖区、平原区和山区三部分,内有殿、堂、楼、馆、亭、榭、阁、轩、斋、寺等建筑一百余处。避暑山庄占地总面积五百六十四万平方米,环绕山庄蜿蜒起伏的宫墙长达万米,是中国现存最大的古典皇家园林,相当于颐和园的两倍,北海公园的八倍。

看到雄伟美丽的避暑山庄逐渐建成,康熙帝诗兴大发,写下许多歌颂山庄的诗句,还兴致勃勃以四字为题,给山庄三十六景命名,如"烟波致爽""芝径云堤""北枕双峰""西岭晨霞""锤峰落照",等等。如今人们还能看到这三十六景哪！

承德避暑山庄也是康熙帝开创百年盛世的地方。

康熙帝不仅对避暑山庄的建设呕心沥血，而且很喜欢到这里来，据说他先后来过五十多次，每次都要住上几个月，当时这里是名副其实的能和北京媲美的政治中心。康熙帝通过离这里不远的木兰围场的训练给大清找到了一条长治久安的治国之道。

第十五章　康熙拜师

康熙十一年的一天，十九岁的康熙皇帝在懋勤殿阅览众臣的诗文，一首《赐石榴子诗》让他拍案叫绝。此诗云：

> 仙禁云深簇仗低，午朝帘下报班齐。
> 侍臣早列名王右，使者曾过大夏西。
> 安石榴栽红豆蔻，火珠光迸赤玻璃。
> 风霜历后含苞实，只有丹心老不迷。

这位爱读诗、也擅长写诗的少年天子摇晃着脑袋，将最后一句连吟了两遍，赞叹道："好诗，好诗！"他又将目光落在诗作者"陈廷敬"三个字上，对御前太监说："朕遍览诸臣诗章，还是陈廷敬的这首诗最佳呀！"他吩咐道："快快有请这位陈廷敬，朕要拜他为师！"

不一会儿，陈廷敬来了："臣参见圣上！"

"免礼免礼！"康熙笑着请陈廷敬坐下，和他攀谈起来。

经过交谈，康熙帝知道了，原来陈廷敬初名敬，字子端，山西泽州人，顺治十五年的进士，因为同榜中举的顺天通州人也叫陈敬，主考官就给他名字中间加了一个"廷"字。后来陈廷敬被推选为庶吉士，现正任皇帝的起居注官。

康熙帝恭恭敬敬地对这位长自己十五岁的先生说："适才读过先生的《赐石榴子诗》，堪称佳诗啊！先生以后就给朕做师傅（清朝称自己的老师为师傅）吧！"

当天，康熙帝赐陈廷敬在南书房用御膳，直到半夜才让他回去。容不得半点谦虚和推辞，陈廷敬就此升任为内阁学士兼礼部侍郎、充经筵讲官，成了康熙帝的老师了。

一天，陈廷敬给康熙帝讲唐诗时说道：周武王命太史陈诗，以观民风……汉魏去古未远，六朝以来，余波绮靡，泊乎有唐，太宗起而振之，本《国风》《雅》《颂》之遗，有古歌、今律诸体，上倡其鸿制，下衍其清音，彬彬盛哉……

"好啊，精辟！"康熙帝听到这里不禁鼓掌叫好，鼓励陈廷敬要把这么精彩的诗论记录下来。后来陈廷敬将自己的见解写到《〈御定全唐诗〉后序》一文中。康熙帝高兴地说："这才从诗歌的发展史上道出了唐诗繁荣的原因呢！"陈廷敬也为学生与自己有共鸣而高兴。

陈廷敬在讲课中，特别推崇唐代的诗人，如李白、杜甫、白居易、柳宗元、刘长卿、李商隐、王维、韦应物等。他最心仪的是杜甫，道："楮窗坐久朝阴改，是读杜诗韩文时。"他欣赏杜诗中的忠君爱国思想，倡导杜诗的宏声大音，对杜诗名篇《哀江头》《洗兵马》等，一一解释其文义事实，从艺术之美来说解杜诗"托兴幽微、寓辞单约"之意。讲解到得意之处竟高声朗读杜诗，深深打动了学生康熙帝，有时师生二人就一应一和对起诗来。康熙帝鼓励他把对杜诗的见解也写下来。

后来，陈廷敬果然写出了《杜律诗话》，康熙帝仔细读了这部文稿，看到文中有对杜诗的加注、校勘、训诂，也有对杜诗历史背景富有新见的解说，如《曲江对雨》是这样写的：

> 城上春云覆苑墙，江亭晚色静年芳。
> 林花著雨燕脂湿，水荇牵风翠带长。
> 龙武新军深驻辇，芙蓉别殿谩焚香。
> 何时诏此金钱会，暂醉佳人锦瑟旁。

旧说杜甫是怀念退居南内的太上皇（玄宗）之作，意谓对肃宗有所不满。陈廷敬则认为"是时帝父子尚慈孝无间也"。康熙帝欣赏陈廷敬严密考证后得出的新解，亲自在文稿中为他题词。

陈廷敬讲解唐诗，康熙帝听得津津有味，曾经为此称赞道："每日进讲，启迪朕心，甚有裨益。"并赐予他和喇沙里、张英三位老师貂皮各五十张、表里绸缎各二匹，表彰他们讲课讲得好。

康熙四十四年初，陈廷敬年满六十八岁，康熙帝赐诗与他，诗题云："览《皇清文颖》内大学士陈廷敬作各体诗，清雅醇厚，非集字累句之初学所能窥也。故作五言近体一律，以表风度。"诗云：

横经召视草，记事翼鸿毛。

礼义传家训，清新授紫毫。

方姚比就韵，李杜并诗豪。

何似升平相，开怀宫锦袍。

这首诗将陈廷敬比喻为唐代贤相房玄龄、姚崇，又将他比喻为享誉千古的诗人李白、杜甫。陈廷敬感激康熙帝的知遇之恩，也作一诗为答：

衰钝何堪感至尊，频蒙激赏是殊恩。

抛残绮语文焉用，老罢丹心事可论。

诗中颔联句"抛残绮语文焉用，老罢丹心事可论"是对自己早年《赐石榴子诗》中"风霜历后含苞实，只有丹心老不迷"一联的追忆与照应。

康熙帝敬重陈廷敬老师还因为陈廷敬清廉正直。有一天，康熙帝在南书房请教他，如何使官吏们清廉，陈廷敬说："奢和俭是造成贪和廉的根由。现在由于奢侈之风未除，以致贫穷的人办事节俭反受讥笑，富有的人铺张而无人反对，使得大家竞相奢侈，成为一种风气。贪污求利，日趋严重。"康熙帝点头称是，又问他如何做起？陈廷敬答："从总督巡抚做起。孔子说过：'上教之不行，罪不在民也。'对于总督巡抚的考察，要看他是不是廉洁奉公，为群吏做出了榜样。"康熙帝十分赞成他的主张，让他把这些意见写成上疏，使朝廷能采纳，并任命陈廷敬升任左都御史，主管官吏是否清廉之事。

不久，云南巡抚王继文以军饷为名，动用国库银子并私自贪污。陈廷敬以其溺职不忠，前后银数赢缩相悬，上疏弹劾，打击了官场的贪污之风。他要求制定大理寺严密的制度以改变官吏不良风气，还举荐了有才干而又清廉著称的王士禛、汪琬、陆陇其、邵嗣尧等人。

康熙帝十分信任陈廷敬，常常委以重任。康熙四十九年，有一天，已经步入中年的康熙帝在乾清宫下朝后，对陈廷敬说："明朝修了《字汇》和《正字通》两部辞书，但还是散落了很多字、词。朕意再修一部大型辞书，把这些散落了的字、词都收进来。"

"好啊！"陈廷敬拍手称好。康熙帝当即任命他为总裁官。陈廷敬连连摇手，说："微臣才疏学浅，不堪此任。有一个人倒真是学问好，他当总裁官才名副其实啊！"

康熙帝忙问："是谁？"

"大学士，张玉书。"

哦，张玉书呀？他知识渊博，慎谨廉洁，效忠皇室，曾担任总裁修成的书籍有《三朝国史》《大清会典》《大清一统志》《平定三逆方略》《平定朔漠方略》《政治典训》《治河方略》等，特别是《佩文韵府》，他亲自采辑经史，花了很多精力啊！康熙帝思索了一下，说："好，张玉书和你都为总裁官，一起来领导编纂这部大型字典吧！"（此书即《康熙字典》）

第二年，由张玉书和陈廷敬为首的三十多人的编辑班子如火如荼地开展起工作了，不料，第一总裁官张玉书不久就病逝了，康熙帝和陈廷敬都很悲痛。陈廷敬身上主编之责的担子更重了。一天晚上，康熙帝在南书房见到剩下的总裁官、已经七十多岁的陈廷敬眼睛红肿，心疼地说："派个助手吧！这样你可以轻松些。"

"选谁好呢？"陈廷敬支吾着，好像有为难的意思。康熙帝见了，说："直言无妨。"

"我的犬子陈壮履堪当此任。"陈廷敬说。

康熙帝笑了："哦？举贤不避亲啊！行，朕准了！"

"不，还是让他参加考试后再定吧！"陈廷敬认真地说。

经过出榜招贤，陈廷敬的第三子陈壮履按规定考进了编辑组。一时间，父子俩都为一部书而忙的事被传为美谈。

康熙五十一年陈廷敬病逝，终年七十三岁，康熙帝率大臣侍卫为他奠酒，并令各部院满、汉大臣前往吊祭。康熙亲笔写了挽诗，赐祭葬典礼，谥曰文贞。

陈廷敬一生勤于写作，著作等身。他个人的著作有：《午亭文编》五十卷，其中诗二十卷、杂著四卷、经解四卷、奏疏序记及其他文体二十卷、《杜律诗话》两卷，还有《尊闻堂集》《河上集》《三礼指要》《午亭归去集》等；为朝廷编纂的国家典籍史志主要有《世祖章皇帝实录》《太宗文皇帝实录》《鉴古辑览》《三朝圣训》《政治典训》《平定三逆方略》《大清一统志》《佩文韵府》《方舆路程》等。虽然《康熙字典》是他身后编成，但是这部收录四万七千多字、创当时字数之最、对后世影响很大的巨作，凝聚着他的许多心血。

康熙帝对陈廷敬的为人为官都非常赞赏，夸他"卿为耆旧，可称全人"，在《大学士陈廷敬挽诗》中，深情怀念他"世传诗赋重"，由衷表达了自己对老师的敬意。

第十六章　康熙和嫡母

康熙九年，康熙帝陪同祖母太皇太后、嫡母皇太后前往遵化昌瑞山祭拜顺治帝的陵寝，皇后赫舍里氏随行。那天，康熙帝到慈宁宫先搀扶祖母上了车辇，自己步行到神武门才上马，再与祖母、嫡母等同行。祖、媳、孙、孙媳四人一起祭拜孝陵，这在皇家史上还是头一遭呢！

康熙是个有作为的皇帝，他八岁即位，共执政了六十一年，是历史上在位时间最长的皇帝。他智捕鳌拜、永停圈地、平定三藩、收复台湾、三征噶尔丹、驱逐沙俄，开创了百年康乾盛世。他勤奋好学，博览群书，设馆纂修了《明史》《古今图书集成》《全唐诗》《佩文韵府》《康熙字典》等书籍。你能想到吗？这样一位武功文治均有建树的皇帝，还是一个仁义诚孝的好儿子哪！这从他和嫡母孝惠章皇后（妃嫔所生的子女称其父的正妻为嫡母）的亲密关系中可以看出来。

顺治十一年，康熙玄烨出生三个月后有了一位嫡母，就是后来史称孝惠章皇后的博尔济吉特氏。博尔济吉特氏来紫禁城时不到十三岁，比玄烨年长十二岁多点。玄烨八岁时，生母佟佳氏有病去世了，这位嫡母成了他的养母，此后一直相伴玄烨六十四年，确实情深意长。

孝惠章皇后人长得漂亮，性格平和文静、善良淳朴、与世无争。她是孝庄文皇后的侄孙女，她的父亲绰尔济贝勒是孝庄文皇后的二哥察罕的儿子。孝惠章皇后是孝庄文皇后亲自为顺治帝选定的第二位皇后。虽然顺治帝心仪董鄂妃，冷落了这位皇后，但不影响她对玄烨的亲情。孝惠章皇后一生没有生育过子女，她把一腔母爱全给了玄烨，对玄烨无微不至地关怀，六十多年始终如一，这种亲情甚至胜于常人的母子情了。玄烨从小受到孝庄文皇后和苏麻喇姑这些蒙古女性的培养，知书达理，感恩孝惠章皇后为自己的付出，与她很亲近。

有一首诗是康熙帝专为这位蒙古母亲吟诵的：

当年梅雪伴，今岁暮春迟。

银杏舒新叶，木兰盖绿枝。

花当亭畔发，香逐雨中移。

别殿陈鲜蜜，尚方献瑞芝。

老来舞膝下，珠草到仙墀。

敬上乔松祝，欣瞻王母仪。

捧觞称寿句，进酒问安词。

地润铺红萼，波澄敛玉池。

高峰多爽气，绮树得丰姿。

漏转催辰半，表行近画奇。

承欢同家日，孝思莫违时。

会庆思经义，千秋古训垂。

诗中洋溢着非同一般的浓浓母子情啊！

孝惠章皇后对康熙的亲人都非常仁厚亲善。《清圣祖实录》记载，孝惠章皇后与康熙帝的贵妃佟佳氏相处得很好，佟佳氏后来成为康熙帝的第三位皇后，还是孝惠章皇后提议的哪。佟佳氏后来抚养了皇四子胤禛，这个胤禛就是后来很有作为的雍正皇帝。

孝惠章皇后还抚养过康熙帝的第五个儿子胤祺。她自己会满文，也很重视教胤祺满文。胤祺九岁时在大臣面前读满文经书，是唯一能够用满文朗读的皇子。在皇祖母孝惠章皇后的长期影响下，胤祺形成了平和、淡泊的性格。《清圣祖实录》记载，他从小"心性甚善"，是没有参与皇位之争的少数皇子之一。

孝惠章皇后很孝顺婆婆太皇太后孝庄。当婆婆病重时，本来自己身体也不好的她朝夕侍奉，很快消瘦了许多，身体就更差了。后来太皇太后去世，她悲恸欲绝，不吃不喝，几次痛哭倒地，昼夜守候在婆婆的棺木前。康熙帝见她身体消瘦得脱像，再三劝她回去休息，但她久久不愿离去。

这一切康熙帝都看在眼里，疼在心上，对大臣们讲道："当今最尊者唯皇太后一人……若此时漠不关切，将来难道不惭愧吗？"要大家都关心这位蒙古皇太后。

其实祖母去世，康熙帝自己也几天几夜滴水不进，大臣们乞求他离开一会儿好去休息，但康熙帝听不进去。同在守灵的孝惠章皇后心疼皇儿，再三劝他吃点东西。康熙帝理解嫡母的心意，勉强喝了一点儿稀饭。

孝庄文皇后去世后，康熙帝和嫡母孝惠章皇后的母子情更加深厚了。

后来康熙帝每次外出总像当年挂念亲祖母一样挂念着嫡母。有一次，康熙帝出巡塞外途中，降谕总管太监："朕到薄罗和屯，不指望鲫鱼还多……所以照先香油炸五十尾，恭进皇太后，将此话亦奏之。"又一次为嫡母送松花江鲥鱼时，还赋诗一首：

> 古有盛京奉老亲，锦鳞初得尚方珍。
> 虽然星夜传驰驿，岂似鲜新出水滨。

康熙三十七年夏季，康熙帝陪同皇太后孝惠出巡塞外。他们经过密云，越过长城，通过承德进入皇太后的故乡科尔沁草原。当车行至喀喇沁时，康熙帝特谕令内大臣索额图选择一块洁净之地，遥祭太后的父母。

在太后的出生地，康熙帝接见了喀喇沁、敖汉、奈曼、翁牛特、阿禄科尔沁、土默特、郭尔罗斯、喀尔喀等部落王爷，赏给他们白银彩缎。那天，草原上支起了高贵华丽的黄色帐幕和一座座崭新的蒙古包，长长的宴桌上摆着美酒香肉，老幼妇孺欢聚一堂，载歌载舞，欢声笑语响彻草原。孝惠章皇后看到家乡的亲人和如此热烈的场面非常高兴。

尽兴以后，康熙帝陪着嫡母来到盛京(沈阳)地区，拜祭祖陵。

康熙三十八年二月初，康熙帝奉孝惠章皇后第三次南巡。当时春暖花开，康熙帝侍奉年近花甲的嫡母乘御舟顺运河而下，行抵扬州、苏州、杭州、江宁(南京)等地，五月初返抵京城，日程三个多月。在此期间，康熙帝除了少数几日视察河工之外，都陪伴在嫡母的身边。康熙帝此次还领了皇长子胤禔、皇五子胤祺等七个皇子随行。孝惠章皇后所到之处众人捧戴，皇儿恭顺，皇孙绕膝，这一切，都使她感到由衷的高兴。

康熙帝给嫡母庆贺生日也体现了他俩的母子情深。

康熙十九年，皇太后孝惠章皇后四十岁诞辰。这一天，康熙帝破例不理政事。过去，每逢太皇太后孝庄文皇后的生日，勤奋的康熙帝还照常理政呢。康熙帝在宁寿宫内举办了盛大的生日宴会，太皇太后孝庄文皇后、皇太后孝惠章皇后、康熙皇帝、皇长子胤禔、皇太子胤礽等祖孙四代欢聚一堂，庆贺皇太后的生日。四岁的皇三子胤祉、三岁的皇四子胤禛、两岁的皇五子胤祺都被母妃和奶妈抱着也来参加老奶奶的生日。因年贡来京的外藩、贝勒、贝子、额驸、公、台吉和大臣、侍卫以及妃嫔、夫人、命妇等都来参加庆祝活动。宁寿宫里热闹非凡。

康熙三十九年，孝惠章皇后六十岁寿辰时，康熙帝为她奉上了《万寿无疆赋》，还献上佛像、珊瑚、自鸣钟、洋镜、东珠、皮裘、各色香料、玛瑙、宋元名画等物品。寿宴时，令御膳房数万粒米，做"万国玉粒饭"。

康熙四十九年，康熙帝又在宁寿宫为孝惠章皇后举办了盛大的七十岁生日宴会。据《清圣祖实录》记载，康熙帝在宴会上还和着音乐的节拍，在皇太后宝座前跳起了满族的莽式舞，并手捧酒杯敬献给太后向她祝寿。此时康熙帝自己已经五十七岁了。

康熙帝侍奉嫡母五十多年，总是保持着家庭日常的礼节，一切做法都出自天伦本性，遇到有事需要禀告的，一日拜见两三次也有；如果没有什么事间隔几天才去拜见的情况也有。

嫡母七十多岁时牙齿疼痛，康熙帝安慰她说："太后您的孙子都已经须发皆白、牙齿将落了，更何况祖母您享有如此高龄呢？老人牙齿脱落，对子孙后代有利。这正是太后慈祥仁爱福寿绵长的好兆头啊！"孝惠章皇后听了这话格外欣慰。

康熙五十六年十二月初四，孝惠章皇后病危，当时，康熙帝自己身体也不好，双脚浮肿得几乎走不动路。他用手帕缠裹着双脚，乘软舆来到宁寿宫，年已六十四岁的康熙帝跪在嫡母榻前，双手捧着嫡母的手说道："额娘，皇儿在此。"这时，孝惠章皇后身体极弱，已经不能说话了。她睁开眼睛，一束强光又使得她看不清东西，她用手遮光，才看清了也被疾病折磨的康熙皇儿。在生命的最后一刻，她握着皇儿的手，久久望着他，眼神里充满了对康熙帝的无限眷恋与感激之情。

十二月初六晚，孝惠章皇后走完了七十七年的人生之路。

从孝惠章皇后去世的前两天十二月初四直至第二年一月初三的一个月里，康熙帝都住在苍震门内，一直没有回过自己的寝宫。十二月十五日，他亲自赴宁寿宫奠酒致祭，脑海中涌现出一幕又一幕自己和嫡母的往事，但眼前却是物在人去，不禁悲不自胜，还未开始读祭文就痛哭失声。祭文读毕，仍哭泣不止。

经雍正、乾隆两朝累加谥号，孝惠章皇后的最后封号是：孝惠仁宪端懿慈淑恭简安纯德顺天翼圣章皇后。

第十七章 学跳莽式舞

说起康熙爷孝顺，总给嫡母庆贺生日的事，得数那一次最让人感动。康熙四十九年正月十六那天，太后居住的宁寿宫里张灯结彩，高朋满座，有外藩、贝勒、贝子、额驸、王公、台吉、皇子、大臣、侍卫以及福晋、命妇等满满一堂，庆贺太后博尔济吉特氏的七十岁生日。

这一天，康熙帝特别高兴，亲自主持空前盛大的太后庆寿宴会，在他的带领下，众人手持酒杯频频向太后敬酒祝贺。

筵宴舞开始了，只见姑娘、小伙排成两队，上下摆动双手，走着方步出来了。接着，姑娘们忽走忽停，忽而扬手，忽而甩纱，婀娜多姿，似水流云；小伙子们一手持抓鼓，一手持鼓鞭，边击鼓边舞蹈，或正步向前或反步后退，穿梭在场上。座席上的观众随着鼓点拍手应和——"空齐、空齐……"连皇上和太后也不停地叫好。忽然，又一群身着戎装的姑娘、小伙儿跑了出来，他们模仿着打猎和出征的动作，时而蹦跳，时而翻滚，时而跃马扬鞭，时而拉弓射箭，舞姿刚劲有力，好似英勇的巴图鲁。随后，姑娘、小伙们共同起舞，各种欢庆、喜悦的动作和音乐使场面越来越热闹。

康熙帝看到太后笑眯眯地望着舞池合着节拍鼓掌，知道嫡母高兴，便情不自禁地从宝座上起身走下来，也和姑娘、小伙们跳了起来。在场的所有皇子、满朝文武大臣和蒙古王公看到这种场面惊讶万分，已经五十七岁的皇上亲自跳舞为太后庆贺，真是前所未闻！大家先是愣住了，紧接着"空齐，空齐"的应和声一阵高过一阵，庆寿的热烈场面达到了高潮。太后乐得合不拢嘴。

康熙帝在太后博尔济吉特氏七十岁生日宴上，亲自跳满族舞蹈为太后祝寿，这种舞蹈是跟苏麻喇学的。

苏麻喇就是康熙帝小时候祖母孝庄文皇后为他选的启蒙老师。这个老师秉性聪明，刚入宫时，和她的主人孝庄都不懂满语不识满文，后来她陪伴孝庄学习满文满语，很快就出色地掌握了满语，并且能写一手漂亮的满文。康熙帝玄烨年幼时，苏麻喇对他就像对待自己的亲生孩子一样，在生活上给予无微不至的照顾，在学业上耐心诱导，精心教诲，使玄烨从小懂得了很多人情事理，掌握了很多知识。玄烨和这位启蒙老师很亲近，打小就管她叫"额娘"。

学习辛苦的时候，苏麻喇也陪小玄烨玩一会儿，抓嘎拉哈、抽陀螺、藏猫猫……两人常常玩得不分大小，不分尊卑。一天，玄烨缠着苏麻喇要上树摘果子："额娘，您看那棵树结果子了。我要，我要。"

苏麻喇抬头一看，可不咋的，一棵高大的柿子树上结出了几个小青柿子。"阿哥，那果儿青青的还没熟呢！咱等过些日子再摘，行不？"

"不，我想尝尝青果子是啥滋味。"

"傻孩子，青果子又涩又苦，不好吃。"

"我就想尝尝嘛。好额娘，您帮我摘一个嘛！"玄烨扯着苏麻喇的衣袖央求着。

苏麻喇一是不想让小阿哥吃青果子，吃了保准涩舌头；二是自己也够不着。这可咋整呢？有了，苏麻喇转了个身，甩起双臂，说："阿哥，看额娘干吗呢？"

"额娘跳舞了？好看好看！"玄烨蹦跳着拍着小手。

苏麻喇耸着肩、挪着步、转着圈故意背着青柿子树往远处跳去，玄烨蹦蹦跳跳跟在后面，一会儿就把要尝青果子的事给忘了。

苏麻喇跳了一阵蒙古舞，又跳起了满族舞。玄烨不知不觉也跟着比画起来。

苏麻喇感到自己这一招还真灵，就边跳边对玄烨说："阿哥，这是满洲舞蹈，名叫莽式，你应该学会它。"

玄烨受到鼓励，更来劲了，说："好。额娘，你跳慢点，我跟你学。"

"行，你看清楚了哦。"苏麻喇举一袖于额，反一袖于背，盘旋起舞……玄烨感到美不胜收，跟她学了起来。玄烨聪明着哪，没大工夫就比画得有模有样啦。

一会儿，玄烨跳得气喘吁吁了，苏麻喇拉着他在花园旁石头上坐着歇息。苏麻喇说："跳莽式舞必须有歌唱和，一人领唱，众人以'空齐'之声应和，那才带劲呢！这样节奏强，所以也称'莽式空齐舞'，舞蹈多是骑士步。"

玄烨一听又来劲了："那好，咱们赶紧多叫些人来应和。"

其实，他们俩的舞蹈早就吸引了几个宫女悄悄跟着看了，她们巴不得小阿哥说这话呢！苏麻喇一招手，她们就围了上来。

玄烨兴奋地指挥起来："额娘，您领唱，我来跳，你们大家'空齐'！"

"好！好！"宫女们喜不自禁拍手称好。她们都是旗人，很会唱和。一台由玄烨主演的莽式空齐舞在皇家花园里上演啦。

后来，苏麻喇又告诉玄烨：莽式舞有很多种，最精彩的是瓦尔喀部落的"东海莽式舞"，分九折十八式。九折，是九个不同的舞段，可以连舞也可以单独成舞，比如："起式""穿针""摆水""吉祥步""单奔马""双奔马""盘龙""怪蟒出洞""大圆场"。过去这种舞蹈瓦尔喀部落跳得最好。她也是跟他们学的。于是下学有空的时候，玄烨又跟苏麻喇学会了"东海莽式舞"。

苏麻喇一生未嫁，在皇宫中住了八十年，把一颗慈母之心献给了清朝皇室，先后侍奉了四朝主人。康熙四十四年九月，苏麻喇去世，康熙帝为她举行了隆重的葬礼，将她安葬在清东陵风水墙外东南方向的新城附近，其陵寝规格是依照了嫔的等级建造的。

康熙帝那回在嫡母博尔济吉特氏太后的寿宴上跳舞，可能也是对当时已故的苏麻喇额娘的纪念吧！

清朝的国宴中有瓦尔喀部落献"东海莽式舞"，传说就是康熙定下的规矩。

莽式舞一直在满族中流行。有一次我回到满族故乡东北辽宁、吉林等地，很多族胞用莽式舞迎接我这个居住在上海的"格格"，让我感受到满族人真是能歌善舞。

第十八章　御赐松花砚

笔、墨、纸、砚文房四宝，砚为其一。中国古代的四大名砚为广东肇庆的端砚、安徽歙县的歙砚、甘肃洮州的洮河砚、山西绛县的澄泥砚。清朝又增加一个松花石砚，它来自满族故乡长白山，满族人对它情有独钟。

六月时节，长白山松林中黄绿色的松花开放了，带来了勃勃生机，长白山地区石头颜色就像开放的松花一样美丽晶莹，故名松花石，又名松花玉。以松花石制成的砚台就叫松花砚。松花砚以"松花静水""松江荡水""绿静"最为名贵，以"龙眼""凤眼""赤柏纹""紫袍绿带"最为奇特。

康熙帝曾为松花石砚御铭"寿古而质润，色绿而声清，起墨益毫，故其宝也"。从康熙朝起，松花石砚就成为皇帝珍贵的赐品，因为它是高贵、文雅的象征。

康熙帝酷爱书法，所以他的高贵赐品是他亲笔书写的诗文和写就这个诗文的砚台。在松花石还没有刻制成松花砚前，康熙帝常用端砚来赏赐有功之臣。

康熙十二年，木兰围场秋猎时，有人奏报吴三桂叛乱，康熙帝听到这个消息后叹息道："此所谓虎兕出于柙，龟玉毁于椟中。"左右都不知皇帝说的什么意思，侍卫纳兰性德说："皇上说的是典故，守者不得辞其责也。"原来康熙帝引用了论语中《季氏将伐颛臾》的一句话，原句意思是说，老虎和犀牛从笼子里出来伤人，龟玉在匣子里被毁坏，是谁的过错呢？难道是老虎、犀牛及龟玉的过错吗？显然不是，应是看守人员的过错，是看守人员的失职。康熙帝一听这年轻侍卫明白典故意思，大喜，就说："你能读四书，解释得真好啊！"于是赏赐了他一方绿色端砚。

康熙二十年，琉球中山王请求册封，康熙帝派翰林汪舟次着一品朝服出使琉球，为此朝廷命官和他的朋友赋诗数百首送他。汪舟次给琉球送去了康熙帝的玺书金册与端砚。

康熙帝除鳌拜、止圈地、举恩科（博学鸿词科）、治黄河、设书房（南书房）、平三藩都取得了胜利，开启了百年的康乾盛世。才华横溢的高士奇在康熙十年御试第一后和康熙帝朝夕相处，因他学问好，使他成为康熙御赐砚最多的人。

康熙二十二年，康熙帝接到施琅收复台湾的捷报，高兴作诗：

中秋日闻海上捷音

万里扶桑早挂弓，水犀军指岛门空。
来庭岂为修文德，柔远初非黩武功。
牙帐受降秋色外，羽林奏捷月明中。
海隅久念苍生困，耕凿从今九壤同。

下朝后，康熙帝忍不住把这首诗念给刚升任翰林院侍讲学士的高士奇听。这位康熙的老师也不禁夸赞学生诗好，因为不仅说出了收复台湾对统一中国的非凡意义，而且说出了能够统一的原因："来庭岂为修文德，柔远初非黩武功。"

高士奇道：这首诗最好赠给收复台湾的施琅将军，连同皇上亲笔写这首诗用的砚台也赠给他。康熙帝见老师夸他，十分高兴，就照高士奇的主意办了。

第二年，也就是康熙二十三年，康熙帝要把收复台湾的好消息告慰自己的祖先，带着高士奇等人东巡吉林乌拉。在被满族人视为天河的松花江①畔遥祭祖先发祥地长白山。爱新觉罗的祖先布库里雍顺就是三天女佛库伦在那里所生。

康熙帝遥祭长白山后，心情格外舒畅，就到将军府对吉林将军巴海说，要召见宁古塔副都统萨布素，因为萨布素与内大臣觉罗武默讷等人上过长白山天池。

萨布素来了，说了他们瞻仰长白山天池的经过。最后，萨布素说：多亏了吉林额赫讷殷地方猎户岱穆布鲁做向导啊！康熙帝下旨：一定要见见这位上过长白山的猎人向导。

---

① 松花江：满语是"松阿里乌拉"，意为天河。

过了几天，英武的猎人岱穆布鲁来了，他的爽朗劲儿使康熙帝十分喜欢，问他："长白山除了飞禽走兽外，还有什么珍奇的东西？"

岱穆布鲁答："还有奇石——松花石，也叫松花玉。它犹如春天的松花。"

"哦，什么样子？"

"我正好带了几块。"说罢，他从怀里掏出几块松花石。

呀，真是奇石！只见光绿色的就有翡翠绿、苹果绿、杨黄绿、菠菜绿、青灰绿、淡灰绿、暗灰绿等很多种，还有红枫色、栗黄色等，都色泽均匀、润亮和谐。

康熙帝摸着这块、抓着那块，哪块也爱不释手，嘴里啧啧称赞："漂亮，好看，好石头啊！"

康熙帝还在为美丽奇石惊讶时，高士奇在一旁说："这是制作砚台的好石料啊！"他的话提醒了康熙帝。康熙帝立马下旨：松花石送内务府制成砚台，要使它墨汁凝塘、久日不干，提笔舔墨、光亮如初。

——这就是松花砚的由来。

同年秋天，康熙帝带着高士奇等第一次南巡，来到南京明太祖朱元璋的孝陵前下了马，不走正门不走中道，却从旁步行。一路上康熙帝带着众人恭恭敬敬地行三跪九叩首礼；至宝城前，行三献大礼。祭陵毕，康熙帝对高士奇说：明太祖朱元璋是了不起的大英雄，他的孝陵要好生保护。然后他下旨：今后督、抚等地方官对这里要严加保护。这一切，使沿途尾随观望的数万南京居民感动得掉下泪来。

当天夜晚，在南京行宫，康熙帝和高士奇一起欣赏北京刚刚送到的松花砚，只见砚体为青绿色松花石所制，通体光滑，四脚处各有一兽面纹方足。砚面上沿边缘有一阴刻方框，内雕荷叶状墨池，池边有一蓄水小孔。砚体四侧各雕凹底阳纹两两相对的夔龙纹。盒底外有"康熙年制"四字篆书印款。

康熙帝问高士奇："明太祖洪武帝（朱元璋）座右铭是什么？"

"以爱己之心爱人，以责人之心责己。"高士奇答。

"好，洪武帝的座右铭也是朕的座右铭。请你写好贴在懋勤殿，朕要日日看它。"

"臣遵旨！"

"这松花砚就送你了。"

"谢皇上隆恩！"高士奇喜不自禁。

他们回来后不久，北京乾清宫的懋勤殿墙上果然贴出了高士奇的漂亮墨宝——"以爱己之心爱人，以责人之心责己"，这位朱皇帝的座右铭，也成了康熙帝的座右铭。而高士奇夫妇则经常在家鉴赏皇上赐的那个精美的松花砚。

康熙三十二年，高士奇第一次在籍赋闲。康熙帝赐高士奇御扇一把，上有御制诗一首：

> 故人已久别三年，寄语封书白日边；
> 多病相怜应有意，吟诗每念白云篇。

同时赏赐他写这首诗的松花砚。

康熙三十七年高士奇第二次在籍赋闲。一天，康熙帝在懋勤殿读高士奇的诗词集，其中有一首词深深打动了他：

念奴娇

> 平生野性，但频思好水，好山深处。何事骑驴都市里，不道偏承异数。晚惹炉香，晓随天仗，岁岁朝还暮。一经教子，趋庭自昔俱误。多君不厌寒厨，吟笺笔格，随事开愚蒙。鸡肋功名终弃掷，归向西湖河渚。扣犊耕田，罃舟载酒，风月原无主。殷勤相订，往来百里烟树。

康熙帝为词中真挚的情感和生动的比喻拍案叫好，不禁唱和道：

> 廿年载笔近蝇头，心慕江湖难再留；
> 忽忆当时论左国，依稀又是十三秋。

康熙帝派专人将这首诗连同写这首诗的松花砚给高士奇送去。

另一天，内务府送来吉林乌拉打牲衙门进贡的山中绿色松花石，康熙帝下旨将此制成两方松花砚：一方自己使用，另一方赐给高士奇。

康熙三十八年，康熙帝带着高士奇第三次南巡，到南京又准备隆重拜祭朱元璋的孝陵，问高士奇："南方谁来陪朕一起拜祭孝陵？"

高士奇答："云贵总督范承勋，他的父亲范文程对我朝立过大功。"

康熙帝欣然同意。

云贵总督范承勋在江苏米峪口迎接康熙帝。康熙帝见他仅四十多岁，已头发花白，不禁动容地对他说："你们是盛京人，朕的老乡。你父范文程对我朝立了大功，你兄长又为国尽节。朕见到你，就想到了你的兄长，心里很惨切。不见才八九年矣，你的须发就皓白如此……"说到这里，康熙帝不禁潸然泪下。

康熙帝又说："爱卿，这里寒冷，今将貂帽、貂褂、白狐腋袍赐予你，要及时更换，免得受风寒。明日朕与你们一起拜祭孝陵。"康熙帝的一番话说得范承勋、高士奇等人都流泪了。

康熙帝叫人拿出松花砚，亲笔御书"世济其美"匾额，连同这方松花砚一起送给了范承勋。范承勋接过松花砚，两眼泪汪汪。

第二天，康熙帝见了他小时候的同学、当时的江宁织造郎中曹寅，此人就是后来写《红楼梦》的小说家曹雪芹的祖父。问暖嘘寒一番后，康熙帝领他和范承勋、高士奇等人一起拜祭孝陵。

拜祭好孝陵，康熙帝心情很舒畅，叫人拿出松花砚，亲笔御书"治隆唐宋"碑文，让曹寅刻石制碑立于孝陵殿大门之中，又将松花砚赐予曹寅，曹寅爱不释手。

康熙四十二年康熙帝第五次南巡，高士奇奉召赴淮安接驾，随康熙帝巡视江南。南巡后，高士奇又随驾入京。第三次寓居于大内直庐。二月后高士奇回平湖，为康熙编纂《御制诗》，六月十五日完稿并写了跋。可是，仅过半个月，他就病逝了。康熙帝亲制悼词，并御书悼联："勉学承先志，存诚报国思。"

高士奇一生勤奋好学，博览群书，精考证，勤著述。他的著作，收录在《四库全书》的就有《左传纪事本末》《春秋地名考略》《三体唐诗补注》等八部；收录在《四库存目》的就有《天禄识余》《塞北小钞》等五部。其他还有《读书笔记》《苑西集》《经进文稿》等十数种著作，所以康熙帝赐他谥号为文恪。

高士奇少年丧父、中年丧妻、晚年丧子，人生三大悲哀全遭遇了。康熙帝的知遇之恩使他在悲哀中站起来，正如康熙帝曾对左右大臣所说：高士奇没有军功，但朕仍待他很好，是因为他学问大的缘故。那些美丽的松花砚就是见证。

康熙帝经常回忆高士奇最后一次离京时的情景：那时康熙帝见高士奇掉泪，自己也很难过，命宫廷首领内监送他至苑门外后，不禁放声大哭，在场的人都很哀伤。

后来康熙帝把这种情意转移到高士奇的后裔中。高士奇大儿子高舆在康熙三十九年中进士进入翰林院。三年后受命校《皇舆表》。四十二年康熙帝南巡，高舆随驾南下，特授予他编修之职。另外，康熙帝还让他在家开设史局，校刊《佩文斋咏物诗逊》《渊鉴类函》两书。书成后，康熙帝赐御书一联"勉学承先志，存诚报国恩"，并也赏赐他松花砚。

小小的松花砚凝聚着康熙帝爱护人才的许多沉甸甸的故事。

浙江秀水人朱彝尊曾经反清复明，后来成为清初的大学问家，在经学、史学、文学、金石学等领域著作等身，最有趣的是他的代表作《曝书亭集》中有《松花江石砚铭》一文，借洮砚咏松花江砚："东北之美珣玗琪，绿如陇右鹦鹉衣。琢为平田水注兹，三直六草无不宜。"

人称"陈阁老"的陈元龙，曾任翰林院掌院学士、广西巡抚、文渊阁大学士，他受过康熙帝亲书的"爱日堂"匾额。他长达百卷的科技类书《格致镜原》中，考定了松化石产地之后，评价道："绀缘无暇，质坚而细，色嫩而纯，滑不拒墨，涩不滞笔，能使松烟浮艳，毫颖增辉。"

清初大诗人查慎行为松花砚写过纪事诗："砥石青山麓，松花碧水滨"。

儒学者完颜阿什坦将《大学》《中庸》《孝经》诸书翻译成满文，以教旗人。康熙帝赞他为"此我朝大儒也"。

"历算第一名家"梅文鼎精算学，康熙帝也精通算学，所以在南巡中，命人借了他的书，在书中御笔圈点涂抹及签贴批语；南巡回归途中经过临清，召见他，命他所乘的小船跟随御舟一起同行，还赐食赐座，和他一起诗歌和唱。

以上朱彝尊、陈元龙、查慎行、完颜阿什坦、梅文鼎这些人都得到过康熙帝赏赐的松花砚。

还有被康熙帝视为江南第一清官的江宁按察使张伯行、康熙帝的老师大学士张玉书、吏部尚书陈廷敬和工部尚书王鸿绪等人都得到过康熙帝赏赐的松花砚。

康熙帝很多松花砚砚铭直抒心意，如赐赠皇子胤禛（后来成为雍正帝）的砚铭："一拳之石取其坚，一勺之水取其净"，现在我们还能体会到他当时的心情呢。

雍正帝对松花砚的御铭是"以静为用，是以永年"；乾隆帝的御铭是"松花玉，色净绿，细腻温润，可中砚材，发墨与端溪同，品在歙坑之右"。

乾隆帝在《西清砚谱》一书中，将康熙、雍正与自己所用的六方松花石砚列入砚谱之首，并亲赋御诗将松花石砚誉名"大清国宝"。

满族出现了很多书法家，他们都喜欢文房四宝，尤其是砚台，很多人家都有收藏。

康熙后裔——清世宗雍正的第五子和亲王弘昼的第八代孙启功（中国当代著名教育家、古典文献学家、书画家、文物鉴定家、红学家、诗人、国学大师）有描绘神奇的松花石砚诗，云：

> 鸭头春水浓于染，
> 柏叶贞珉翠更寒，
> 相映朱坤山色好，
> 千秋常荡砚池澜。

毛泽东主席曾用松花石砚作为国家礼物，送予外国友人。喜欢汉字的日本书法家把它誉为"东方至宝"。

二〇〇八年春天，我在婺源旅游时看到一方井栏砚，它是天地盖的，长十三厘米，宽九厘米，高四厘米，小巧玲珑，携带方便，我一见钟情，买下来请篆刻家徐谷甫老师刻上我宗族祖父溥儒的满文字迹——"福禄寿喜"，如今它是我最珍爱的掌中珍宝。

第十九章　天火肉与清宫火锅

清宫自康熙朝起就有丰富多彩的火锅了，特别是如千叟宴这样的宫廷大筵宴中必有火锅。清宫中皇帝和朝臣们为什么喜好火锅呢？据说和康熙爷年轻时东巡吉林吃过满族的天火肉有关。

康熙二十一年春，康熙带领宫里许多人东巡吉林。一天上午和吉林将军巴海密谈后，兴冲冲带着侍卫纳兰性德化装成平民模样微服私访。他们出了将军府到吉林市的北山上，看见北山最高的山坡上有一个亭子，亭子里面围着一群人不知在干什么，便快步走到亭子前探访究竟。

原来是一伙人围着一个中年男子在下棋。那个中年男子能让对手"车""马"两个棋子儿，自己只用一个"炮"能走"车""马""炮"三种步子。不久，对方就败下阵来。又换一人，又败下阵来……

本来就会下棋的康熙逐渐看明白了其中门道，不觉心痒痒的，就对中年人施了一礼，说："我能试一试吗？"

中年人双目炯炯，看了他一眼，说："山音阿哥，你习惯我的'炮'吗？"

康熙微笑着说："我已看明白。"

"好，那我们就来一盘。"两人就对弈起来。

这一下就是半天工夫，两人互有输赢。

不知不觉中天色见晚，一轮明月当空升起，那中年人说："山音阿哥，你果然出手不凡啊！今天天晚了，我们下到这里吧！"

康熙这才抬头看天色，笑着说："今天的月光太好了，我还以为时候早着呢！原来刚才我们是靠月光下的棋啊，这个亭子叫'揽月亭'吧！"

中年人也微笑着说："好！这个名字好，就叫'揽月亭'吧！"（这个名字流传至今呢）。

他们道别时，中年人说："山音阿哥，你棋下得好。认识你真高兴啊！明天吉林的旗人要祭山下的松花江，我们都去参加吧！"

"好啊!"康熙最喜欢参加这种活动了,痛快答应了。

第二天晌午后,康熙和纳兰性德又微服来到山下的松花江边,看见那里摆着供桌,很多人在忙碌。人群中又碰上了那位中年人。"山音阿哥,你果真来啦!"中年人高兴地一手拽着康熙的手,一手指着一些身着渔猎服装的人告诉康熙说,"这些都是乌拉打牲衙门的旗人,准备祭祀松花江。那位穿彩条服的是大萨满。"

"哦。"康熙仔细看了起来。

只见大萨满将纯毛黑猪大卸八块,将煮八分熟后的猪头、猪尾巴等在供桌上摆成一个整猪模样,让猪嘴中叼着猪蹄。大萨满用火镰点起年祈香,开始念诵祭文,随后,抓着神鼓,晃动腰间的铜铃,跳起神舞来。接着大萨满领着人们一同向松花江跪拜,康熙、纳兰性德赶紧和那中年人也一起恭恭敬敬地向松花江行了大礼。大萨满又向江水献上了美酒佳肴——往江中泼洒贡物。中年人悄悄告诉康熙:"这是表达旗人对松花江的恭敬,希望水中神灵能保佑族人平安。"

祭祀完松花江后,中年人对康熙说:"山音阿哥,饿了吧?走,跟我到松花江北面的凤凰山去,那里有好吃的'天火肉'。"

"天火肉?"康熙不解地问。

中年人边走边向康熙和纳兰性德介绍起天火肉来,说满族人在崇山峻岭中打围狩猎,在江河湖海中网罟捕捞,野猪、狍、鹿、獐、熊、虎、犴、山鸡等猎物和各种鱼类就是他们的主要食物。打完猎,在猎达(狩猎头领)的带领下,选肥大野牲,然后点燃篝火,燔烤野牲,这种燔烤的野牲肉被称为"天火肉",寓意吉祥。

到了凤凰山,那里果真有人在燔烤野牲肉,阵阵香味扑鼻而来。康熙他们走到跟前一看,天火肉有干的湿的两大类,干的是烤着吃,湿的是煮着吃。把肉放在一个个吊锅里煮着,呼呼冒泡,香味更浓。煮野牲肉的人热情地招呼他们快坐下吃肉。也许是饿了,他们也不客气,坐下就吃。康熙感到这天火肉特别香,在宫廷里没吃到过这么美味的肉食。

中年人指着一个个吊锅又向康熙介绍起来:这个吊锅里煮的叫"天上锅",以天上的飞禽入锅,最鲜美的是天龙①,它的汤油是油,水是水,泾渭分明;那个吊锅里煮的叫"地上锅",以地上跑的牛、羊、猪为主,当然一切野味均可入锅;还有的吊锅里煮的叫"水中锅"……

————————

① 天龙:学名树鸡,天龙是东北方言。

听到这里，康熙忙接话说："以水里游的为主啰，哈哈哈……"

"是呀！""是啊！"大伙儿都笑了起来，七嘴八舌抢着说凡鱼虾均可入锅，特别是松花江盛产的鲟鳇鱼，又大又肥的鲟鳇鱼肉入锅才好吃呢！

不一会儿，名目繁多而又鲜美可口的满族天火肉让康熙他们吃得肚子溜溜圆。

第三天，康熙皇帝在巴海的将军府接见众八旗将士。那个中年人也在场，他揉了揉自己的眼睛定睛一看，坐在正中的皇上怎么像是那天和自己下棋又一起吃天火肉的山音阿哥？康熙也认出了这个中年人。两人正眼对眼愣神呢，巴海说："萨布素，愣什么神呢？快见过皇上！"萨布素突然明白，先前是皇上微服私访呢！他赶紧上前行大礼："微臣见过皇上！恕微臣前两天不敬！"

康熙疑惑地问巴海："这位是？"

巴海道："他是宁古塔副都统萨布素。"

"哦！幸会幸会。原来是萨布素副都统哪！快快请坐！"康熙高兴地给萨布素让座后，又笑着对巴海将军说，"朕和他下过棋、祭过松花江神、还吃过天火肉哪！"

萨布素舒心微笑起来，为大清国有这样的年轻皇帝高兴呢！

不久，康熙皇帝回宫了，把满族天火肉中的"天上锅""地上锅""水中锅"带到宫中，用它们招待众大臣，说这样能吃出气氛来。康熙还给起了一个总名字，叫"野意火锅"。

过了几年，萨布素被升为黑龙江将军，据说这位宁古塔放牛娃出身的将军是康熙皇帝亲自提名的呢！后来萨布素被康熙帝赐予"将军第一"的称号！

乾隆六十一年，即嘉庆元年，乾隆帝为庆贺"归政大典"告成，庆祝嘉庆帝登基，亲自主持在宁寿宫的皇极殿庆宴。这次宴会规模盛大，与宴者包括年逾花甲的大臣、官吏、军士、民人、匠役等五千余人，筵开八百余桌；并赏赐老人如意、寿杖、文绮、银牌等物。筵宴中火锅唱主角，共用了一千五百五十只火锅宴请宾客，成为我国历史上规模最大的"火锅宴"。

满族人爱吃火锅成为风俗。我在上海也很爱吃火锅，连我本是汉族人的先生也受我的影响，我俩常约朋友去火锅店吃火锅。

第二十章　海东青

　　海东青是满族先民女真人驯养的一种矫健、机敏的小猎鹰，为啥叫"海东青"哪？说是从东海飞来的青色之鹰。

　　每年秋末冬初，飞翔在堪察加半岛上空的海东青越鞑靼海峡到中国东北地区的山林中过冬。《契丹国志》说："女真东北与五国为邻，五国之东接大海，出名鹰，自海东而来，故名海东青。"这里的东海也称为鲸海（今日本海）。李时珍的《本草纲目》对此有记载："雕出辽东，最俊者谓之海东青。"海东青是鹰雕中的珍品。满族人传承女真人的古俗，在东北故乡一直驯养着这种鹰。

　　康熙二十一年三月，康熙帝第一次巡视吉林乌拉一带，在吉林将军巴海的陪同下，检阅了八旗水师。只见二百余艘船舰在松花江江面上，鳞次栉比，高低桅樯密密层层。船队"顺流而下，风急浪涌，江流有声，断岸颓崖，悉生怪树，江阔不过二十丈，狭可百余步，风涛迅发，往往惊人，晚际云开，落霞远映，山明水敛，风舸中流"（当时扈从的高士奇记载），景色与军威互为衬托，浑然一体……康熙帝举目四望，激情振奋，感到从来没有过的痛快，平定三藩之乱后他还是第一次出远门，第一次看到这样壮观的景象，诗兴大发，高声吟道：

　　　　　　松花江，江水清，
　　　　　　夜来雨过春涛声，
　　　　　　浪花叠锦绣縠明。
　　　　　　彩帆画鹢随风轻，
　　　　　　箫韶小奏中流鸣，
　　　　　　苍岩翠壁两岸横。
　　　　　　浮云耀日何晶晶，
　　　　　　乘流直下蛟龙惊，

连樯接舰屯江城。

貔貅健甲皆锐精，

旌旄映水翻朱缨，

我来问俗非观兵。

松花江，江水清，

浩浩瀚瀚冲波行，

云霞万里开澄泓。

　　一个年轻侍卫忍不住出声叫好。同样年轻的康熙帝不禁问他："这首诗叫什么名称好？"

　　"可叫《松花江放船歌》。"年轻侍卫脱口而出。

　　"好呀，好呀！就这个名字了。"康熙帝也鼓掌称好，接着问，"你叫什么名字？"

　　"纳兰性德。"

　　"有没有小名？"

　　"有，叫冬郎。"

　　"好一个冬郎。你阿玛是谁？"

　　"纳兰明珠。"

　　"哦？哪一个纳兰明珠？是不是当武英殿大学士那一位？"

　　"正是。"

　　"将门出虎子。你的题目起得好！"康熙帝大笑着指着江面浩浩荡荡的船队，说："你看，我朝有这么强大的水师，定叫罗刹（"罗刹"，满语魔鬼之意，指沙俄侵略者，他们常骚扰我边民）有来无回！"

　　检阅完水师后，康熙帝对纳兰性德说："明天与朕一起私访乌拉渔村。"

　　"喳！"纳兰性德高兴地应道。

　　第二天一早，康熙帝与纳兰性德化装成平民模样信马由缰朝乌拉渔村去。这是一个乌拉打牲衙门辖下的旗屯，已建立三十多年。越靠近村子，绿油油的庄稼越多，康熙帝一高兴就下马看庄稼，纳兰性德也下了马。

　　那绿油油的庄稼是苞米，康熙帝高兴地对纳兰性德说："现在旗人也学会种地了，他们不会挨饿啦！"

　　"是啊！"纳兰性德喜滋滋地赞同。

不一会儿，他俩到了村边，远远看到有人围着一条松花江江叉在做什么，康熙帝和纳兰性德也去了那里。只见岸边有一堆小山似的河蚌，一个采蚌人刚从水里捧出一只大蚌，往岸边走来。

康熙帝问："请问这些大蚌做什么用？"

那个汉子笑而不答，擦擦身，用刀撬开紧闭的大蚌给他俩看。啊！里面有一颗又大又圆又亮的珍珠。"哦，莫非这就是东珠？"纳兰性德不禁问道。

那汉子微笑道："正是，正是。"

康熙帝看着熠熠闪光的东珠，问："你们准备卖吗？"

那汉子仍微笑着，摇头，自豪地说："不，不！我们从来不卖。是往京城进贡的。"

康熙帝一听，更感兴趣了，问了他许多问题。在交谈中知道他叫依尔根觉罗·多隆阿，是乌拉打牲衙门辖下"西单"①的渔村鹰把式②。

多隆阿一边说，一边带他们看了离村不远的松花江上的鳇鱼圈，那里的鲟鳇鱼比人还长呢，也是往京城进贡的贡品。

康熙帝和纳兰性德不断地问这问那，多隆阿见这两个年轻人兴趣浓，就说："走，去我家看看！"于是带他们进了渔村自己家的院子。

多隆阿先带他俩进了东厢的哈次③。他俩看到哈次的梁上挂着一个个大笼子，由于没有直接日照，看不清里面的东西。多隆阿摘下一个笼子，捧到门口让他们看。在太阳的余晖下这才看清楚，呀，这居然是毛皮异常珍贵的貂，乌黑发亮。大笼底部有一只大海碗。纳兰性德忍不住问道："大海碗干啥用？"

多隆阿回答："这是给貂洗澡用的。这小家伙喜欢干净，每天至少洗一次澡呢！"

"哦！"康熙帝笑着说，"真有意思啊！"

多隆阿自豪地说："这也是往京城进贡的。"

"好东西啊！"康熙帝又问，"还有啥往京城进贡的？"

"有，有！还有海东青。"

多隆阿带他们进了正屋的西房。呀！在鹰架上有两只海东青正瞪大眼看着客人呢！一只柠黄眼睛的小一些，腹面羽色呈淡麻黄顺水花纹，

---

① 西单：满语，指八旗军中的预备役。

② 鹰把式：东北方言，指放鹰的猎人。

③ 哈次：满语，即仓库。

后背与翅翼羽毛呈深棕色；另一只深红眼睛的稍大一些，胸腹上已长出鱼鳞斑纹。

多隆阿向他们介绍说，小的叫"秋黄"，是一年鹰，冲势迅猛，有点儿"虎"；大的叫"三年龙"，能猎击小狍子和狐狸，还能与狼周旋。多隆阿特别强调："不久它俩也要往京城送啦！"

康熙帝与纳兰性德又从多隆阿嘴里知道了还有"泼黄""十三黄""青眼睛""草白""红毛""葡萄花"等海东青，其中以"白玉爪"最为珍贵。他俩因为第一次看到海东青，又听多隆阿介绍这么多名目，真有点儿舍不得离开。

多隆阿把他们领进了正屋东房，这是一间满族老屋，大梁上长长的绳子下面吊着辆悠车，里面襁褓中躺着个虎头虎脑的小男孩。"这是我儿子，刚一个月多点。"多隆阿笑呵呵地说。

"好可爱的小小子啊！将来肯定也是个好把式！"康熙帝摸了摸自己身上，竟身无分文，赶紧问纳兰性德："你带没带银子？"

"哎呀，我没带多少。"纳兰性德只摸出了一两银子。

康熙帝双手接过，恭恭敬敬地给多隆阿。

"这……不不不……"多隆阿羞得脖颈子也红了，连忙推辞。

康熙帝说："这是我俩给孩子的一点儿心意，不能推辞。"多隆阿这才收下了。

这时，一个俊俏的满族格格从外面干活回来了。多隆阿介绍说是他的沙拉干居①。沙拉干居大大方方地向康熙帝和纳兰性德行了礼，然后张罗晚饭招待两位客人。当夜康熙帝与纳兰性德就住在了热情好客的多隆阿家。

第二天天蒙蒙亮，康熙帝与纳兰性德听到多隆阿蹑手蹑脚地到东屋去了，赶紧蔫不悄地②跟他上了东屋。只见多隆阿将线麻团包裹了一块鲜肉让海东青吞下，自己就等在一旁。

纳兰性德忍不住喊了起来："哎……你怎么给它吞下线麻，为什么？"

多隆阿这才发现后面跟着两个好奇的客人，说："麻团在鹰食道内反刍时，会将它的肠油刮出来。"看到康熙帝与纳兰性德一脸的疑惑，他进一步解释："一会儿吞下的麻团鹰无法消化就得呕出来。这样就把喂得强

---

① 沙拉干居：满语，媳妇。
② 蔫不悄地：东北方言，即悄悄地。

壮的鹰肠油刮出来了。现在它正饥肠辘辘呢，会听话的。"

"哦！"康熙帝与纳兰性德似乎明白了驯鹰的奥秘。

多隆阿接着告诉他俩：这叫"勒膘"，也叫"带轴"。猎谚"膘大扬飞瘦不抓，手功不到就准岔"就是说要掌握好鹰的膘情。

康熙帝与纳兰性德从多隆阿那里知道了许多海东青的知识，太阳老高时才依依不舍地离开了多隆阿家，回到巴海的吉林将军府。

康熙帝告诉巴海：多隆阿可由"西单"转为"披甲"（清代八旗军的正式士兵），乌拉下次往京城进贡海东青时，一定要让多隆阿参加护送。

这一年入秋，康熙帝正在乾清宫召见江宁织造曹寅，这位《红楼梦》作者曹雪芹的爷爷小时候是康熙帝的同学。同学相见当然十分高兴，两人有说不完的话语。这时，乾清门侍卫纳兰性德来报：乌拉打牲衙门的人送贡品到了。康熙帝把曹寅介绍给纳兰性德，并说："你们都喜欢诗文，一定会成为好朋友的。好，现在一起去看看乌拉贡品吧。"

护送乌拉贡品的果然有多隆阿。他当上了"披甲"，这次护送东珠、貂皮、海东青来了。看到在自己家住了一宿的那两位年轻人竟然是当今皇上与他的侍卫，多隆阿的高兴劲儿就甭提啦；看到江宁织造曹寅是皇上的同学，多隆阿也肃然起敬。

多隆阿兴奋地说："皇上，这次我给你们带来了好东西。"

"什么好东西？"纳兰性德忙不迭地问。

"海东青中的珍品——'白玉爪'。"说着，多隆阿把蒙在最大一个笼子上的黄绸揭开，呀，真是只神鹰！只见它通体雪白如银，爪似碧玉，体形比常见的鹰大一倍，犹如晶莹洁白的冰雪雕成。

康熙帝、纳兰性德、曹寅正在惊讶，多隆阿又说："这样的奇鹰，我们鹰把式也百年不遇啊！"

"好极了！这回秋猎就用它！多隆阿，你给我们当猎头。"康熙帝兴冲冲地又对曹寅说，"你也不要回去了，和我们一起到木兰围场放鹰吧！"

"喳，臣遵旨！"曹寅高兴应答。

过了几天，康熙帝带领很多人到了木兰围场，自己架着"白玉爪"，让纳兰性德架着"秋黄"，曹寅架着"三年龙"。三人站在制高点瞭高①准备鹰猎。多隆阿和其他七位八旗兵当"赶杖人"——就是钻进树丛用木

---

① 瞭高：东北方言：登高远眺。这样易于发现猎物，利于鹰俯冲攻击。

棍边敲打树干边大声吆喝，把野鸡、沙斑鸡、山跳子①等猎物轰赶到形如手镯的瓮圈②内。

不多会儿，果然一只大黑山跳子被多隆阿他们赶到了瓮圈，但它似乎有防备，用一对前爪扳住一根拇指粗细的柳枝，用身体压住柳梢，使柳枝弯曲成一张硬弓，警惕地不动弹。纳兰性德连忙放鹰，只见那只"秋黄"如响箭般笔直飞向目标，到跟前时，诡计多端的山跳子向旁边一闪身，那柳条骤然弹向"秋黄"，"秋黄"被弹得昏死过去。

一瞬间，空气紧张得像凝固一样。曹寅忙放出"三年龙"。"三年龙"直扑向山跳子，不料被山跳子又一闪身躲开了。

"看你的啦！"康熙帝喊一声后放飞了自己手中的"白玉爪"，只见"白玉爪"如闪电振翅起飞，又紧贴着地面偷袭过去，一爪就将山跳子拍昏在地……

多隆阿用"鹰秤"（专门称鹰体重的秤）一称，那只山跳子的体重足有"白玉爪"的三倍呢！康熙帝高兴地竖起大拇指说："哈哈，'白玉爪'果真厉害啊！"

那天，由于有了鹰猎，打围的成绩特别好，康熙帝大呼过瘾，赏赐多隆阿等每人十两银子。

康熙帝又一次诗兴大发，吟道：

> 羽虫三百有六十，神俊最数海东青。
> 劲如千钧激磐石，迅如九野鞭雷霆。

"好诗！""好诗！"，众人都叫好。

纳兰性德也高声朗读起来：

> 海东健鹘健如许，鞲上风生看一举。
> 万里追奔未可知，划见纷纷落毛羽。

不料，康熙帝微微摇头，说道："这是《契丹风土歌》中的诗，朕要你自己作。"

---

① 山跳子：东北方言，野兔。
② 瓮圈：东北方言，伏击圈。

纳兰性德冲口而出："蛟龙鳞动浪花腥，飞扬应逐海东青。"康熙帝这才点头称好。

曹寅说："海东青导致了辽国灭亡，女真人兴起。所以后来有诗云：'辽金衅起海东青，玉爪名鹰贡久停'。今天皇上得玉爪，真是洪福齐天啊！"

康熙帝不禁大笑。

"我们那疙瘩①的旗人都说鹰狗无价。"多隆阿不大好意思地说，"我用家乡一首海东青的民谣给大家助助兴：'阿玛有只小甲昏②，拉雅哈③，大老鹰，阿玛有只小甲昏，白翅膀，飞得快，红眼睛，看得清，兔子见它不会跑，天鹅见它就发蒙。佐领见它睁大眼，管它叫作海东青。'"

"好！哈哈哈……"众人爽朗的笑声久久地回荡在木兰围场。

---

① 那疙瘩：东北方言，那里。

② 甲昏：满语吉林方言，海东青。

③ 拉雅哈：满语衬词，烘托气氛。

第二十一章　承德离宫膳食

　　承德离宫即避暑山庄，康熙帝北巡这里就有五十一次，每次他们五月从北京起程，九月下旬回銮，约有半年左右的时间在这里，所以避暑山庄的膳食成为清宫膳食的重要组成部分。

　　他们每次来避暑山庄，都要去木兰围场围猎，举行"秋狝大典"，即秋猎，借此来提高八旗的战斗力。每次秋猎中，康熙帝在东道三营行宫或西道阿穆呼朗图行宫赏赐一起参加围猎的蒙古王爷及兵丁，赏赐的东西包括各种野味、缎匹、布匹、白银等。

　　每次秋猎后，在避暑山庄的万树园中举行野宴，那时的万树园蓄养了许多麋鹿，以供野宴之用。万树园还有皇帝休息的黄帏、蒙古王爷休息的蒙古包。宴会时皇帝和各族首领、八旗将士一起观赏马技、相扑、杂技、蒙古乐典（蒙古语称为"什榜"）表演，宴会后往往要看火戏（焰火）。有时还有外国使节来参加。

　　木兰秋猎影响了避暑山庄的皇帝膳食，因为皇帝所用的御膳原料大多采自当地。菜肴以当地的野味山珍、节令菜蔬为主；面食有饽饽、点心，以及稀饭等，除米、麦、粟外，多佐以果、豆，这些都是当地特产。随皇帝围猎的蒙古、新疆、青海、西藏等地的游牧民族喜食肉禽、面类，以烧烤为主，这对形成离宫御膳有很大的影响。

　　离宫御膳的另一大特点是及时选进当地蔬菜及时烹制，如韭菜炒肉、葱椒羊肉、小虾米炒菠菜、拌黄瓜、熘鲜蘑、水烹绿豆菜、口蘑白菜、炒茄子、羊肉炖倭瓜、山药葱椒肘子、小炒萝卜、火熏白菜头、菠菜炖豆腐、松子丸子炖白菜、榛子酱、榛椒酱等。主食中也常见酸辣疙瘩汤、萝卜素面、韭菜素包子、韭菜猪肉烙盒子、羊肉胡萝卜馅包子、猪肉茄子烫面饺等。这样的荤素搭配使皇帝及随行人员都有充沛的精力。

　　我到过避暑山庄多次，亲口尝到了那里的美食，虽然不是皇帝的膳食，但真感到那里的食品独具特色，光点心名就五花八门，你听听：油酥饽饽、烧卖、八宝饭、二仙居碗坨（一种用荞麦面制的碗坨）、一百家子白荞面、糕凉粉、驴打滚（豆面糕）、烙糕、煎饼盒子、莜麦面小吃、八沟烧饼、羊汤、鲜花玫瑰饼、南沙饼、果丹皮……我特爱吃那油酥饽饽，酥脆、松软、层多，至今回味无穷。一些族胞还用当地出产的山珍野味招待我，使我品尝了当年承德离宫的部分膳食。

第二十二章　八宝豆腐

　　满族人喜欢用豆腐做菜，如荠菜烩豆腐、虾米拌豆腐等，其中八宝豆腐可是清朝康熙年间的宫廷名菜呀。奶奶说，康熙爷在位时十分喜食质地软嫩、口味鲜美的豆腐，据说是从汉族中传来的。

　　这还是康熙爷年轻时候的事。有一天，康熙看到御膳房上的早餐，虽说有豆面糕（也称"驴打滚"）、萨其马这样的满族点心，但多吃总有腻味的时候。康熙摇摇头，一口没吃，让御膳房撤下去了。自己带两名侍卫，化装成平民模样，悄悄地溜出宫去啦。

　　他们一行三人来到西直门练兵场，看到八旗将士正骑马射箭呢。康熙爷不禁手心直痒痒，一声欢呼，也翻身上马张弓射箭练了起来。一会儿工夫，他和那些八旗将士都练得气喘吁吁了。

　　练好骑马射箭，八旗将士下马后舞起石头做的玩意儿——有的长方的，像小板凳；有的圆圆的，像个球。大大小小的都有。康熙在宫里头没看到过这些东西，轻声轻气问一个将领："这是什么玩意儿？"

　　那将领也轻声轻气回答："这长方的玩意儿叫石锁，那圆圆的玩意儿叫石球，都是从邻居汉族人中传来的。"

　　"都挺沉吧？"康熙说着，抓起一个小点的石锁掂掂分量，"哎哟，得有三十斤重？"

　　那将领说："是啊。瞧那大的，一百多斤重呢！"说完，他一手抓起那个一百多斤重的石锁就练了起来：抛，接，举——先是单手，再是双手轮换，然后反手轮换……在他手里竟轻而易举，看得康熙眼花缭乱，不停地叫好。

　　耍了一阵后，那将领笑着对康熙讲："每天练这玩意儿，体形好看，肌肉滋滋长，有劲！你试试看。"

　　康熙一听，也来劲了，当然，他这是第一回练，只能拣个小点的石锁练。两个侍卫也跟着练了起来。

一会儿，大家都练得大汗淋漓。那将领说："不错啊，头回练，能抛得利索接得住举得稳，多练几回就能换大点的了。行了，今儿个先练到这儿吧！走，进屋吃早饭！"康熙爷这才发现自己已饥肠辘辘，道一声谢就进屋上炕和大家围坐了。

一上来就是缸炉烧饼，那个香啊，康熙爷一口气吞下两个。准备吃菜了，康熙望着大炕中央一盆他从来没有见过的菜肴，又悄悄地问那将领："那是什么？"

那将领也悄声告诉他："那是豆腐，也是向邻居汉族人学的。那盆菜叫小葱拌豆腐，很下饭呢！"

康熙伸筷子想夹，那豆腐软软的，一夹就秃噜①。那将领见他夹不住，忙用大勺给他舀。康熙一尝，粉嫩清香，果然好吃，便大吃起来了……也许是刚才练石锁练得太饿了，又是从没吃过这么好吃的菜，"呼噜呼噜"，一盆小葱拌豆腐竟让他吃了大半盆。

回宫以后，康熙把练石锁和吃豆腐菜的事告诉他奶奶孝庄皇太后，从此，汉族的豆腐传进清宫啦。

有一次，御厨端上来一大碗豆腐羹，康熙爷一品尝，鲜美异常，便问御厨是用什么做的。御厨说，主要用了切得粉碎的豆腐，加上香荤末、蘑菇末、松子仁末、瓜子仁末、鸡肉末、火腿末，再用鸡汤烩煮而成。康熙爷笑道："哦，此菜用八种优质原料制成，朕赐它为'八宝豆腐'。此菜可使人延年益寿；豆腐便宜，味道却胜于燕窝。"当下，他命人将"八宝豆腐"的做法写成了御方。

以后，康熙多次将"八宝豆腐"的御方作为礼物，赐予身边大臣。如清代大臣、学者、藏书家徐乾学（号健庵）曾受赐过此御方，相传徐在取方时，给御膳房一千两银子呢。徐又将此方传给门生楼村，楼村又传给自己的后人。乾隆时代，其方已传到楼的外甥孟亭王太守，就这样，"八宝豆腐"流传到了北京和浙江地区，遐迩闻名。直至今日，"八宝豆腐"早已走进了寻常百姓家。

---

① 秃噜：北方方言，这里有滑落的意思。

第二十三章　"福"字走天下

二〇〇五年，我曾经去北京探望同宗叔父书法家毓嶦，请教他康熙的御笔"福"字与众不同之处。毓嶦叔一提起康熙的字就喜上眉梢，说道：你要记住三点：一是康熙的字是学明代书法家董其昌的，写此字已经得董体真谛——柔美中体现博雅刚劲；二是康熙"福"字是"福"和"寿"二字的合写，体现中国人对幸福美满的追求；三是原字加盖"康熙御笔之宝"印玺。

毓嶦叔告诉我：康熙的"福"字一出来就受到千家万户老百姓的喜爱，因为写字人康熙就是个有福气的皇帝。他八岁即位，执政六十一年，是历史上在位时间最长的皇帝。他一生政绩显赫：智捕鳌拜、永停圈地、平定三藩、三征噶尔丹、驱逐沙俄、巩固一统，开创了康乾盛世，使国富民强，国泰民安。他在文化上也多有建树，设馆纂修了不少书籍，如《明史》《古今图书集成》《全唐诗》《佩文韵府》《康熙字典》等。因此，康熙皇上写的"福"字还带有"龙"气。

毓嶦叔还告诉我，满族中出了一些著名书法家，书法爱好者更是不计其数，这是康熙帝打下的好底子。

康熙的母亲孝康章皇后，佟佳氏，是固山额真佟图赖之女。顺治去世后是佟佳氏与儿子玄烨（即康熙帝）朝夕相处的日子，虽然只有四个月佟佳氏便撒手人寰（时年仅二十四岁），但佟佳氏对书法的爱好已经深深地影响了当时只有九岁的小皇帝玄烨。

康熙从小就练字，陪他写字的是《红楼梦》的作者曹雪芹的祖父曹寅。

康熙九年，华亭（今上海松江）人沈荃因书法好被召入宫中，专教康熙帝书法，成为皇帝的第一个书法老师。之后又陆续召张英、高士奇、王士祯等书法好的饱学之士进入南书房，与皇帝共同研习书法。

康熙曾说过："朕幼习书，毫素在侧，寒暑靡间。历年以来，手书敕谕、诗文、跋语以及临摹昔人名迹，屡盈筒箧。"（见《懋勤殿法帖序》）又说："朕自幼好临池，每日写千余字，从无间断。凡古名人之墨迹、石刻，无不细心临摹。积今三十余年，实亦性之所好。"（见《东华录》）还说："朕自幼嗜书法，凡见古人墨迹，必临一过，所临之条幅手卷，将及万余，赏赐人者不下数千。"（见《庭训格言》）康熙书法的用功之勤，可见一斑。

康熙早年学"二王"（东晋大书法家王羲之和王献之父子）、颜真卿、"宋四家"（宋人苏轼、黄庭坚、米芾、蔡襄的合称）、赵孟頫等书法，现在还能看到的康熙御笔《临苏轼中吕满庭芳》是学习苏轼的楷书绫本手卷，款署"康熙丁巳对临"，那时康熙才二十三岁。

后来康熙集中精力学习董其昌的书法，并最终形成了自己的董字风格。当然，这和康熙的第一个书法老师沈荃推崇董其昌字体有关。那时董书"海内真迹，搜访殆尽"。

康熙经常作书颁赐大臣和外国使节，曾经书写"清慎勤"三个大字，摹刻石上，以拓片分赐给大臣；又为山东曲阜孔庙书"万世师表"四个大字；为江西庐山白鹿书院题写匾额，并以"学达性天"四字颁赐天下各地书院。

康熙对书法的爱好与他对汉文古籍的热爱是分不开的。他几乎一生都在读书，自己也撰写了许多诗词、散文、著作，这个过程也是他勤学苦练书法的过程，所以他形成了自己的书法风格。

康熙的书法成就还体现在有关匾额、碑亭的题词上。

如，康乾盛世的另一个全国政治中心——避暑山庄，那里的旧三十六景（承德避暑山庄共有七十二景，其中康熙以四字组成三十六景，乾隆以三字组成三十六景）是康熙帝命名并题词的，这三十六景是：烟波致爽、芝径云堤、无暑清凉、延薰山馆、水芳岩秀、万壑松风、松鹤清樾、云山胜地、四面云山、北枕双峰、西岭晨霞、锤峰落照、南山积雪、梨花伴月、曲水荷香、风泉清听、濠濮间想、天宇咸畅、暖流暄波、泉源石壁、青枫绿屿、莺啭乔木、香远益清、金莲映日、远近泉声、云帆月舫、芳渚临流、云容水态、澄泉绕石、澄波叠翠、石矶观鱼、镜水云岑、双湖夹镜、长虹饮练、甫田丛樾、水流云在。这些景名充满了诗情画意，加上风格别致的题词让我们今人也享受到了这中国最大的皇家花园的美景。

近现代著名的杭州"西湖十景"之说，虽然始于宋朝，但是"平湖秋月""苏堤春晓""断桥残雪""雷峰夕照""南屏晚钟""曲院风荷""花港观鱼""柳浪闻莺""三潭印月""双峰插云"这些景名就是康熙皇帝御题后定型的，他把古代文人对西湖景色的诗意传承至今。

西湖十景原来都有一个御碑亭，亭中有御碑，正面是康熙题的景点名，背面是乾隆题的与景点名相关的一首诗。如今只剩"苏堤春晓""曲院风荷""南屏晚钟"三块御碑，太可惜了。希望西湖修复好康熙、乾隆的题词，把这种诗意继续传承下去。

康熙书法独成一体，给人以美的享受。如今北京人仍然喜欢在恭王府购买康熙御笔的"福"字，挂在自家的客厅、书房里，都很喜庆，它给人带来一片温馨。

记得小时候，奶奶常给我们剪各种各样的图案和文字，邻家有喜事也请奶奶剪"福""寿""喜"各字，以示贺喜。众多的剪纸中，奶奶总要剪几个康熙御笔的"福"字，还总笑呵呵地叨叨："福中有寿，福寿双全。"

二○一○年中秋节那天，我和几位好友去上海新场古镇拜访木雕大师宋龙平先生。走过古镇雕刻精致的石拱桥，来到傍水而筑的宋大师工作室，泡上一壶甄品大红袍，欣赏着大师的参赛作品，大伙儿都兴致勃勃。临走前，宋大师对我说："德甄，侬身上有义气、贵气、大气，我再送你个'福气'——一只刻'福'字的笔筒，祝福你！"我接过笔筒一看，好眼熟呀！整个"福"字体形偏瘦，暗含"寿"字。哦，这不是康熙写的"福"字吗？宋大师刻得惟妙惟肖。我手捧"福"字笔筒，心中漾起了美好的回忆。

第二十四章　康熙的养生之道

康熙帝是中国历史上在位最长的皇帝，整整六十一年哪，一个甲子。他平三藩、收台湾、征噶尔丹、和俄罗斯签订尼布楚条约，等等，为中华民族的大一统做出过重要贡献。毛泽东主席讲我们现在还吃康熙的饭，就是这个意思。

康熙一生做了那么多事，没有好身体是不行的，请看他的养生之道：

康熙强调饮食对健康的决定性作用，反对随意摄取，主张合理饮食。他说："……养生之道，尤以饮食为要义，朕自御极以来，凡所供馔肴皆寻常品味。"他强调"适可而止"，说"所好之物，不可多食"。在他的食谱中少见马牛羊、鸡鸭豕之类的厚味，多是鱼虾果蔬食品。他提倡的"慎饮食"是对食物质量的要求。他认为"饮食物中，水为最切"，所以他对各地贡来的水和巡行在外用的水，都有自己的制取方法和标准，为此他著有《水性记》一文。他多吃粗粮和蔬菜水果，尤其认为这对老年人身体有益。他说，他之所以"到老而犹健壮"就是这个原因。

康熙认为"各人的肠胃所不同，应择其所宜者"，即因人、因时、因地而宜。在康熙看来，父子兄弟之间也不能相互强其所食，各人不宜之物，即当永戒。他认为食物的季节性非常强，反对吃非时之物；因地而宜，是指饮食物产地不同，其性能也有变化，对人体的适应度有差异；因病而宜，对病人的饮食，应适应病情调养的需要。

康熙充满生命活力，和其有很好的生活习惯有关。他说："朕用膳后必说好事，或寓目于所爱珍玩器皿，如是则包含易消，于身大有益也。"就是说，他进膳后自觉保持良好的心态，只讲开心事，只说开心话，或者欣赏自己喜爱的古玩珍宝，他认为这样可以帮助消化。

康熙一贯反对酗酒，他说酗酒有"乱人心志"和"致人以疾"的坏处，也不利于健康，"清淡作饮馔，偏心恶旨酒"，多次下旨禁止酗酒。满族故乡东北是高寒地区，满族人喜欢喝白酒御寒，但很少有酗酒的满族人，这应与康熙帝的禁止酗酒有关。

康熙有首诗《膳酒自述》，总结了他的养生理念：

盈余休说帝王家，俭朴身先务戒奢。
盛馔醇酿应有损，野蔬风味亦堪佳。
樽中旨酒无能饮，案上珍肴勿过加。
淡泊宁心和五味，养生得正胜丹砂。

今天看来这首诗仍很有道理呢！

第二十五章 "四眼"雍正

正皇帝还是"四爷"的时候，已经是"四眼"了。但是当时中国人的正式场合还是以不戴眼镜为守礼仪，所以雍正他初登皇位时，是不戴眼镜上朝的。但是有一次，他在乾清宫接见大臣时，因为不戴眼镜看不清底下大臣的脸庞，竟把大学士张廷玉误认为是军机章京兆惠，派遣他到西藏去当驻藏大臣。第二天，雍正上早朝时，要和张廷玉商量西南改土归流的事，才发现昨天派错了人，张廷玉已经于昨天下午离开北京了。雍正只好下旨：让兆惠立即去西藏，换张廷玉回来继续当他的军机大臣。从此，雍正皇帝再也不敢不戴眼镜上朝了。

雍正皇帝成"四眼"是与他勤奋分不开的。他一不巡幸、二不游猎、三不爱美色，日理政事，终年不息。他永远只是坐在皇宫里头，给人留下一个朝夕都在批阅折子、晚睡早起、夙夜忧勤的背影。当时有民谚云："天下万苦人最苦，人最苦的是雍正。"雍正自己也说："朕之心可以对上天，可以对皇考，可以共白于天下之亿万臣民。"清史专家孟森曾这样高度评论他："自古勤政之君，未有及世宗者。""其英明勤奋，实为人所难及。"

雍正为什么会这么忙呢？除了做"圣主"的情结外，还与将父亲康熙皇帝发明的密折专奏制度加以推广有关。清代大臣上报朝廷的文件有两种：一种是题本，是谈公事的，要加盖官印，这是正儿八经的官方文件，大臣的题本和奏本，都由通政司转呈。皇帝御览之前，已先由有关官员看过，等于是公开信，要保密是不可能的。另一种是奏本，是谈私事的，不盖官印的。清代自康熙朝始，皇帝为了更及时、更准确、更详尽地了解下情，开始授权一些亲近大臣或直接为皇家办事的官员给自己秘密上书，称为密折。密折直接投送皇帝，由皇帝亲阅亲批。

雍正继位后，将康熙发明的这种密折专奏大力推广，并建立了密折专奏制度。上奏给皇帝的奏折规定由一种特制的专用皮匣传递，皮匣的钥匙备有两把，一把交给奏折人，一把由皇帝亲自掌握，其他人都不得开启，也不敢开启。具有高度的私密性，故称"密折"。密折可以自由书写，写好后不经任何中间环节，直接送到皇帝的手中。皇帝即拆、即看、即批复，直截了当，不误事。皇上一人可以总揽全局，乾纲独断，密折专奏制度起了很大的作用。

雍正朝有资格给皇帝直接写密折的官员达到过一千二百名以上，所奏之事也无所不包，有公事，有私事，甚至还有民间趣闻，而雍正帝对回批密折乐此不疲，所以他会这么忙。他常常端坐在案前，把眼镜往鼻梁上一架，握笔批阅，直批到眼镜渐渐滑落到鼻尖，推一推镜框，继续埋头批阅到眼镜滑落到鼻尖……

雍正帝的朱批（皇帝对"密折"的红字批示）又比起他老爸康熙来，则更上一层楼：才气逼人，直白无忌，冷峻有趣，别有一番滋味。雍正帝对朱批运用也更加巧妙和有效，做到了前无古人，后无来者。

据不完全统计，雍正在位期间共处置各种题本十九万两千余件，平均每年达一万四千七百余件，亲自朱批四万一千六百多件奏折，有的一条批语竟达一千多字，比奏折本身内容还要多。他在奏折中所写下的批语总字数达一千多万字。单清代编成的《雍正朱批谕旨》，装订的线装本足有半米高，收录奏折七千余件。这是一代敬业皇帝勤于政务的真实记录。如此勤奋，加重了雍正的近视，使他更离不开眼镜啦！

雍正不仅自己佩戴眼镜，还经常将眼镜作为恩赐之物，赏给他喜欢的官员。对于清宫内务府养心殿造办处制作的眼镜，雍正不仅亲自过问，对具体制作细节都有专门的旨意，要求十分苛刻。如清宫档案记载："雍正三年四月二十九日，奏事太监刘玉、张玉柱交楠木上陈设的三十岁茶晶眼镜五副，传旨：'此眼镜甚好，但圈上粘的阿各里木皮掉了，等收拾好，明日一早呈进，钦此。'""雍正四年八月十三日，太监刘玉交来水晶眼镜一百副，传旨：'此眼镜圈子不好，照官样收拾，选好的做上用，常的做赏用，钦此。'"

雍正皇帝佩戴的眼镜，要按十二个时辰分别制作两套，还吩咐造办处将好的眼镜照样多做几副，而且要求做出不同岁数的度数眼镜，以便自用或赏赐给不同岁数的宠臣和心腹之人。

因为皇上是"四眼"，离不开眼镜，所以，雍正朝时眼镜成了宝贝，除了供人佩戴调节视力以外，还供皇宫和圆明园等宫殿做装饰陈设之用。

雍正朝宫廷制作的眼镜，用料都十分讲究，做工也极为精巧。雍正皇帝甚至下旨将宫中精美的工艺品拿来作为制作眼镜的材料："玉壶照先交的一样收拾玉石配做，珐琅盖玉双龙耳长方杯改作收拾，水晶座黑玻璃仙人做眼镜用，钦此。"可见，清宫内务府养心殿造办处制作的眼镜，雍正皇帝看得多么的重要！

近视日渐严重的雍正帝，为了方便生活起居，又利于朝政活动，多次下特旨，要求在乾清宫、圆明园等地起居和听政的各个宫内放置眼镜，而且每一处要放两副眼镜，以方便他随时佩戴。

为了满足雍正皇帝的需要，内务府甚至将几年后要用的眼镜都制作好了，放在库房中，一旦皇帝需要，马上就可取出奉上。因此，雍正朝宫中制作眼镜和使用眼镜的数量是极大的。从目前掌握的文献史料和实物来看，雍正朝是清代宫廷制作眼镜最多、工艺和材料最为讲究的。现今北京故宫博物院珍藏的眼镜及眼镜盒实物很多是按雍正皇帝旨意制作留下的。

小时候有一天傍晚，我遇见哥哥的同学对着我哥哥喊"小四眼"，回到家里，我就噘着嘴告诉奶奶，有人骂我哥是"小四眼"。奶奶意味深长地看了我一眼，叫我先洗手喝茶，然后她才慢悠悠地对我说起"古"来：爱新觉罗家的祖上曾出过好几位"眼镜爷"，最有名的要数"四爷"雍正了，他是个不折不扣的"四眼"皇帝。

第二十六章　兄弟情

雍正八年五月的一天，在圆明园居住的清世宗胤禛很揪心，因为他得知最信任的十三弟允祥一天比一天病重，就派了最好的太医去帮他治病。太医忙三火四地去了。

不久，这位太医回来了，原来他没有看到允祥。病重的允祥不在圆明园附近的交辉园，那么到哪里去了？胤禛叹道："这是怡亲王（允祥的封号）唯恐以病烦劳朕心，自己的生死全不顾了啊！"忙拿出自己的私房钱为他的十三弟斋醮祈祷，愿他早日康复。

过了几天，胤禛打听到允祥在远离京城的西山居住，急忙摆驾去西山。不料，在快要到达时，噩耗传来，十三弟允祥已经离开人世了。胤禛悲情难忍，眼泪扑簌簌地湿了衣襟一大片。

胤禛为十三弟的去世悲痛得停止上朝三日，亲临祭奠，又穿素服一个月，并下旨不避圣讳，将允祥的"允"字改回"胤"字。胤祥安葬之日，胤禛作为皇帝亲往奠送，亲笔为十三弟撰写了多篇祭文、碑文，情真意切。六月给胤祥封谥号为贤，并赐"忠敬诚直勤慎廉明"八个字冠于贤字之上。

胤禛与胤祥是同父异母的兄弟，他们深厚的兄弟情谊始于少年时代的一件事情。康熙三十八年秋天，那年胤祥只有十三岁，就跟着父亲康熙爷到木兰围场去了。那天，围猎开始，康熙帝领头骑马蹿了出去，几个皇子催马相随，一时间马蹄雷鸣，尘土云卷，突然一皇子坐骑长嘶一声，说时迟那时快，一阵狂风过后，一只斑斓大虎拦住了康熙等人的去路。康熙周围只有四个侍卫，他们都拔刀出鞘保卫着皇帝，大虎和康熙等人对峙起来，谁也不敢先上去一步。空气紧张得像凝固了一样。

忽然一个小男孩的清脆声音响起："你们都往后，保护好我阿玛，我来对付它！"康熙一看，那是自己的十三子胤祥，就示意侍卫后退。

侍卫在皇帝的示意下，后退了几步。小男孩和大虎对峙起来。

只见小男孩不慌不忙地抽出腰刀，低声吼道："不要放箭！"

那大虎见康熙等人后退，前面只有一个小孩，便直向胤祥扑来……只见一阵大风刮过，天昏地暗。等大风过去，大虎见前面的小男孩不见了，正在趑趄，忽听身后一个脆声："你爷爷在这里呢！"大虎回转身，见小男孩正在它身后笑呢，不禁勃然大怒，张开大口，往前扑来，向小男孩的脑袋一口咬去，随着"扑哧"一声，只见小男孩满脸是血，在场的人个个紧张得屏住了呼吸……康熙定睛一看，原来是胤祥把腰刀插进了虎口中，是虎血喷了他一脸。大虎一个趔趄喘着粗气歪倒在地，一会儿就不再动弹了。

大伙儿还没有醒过神来，听得一个小伙儿边喊"山音阿哥（满语：好小伙儿）"边向胤祥跑来。那小伙儿是四阿哥胤禛。胤禛不顾胤祥满脸的鲜血，上前就抱着胤祥行了个抱腰大礼①。这时康熙才舒展眉头，走上前去，一把搂住他俩。

事后，康熙对胤禛说："你的兄弟十三阿哥胤祥有胆有识，将来定有出息。你的算术好，就你来教他吧！"胤禛点头同意。从此，胤禛在教这个小弟弟的算术过程中，他俩的兄弟情发展起来啦。

很快，他俩长成大人了，胤禛当了雍亲王，但兄弟俩仍然情深意笃，这体现在他们的诗歌唱和中。胤祥许多诗歌都是献给他哥哥雍亲王胤禛的，请看下面五首：

恭祝兄雍亲王寿

朱邸宴开介寿时，九重恩眷集繁禧。
纯诚自是承欢本，仁厚端为受福基。
三岛露浓培玉树，小春风暖护琼芝。
年年愿傍青鸾队，拜献南山祝嘏词。

奉和兄雍亲王早起寄都中诸弟兄韵

凉风习习卷纱帏，花影刚随日影移。
纨扇罢挥知暑退，夹衣初试觉秋迟。
喜闻鱼鸟传芳讯，更捧珠玑慰远思。

---

① 抱腰大礼：满族表示大敬意的礼。

屈指邮亭迓归骑，洗尘先奉酒盈卮。

奉和兄雍亲王山居偶成元韵

莲漏无声鸟不哗，山居习静味偏赊。
闲寻别院新栽竹，坐数前溪未放花。
小瓯日高松影直，方塘风过水纹斜。
太平盛世身多暇，著屐携筇踏浅沙。

奉和兄雍亲王春园读书元韵

紫燕穿帘西复东，一庭柳絮扬春风。
书开缃帙迎新绿，砚试端溪点落红。
雨霁霞光明户牖，日斜香篆出房栊。
分阴珍重攻文史，益信前贤蕴不穷。

奉和兄雍亲王暮春元韵

好景当三月，红云点绿苔。
莺啼垂柳外，鹤舞曲池隈。
丽藻毫端发，熏风纸上回。
尧阶多雨露，棠棣四时开。

后来当上了雍正皇帝的胤禛在《交辉园遗稿》题词上说："朕弟怡贤亲王，天资高卓，颖悟绝伦。如礼乐射御书数之属，一经肄习，无不精妙入神，为人所莫及。"可见允祥（胤禛即位后，兄弟们把"胤"字改成"允"字）的文笔漂亮与雍正帝对他才气的佩服。

在康熙帝去世的第二天，继承皇位的胤禛便任命贝勒允禩、允祥、大学士马齐、尚书隆科多四人为总理事务大臣，允祥同日晋升为和硕亲王。

雍正帝即位之初核查国库，发现偌大一个清王朝，国库里只有八百万两银子，这吓了他一大跳，一连好几天睡不着觉，下决心惩治腐败。

雍正帝在朝廷设立了审计机关"会考府"，开始查账，对允祥严正说道："尔若不能清查，朕必另遣大臣；若大臣再不能清查，朕必亲自查出。"

允祥真是好样的！他带队查出了户部库银亏空二百五十万两，朝廷便令户部历任官员赔偿一百五十万两，剩下一百万两采取分期还债办法，逐年补齐。允祥又查出履郡王允裪管理内务府时有巨额亏空，让他变卖家当补足欠款；河道总督赵世显克扣水利工料，把他关进大牢，家财充公；苏州织造李煦亏空公款三十八万两，将其抄家赔偿……允祥的铁面无私在当时出了名，他宁可别人说他严苛，也不把恶名朝四哥胤禛身上推。

通过他们兄弟俩的努力，到雍正五年国库储银就从八百万两增至五千万两，到雍正八年高达六千二百多万两。允祥去世后，雍正九年打了西北大仗，没有向老百姓额外收税，最后留给下一朝皇帝乾隆的还有三千四百多万两库银。可见后来乾隆朝的繁荣有他们兄弟俩付出的辛劳。

清朝官员俸禄偏低，一品官的年薪是银一百八十两，知府一百零五两，知州八十两，到了县令这一级只有四十五两，养家糊口都费劲。雍正朝推出了"养廉银"制度，最高的官员补贴达到每年三万两，少的也有几百两，比他们的基本工资高出了几十倍，甚至上百倍。这实在依赖于国库的不断充实。

雍正三年冬天，允祥总理水利事务，他顶风冒雨到现场勘查，详细规划，制成水利图进呈给胤禛观看。他还设立了营田水利府，将直隶各河分为四局管辖，使京城附近的灾荒洼涝地区变成了千里良田。

雍正五年那年，直隶水稻丰收，北方民间不习惯吃稻米，他奏请朝廷按价收买，以鼓励农民种水稻的积极性。与此同时，允祥又奏请修复江南水利，使东南数十州县河流疏畅，获灌溉之利。他为四哥雍正帝的政治和经济改革提供了物质条件。

雍正朝时期，允祥主管的内务府包揽了武器的制作，从打钉子到铸造大炮一应俱全。兄弟俩通力合作，造出子母炮一百架。胤禛将在天津建立海军一事也交给允祥负责。

雍正七年，胤禛为了平定西北设立军需房（即军机处的前身），命允祥主管这件事。那时允祥已使国库充盈，整个军需都出于国库，没有向民间摊派，所以朝廷让晋商秘密购办军需的方式，海内不知有用兵之事，做到了军事活动的保密。

一天上朝，胤禛眉头紧锁，退朝后，允祥留了下来，轻声问四哥为什么事发愁。胤禛打了个唉声，指指那堆奏折说："你自己看吧！"允祥仔细看了起来。原来有人弹劾川陕总督岳钟琪。川陕总督这个职位原先是康熙十九年就定下专为八旗子弟设置的，而现在汉人岳钟琪也得此官职，很多人妒忌他，那堆奏折都是弹劾他的，使胤禛也举棋不定了。允祥对哥哥坚定地说："岳钟琪才识兼备，赤心为国，我愿以自己的身家性命保他！"这番话使胤禛坚定了使用汉人任职的决心。后来果然靠岳钟琪平定了西北。

允祥还曾向自己的哥哥雍正帝推荐了几位年轻位卑的官员，这些人都得到了朝廷重用，像福建总督刘世明、陕西总督查郎阿、山西巡抚石麟、福建巡抚赵国麟等。最有意思的是允祥推荐李卫和允礼这两个人。李卫原只是户部郎中，见不了皇帝，允祥因他"才品俱优，可当大任"，竭力保举，使他担任了直隶总督。而这个李卫性格耿直，谁的权势越大，就越挑谁的毛病。对胤禛最喜欢的河南巡抚田文镜、云广总督鄂尔泰这几个朝廷台柱子，他也照样敢责骂。允礼是康熙帝的第十七子，曾被胤禛视为允禩同党，命他看守陵寝，不予重用。允祥却觉得这位十七弟是"居心端方，乃忠君亲上、深明大义之人"，奏请起用。胤禛接受了允祥的意见，晋封允礼为果郡王，后晋升为亲王。允礼果然不负众望，成了胤禛、允祥的又一得力干将，被委以辅政大臣。胤禛最反对臣子结交过深，却再三降旨给臣下，鼓励他们多和怡亲王允祥交往，这和允祥能为国直言有关。

允祥还主管理藩院和四译馆的外交事务。葡萄牙大使来京，就住在允祥的怡王府交辉园里；捷克数学家、天文学家、音乐家严嘉乐也曾经在允祥家做客谈音乐。雍正四年冬，闽浙总督高其倬奏请朝廷撤销南洋贸易禁令。第二年春天，允祥也认为继续禁止往贩南洋已无必要，所以会同大学士、九卿向朝廷提出解除南洋禁令，结果有十年历史的南洋贸易禁令被撤销了。

允祥主持审理大案数十次，从不轻易动刑，他说："审案的原则，先观察疑犯的言语表情以洞悉真伪，用诚心去打动他，用合理的推断去折服他，没有得不到实情的。如果一概刑讯逼供，刑杖之下，何求不得？但这又使冤案难以平反啊！"胤禛称赞他的话是"仁人之言"，命各省有司将此话刻成木榜放在堂署中，时时反省对照。

宗扎布原为安王王府长史，康熙五十八年任副督统，时任大将军的胤禵保举宗扎布为将军，对他格外宠信。后来宗扎布被他的笔帖士[①]石成告发，列举他贪图安逸、玷污职守、违背事理、贻误公务、肆意妄为、扰害蒙古、损毁公事等种种罪行，其中还有一条说他酒后妄言，曾经说"怡王尚为孩子，无知"。此案后来交由允祥审理，虽然宗扎布被指控说了十三爷的坏话，但是十三爷允祥仍然给他申辩的权利，秉公断案。

允祥处事周密，胤禛委任他的事很多，如让他担任总理事务大臣、处理康熙后事，总管会考府、造办处、户部三库、户部，参与西北军事的运筹，办理外国传教士事务；又管领汉军侍卫，督领圆明园八旗守卫禁兵，养心殿监理制造，诸皇子事务，胤禛旧邸事务，选择胤禛陵址等诸事，连烧制彩漆、珐琅、主持出版地图、镌刻雍正宝玺、打造胤禛用的眼镜等这样的具体事务全交给允祥。允祥也一丝不苟，样样完成得很好。兄弟俩在审美情趣上又有很多共同之处，清宫中的一些珍玩器皿，很多是允祥设计的。允祥是以精出名的设计师，胤禛夸他道："无不精祥妥协，符合朕心。"

允祥作为胤禛最信赖的兄弟，得到朝廷很多恩遇和荣耀。雍正元年，胤禛传旨按康熙年间分封皇子为亲王之例，赐给钱粮二十三万两，允祥百般谦退，经皇帝再三宣谕，最后只收下十三万两。允祥分封亲王后可支用官物六年，仍是辞谢。允祥到泰宁为胤禛勘陵，胤禛欲将其中一块属于"中吉"风水之地赐给十三弟，但允祥坚决辞去，到涞水县自选一块地为安葬之所，胤禛不得已只好依从他。胤禛称允祥为"柱石贤弟"，每年给这位弟弟加赏一万两的俸禄，但允祥分文未动，仍然过着淡泊的日子。他吩咐家人：这一万两银子他身后仍交还给朝廷，以备皇上将来赏赐别人。

允祥去世时才四十四岁，真是英年早逝，胤禛真正感到断臂之痛，痛得他撕心裂肺，不仅让允祥在清宫太庙享祭，而且亲自到墓地祭奠，在北京、浙江等地立祠纪念他，并下旨：自己死后要将怡亲王允祥所留的遗物——玻璃鼻烟壶一起随葬。

胤禛在他心爱的十三弟死后的第五个年头也去世了，兄弟俩都是过度劳累而死，但在阿布凯恩都里[②]那里，他们继续着兄弟情。

我是爱新觉罗·胤祥的后人。先祖胤祥和同父异母的哥哥胤禛(雍正皇帝)兄弟俩的情谊在家族中一直被啧啧称道。

---

① 笔帖士：满语，即掌管翻译满、汉章奏文书的官员。
② 阿布凯恩都里：满语，天神。

第二十七章　允祥举荐李卫

雍正五年的一个夜晚，皎洁的月光静静地洒落在养心殿的琉璃瓦上，已过三更，西暖阁的灯还亮着，"四眼"雍正戴着眼镜还在批阅各省钱粮亏欠情况的奏折。此时他正在看一份密折，这是浙江总督李卫写的。密折上说："皇上将派钦差大臣下各地清查钱粮、补齐亏空，这是关系到国库盈亏的当务之急。浙江钱粮废弛日久，正好趁此机会好好整治一下。不过，钦差大臣初到地方，一时恐怕不得要领，臣身任地方官，理应协同办理，请皇上裁处。"每每读李卫的密折或奏章，雍正帝就喜上眉梢，读了这一密折，他自言自语笑道："好个李卫，别人听说整治钱粮亏空躲还来不及呢，他却主动请缨协办。"雍正帝摘下眼镜，揉揉了眼眶，站起身伸伸胳膊甩甩腿，在屋里踱起步来，边踱边想着这个李爱卿：

李卫是雍正的十三弟允祥举荐的。雍正刚即位时，允祥就告诉雍正："四哥，有个管理银库的户部郎中叫李卫，此人虽然没多少文化，最初只是个捐资员外郎，但他才品俱优，可当大任。"

雍正问："何以见得？"

允祥说："四哥您还记得吗？皇阿玛当朝时，管理银库的亲王属下收缴每千两白银额外加收十两作为库平银。李卫屡次劝阻都不听，他就干脆将银柜抬到廊下，写上这是'某王赢钱'，弄得那亲王很尴尬，只好下令停收库平银。"

"哦，我听说过这么个人，是个勇敢任事之人哪！十三弟，你将此人找来我先见见。"

李卫来了，雍正一看，三十五六岁，膀大腰圆，臂力过人，白皙的脸上有铜钱大小的麻子。经过仔细询问，知道他是江南铜山人（今江苏丰县人），谈吐善言机敏，好习武，精于搏击拼刺之法。

后来雍正和允祥商量后就任命李卫为云南道盐驿道。李卫还真如怡亲王允祥所荐，就任八个月后，就将云南盐政由亏到盈，而且一下子就盈为三万余两。雍正大为赞赏，第二年升他为布政使掌管朝廷重要税源的盐务，第三年升他为浙江巡抚兼理两浙盐政。在浙江，李卫打击盐业走私，从产、运、销、管四个环节采取堵私措施，使浙江盐政出现了"食官盐者多，食私盐者少"的局面。雍正更信任他了，就专门为他设了个浙江总督的职位，让他全权负责这一重要而难于治理的地区。李卫当了总督后，浙江在发展生产、修葺海塘、贯彻摊丁入亩的赋役改革等方面都不断传来喜报。

想到这些，雍正不禁点着头自语："唔，李卫是有办法，这回再看看他如何协办。"他踱回到书案前，又戴上眼镜，拿起朱笔，在李卫的密折上批了"准予协办"几个字。

雍正六年清查钱粮期限结束后的一天，任总理户部的允祥喜滋滋地在养心殿向雍正汇报各地清查成绩后，说："四哥，浙江积欠最少，不到六十万两。"

雍正帝大喜："果然浙江最出色啊！"

"是啊，李卫不负您皇上重托，干得很出色！"允祥竖起大拇指说。

雍正帝说："李卫这小子脾气倔，原先跟谁都闹矛盾，在云南对上司不敬，称总督高其倬为'老高'，呼巡抚杨名时为'老杨'，还和按察使张谦不和。朕只好把他调往浙江。朕知他勇于任事，不徇私情，不避权贵，得罪了不少人，一些人联名向朕告状。朕认为他是刚正之人，操守廉洁，实心任事。不过，这回户部尚书彭维新当钦差大臣去浙江，我还真担心李卫又和他不和哪，想不到真'协办'成了！"

允祥说："李卫这小子进步啦！您知道他是怎么办成这事的吗？"

"说来听听。"雍正帝很感兴趣。

允祥就一五一十地说了起来。

原来，雍正帝下令用六年时间清查钱粮、补齐亏空后，因时间久远，官员屡变，关系网盘根错节，各省督抚闻令或束手无策，或敷衍塞责。后来朝廷派钦差大臣彭维新在江南各省清查，这个人做事认真细致，加上江南各督抚都不敢干扰他的工作，结果查出来是问题多多，很多人都被他抓了辫子，彭维新还准备上报朝廷以"流、斩、监、追"的罪名惩处这些人，弄得这些地方人心惶惶，怨声载道。而李卫在钦差大臣去浙江之前向属下使了个计策：诈称自己要过生日，让浙中七十二州县的有关官员都来贺拜。生日筵席吃到一半的时候，李卫把这些人召到密室，连唬带蒙说："朝廷负责清查钱粮的钦差大臣马上就要来了，你们要是有亏欠的话千万别欺瞒我，我能救你们。你们要是不听话，等查出问题被抓被杀的话，到时别怪我没给你们机会。"众人害怕了，都说："愿听大人吩咐。"随后李卫让这些人回去后，不管有无亏欠，都老老实实地造册登记后上交给他，让他心里有数。于是他轻轻松松地掌握了州县的亏空状况，并及时让亏欠的州县尽快设法弥补上。等钦差大臣彭维新一到浙江，李卫便拿出皇上的批示给他看，说："朝廷让我协助你清查，请大人一起商量怎么办好？"又说："凡是共事，从来就没有不争执的。我这个人性子急，喜欢和人争辩，屡次被皇上批评。这次和大人您共事，我倒是希望不要有争执，但就不知道怎样才能没有争执呢？"彭维新就说："这样吧，我们分县清查，如何？"李卫说："好。"于是两人好说好商量，一人一半，李卫设法让彭维新清查"没问题"的，自己清查"有问题"但正在弥补的。双方"清查"结果当然都没问题啰，皆大欢喜。

雍正帝听了允祥讲述后，笑道："别人都说清查麻烦事多，唯独李卫那里什么事情也没有，看来这小子的确有一手。"

"是啊。听说李卫还十分重视社会治安，擅长捕盗。他看到江南盗贼出没、横行，就招兵设了个勇建营，专门练搏击拼刺之法。每当捕盗时，他身披金甲，亲自登台指挥。好笑的是，他认为青楼妓院、酒坊茶肆都是'盗线'，不能禁绝，否则很难跟踪盗贼。他或是命人乔装改扮混入贼窝，或是令已归诚的盗贼暗通情报。每次出击时，都将一锦囊交与将士，定能直捣贼巢，大获全胜。现在江南'千里如枕席'，社会治安大为改观哪！"

"嗯，李卫到了江南，江南确实各方面有起色啊。这小子实乃模范督抚啊！老十三，你的眼光不错，给朕举荐了个能人哪！"

"不过，他臭毛病也很多。"允祥有些哭笑不得地说，"爱张扬，听说每次出门都要绣衣衮袍、声乐齐鸣，前呼后拥，引得人们争相观看，甚至敲锣打鼓搬上文案坐于西湖的亭台楼榭间办理公事。"

雍正帝仍然笑着说："嗯，田文镜为此还奏他一本呢！他只是少了读书人的儒雅，粗率狂纵，人所共知。以后你多提醒着点。"

"是！"

雍正帝想了想，又说："皇阿玛最重官员的操守，这是应该的。但有些官员只顾清廉的虚名，却不做实事。朕看重的是李卫的才干，据实办事，雷厉风行。"

"是。"允祥点头表示理解四哥的用意。

　　清查钱粮以后，雍正帝便给李卫加封为太子太保，大加赏赐，浙江的其他各级官员也各升一级。

　　李卫不但得到了皇帝的赏识，而且得到了浙江官员的拥护，还得到了百姓的拥戴。

　　李卫虽然识字不多，但对文人、对文化事业还是非常看重的。据说他曾出钱修过浙江通志，建过书院，给在读士子以丰厚的膏火钱（这里指求学费用）。在雍正年间，因浙江人发生多起文字狱，雍正一怒之下停止浙江士人参加科举考试以作惩处。为尽早恢复乡会试，时任浙江总督兼巡抚的李卫便经常深入下层，了解文士呼声，调解各种矛盾；随时跟踪检查受株连而未定罪文士的情况，发现问题，及时训导，责令改正；表现好的文士，将其事迹一一记录归档。在李卫的努力下，雍正七年恢复了科考。第二年殿试的一甲三名，即状元、榜眼、探花都被浙人取得，因此文人都说李卫好。

　　雍正十年，李卫又被内召署理刑部尚书，寻授直隶总督。继任浙江总督的李灿在奏报李卫离任的情景时说："李卫于十一月二十五日起程，老幼百姓拥护道旁，目击人情正切。"

　　雍正十二年，已督直隶的李卫与户部尚书海望一同到浙江查看海塘，远近百姓以为他又来浙江当总督了，迎接他的人像蚂蚁一样站了数十里，欢呼声响彻云天。

第二十八章　推广北京官话

雍正五年的阳春四月，杏花绽放，雍正帝兴致勃勃地在太和殿举行国宴，招待丁未科杏榜有名字的进士。雍正帝看到离他最近的新科进士周正，十分高兴，就吩咐他要吃好喝好。

那位进士竟点头答道："介咮，介咮！"

雍正帝想，他说什么哪，是不是听不懂朕的话？就又说了一遍："吃！吃！"那位进士又"介咮，介咮"了一遍，雍正帝还是听不懂。

当皇上吩咐了三遍之后，那位进士口吃起来："介……介咮……介咮……"额头上急出汗啦。雍正帝还一脸的疑惑。

主考官大学士张廷玉忙上来解围："启禀皇上，此生乃广东人，适才说的是广东话'吃'的意思啊！"

"哦！哈哈哈……"雍正帝这才明白那位进士没有答非所问，就笑着对进士说，"来！介咮，介咮！请！"那位进士这才如释重负"介咮"起来。

国宴后，雍正帝琢磨起方言的问题。他想：我旗人在入关前流行满语，和汉语根本不同，现在已经通晓汉语了，满汉齐通的人比比皆是。那么用什么语言来统一中国这么大的地方呢？雍正帝为此很费脑筋。

一天下朝后，雍正帝把张廷玉留下了，让他一起微服私访。君臣俩打扮成富商模样就溜出宫去了。

到了前门，雍正帝把张廷玉拉进了一家茶馆。喝足茶后，雍正帝悄悄地问张廷玉："刚才我与店小二说话，他说的不是这儿北京人的话，但我基本能听懂。那他们说的是什么话呀？"

张廷玉答："这是北京眼下流行的南京官话，包含了很多中原古音。明朝刚建立时，洪武帝朱元璋定都南京，南京话成为朝廷的官方语言。明成祖朱棣皇帝迁都北京后，从南京带去了一百三十多万人口，所以北京人说的仍是南京官话。"

雍正帝又问张廷玉："嗯，听是基本能听懂，不过朕为什么学不上来哪？"

张廷玉又答："南京官话尖团音分明，有入声，但国语①没有入声，所以皇上学不上来呢！"

"哦！"雍正帝这才明白地点头称是。

回到宫里，雍正帝考虑再三后对张廷玉讲："现在是清朝了，要用明白易懂的我朝官话代替南京官话。语言这事着急不得，我给你一年时间，整个北京要推行新官话。"

张廷玉郑重其事地称："臣领旨！"

一年后，雍正帝和张廷玉又进了那家茶馆，虽然那家店小二说话还带南京官话口音，但基本上是以清廷官话为基础的北京官话了。雍正帝有了信心。

雍正六年，雍正帝圣谕内阁曰："凡官员有莅民之责，其言语必使人人共晓，然后可以通达民情，办理无误。朕每引见大小臣工，凡陈奏履历之时，唯有闽、广两省之人，仍系乡音，不可通晓。但语言自幼习成，骤难更改，故必徐加训道，庶几历久可通。应令福建、广东两省督抚，务使语言明白，使人易通，不得仍前习为乡音，民情亦易达矣。"

同年，雍正帝设立"正音书馆"，在全国推行北京官话。他特别谕令福建、广东两省"举人生员贡监童生不谙官话者不准送试"。上谕颁布后，福建、广东两省的各个郡县都普遍建立了正音书院，教授北京官话。

后来，雍正帝为整饬地方风俗而特设了一个官职叫"观风整俗使"，并把观风整俗使派到了福建、湖南、广东三省，让他们来督促这件事呢！在全国推行北京官话由雍正帝正式推动起来了。

当然，统一语言不是一蹴而就的事。虽然推行的结果不过是形成了不那么难懂的福州官话、广东官话等，但却为后来统一语言打下了基础。

一九〇二年，清廷正式批准了张之洞、张百熙制定《学务纲要》，该文件指出："中国民间各操土音，致一省之人彼此不能通语，办事动多格，兹拟官音统一天下语言，故自师范以及高等小学堂，均于中国文一科内附于官话一门。其练习官话，各学堂皆以用《圣谕广训直解》一书为准。"这是雍正帝推广北京官话的发展。

一九〇九年，清政府资政院开会，正式提出把"官话"正名为"国

---

① 国语：这里指满语。

语"。如今台湾还这么称呼呢！

新中国成立后，一九五五年十月二十六日，《人民日报》发表题为《为促进汉字改革、推广普通话、实现汉语规范化而努力》的社论，文中提道："汉民族共同语，就是以北方话为基础方言、以北京语音为标准音的普通话。"这是现代普通话的定义。

一九八六年，全国语言文字工作会议又提倡"大力推广普通话"。

因为从小生长在上海，我这个满族人一点儿也不懂满语，一口上海话；好在有普通话，和生活在北方的族人照样可以交流。今天，悦耳动听的普通话不仅在国内五十六个民族流行，而且走出国门，在全世界的华人中流行。当下世界各国兴起的学汉语热潮，就是学习普通话这种标准汉语。普通话早先就是北京官话，说来让我这个满族人感到自豪，因为它的形成和满语有关呢，是清朝雍正帝开始推广的结果。

第二十九章 二十五宝

　　据说秦始皇统一华夏后，为了巩固皇权，立典兴邦，铸造了一方天子宝玺，上面刻了几个字："受命于天，既寿永昌。"意思是说皇命受之于天，神圣不可侵犯，它必将永久昌盛。从此受命于天成为中国皇帝统治天下唯一的合法理由，而皇帝为玺，臣民为印的规制也就此确立下来。

　　乾隆帝说过，"盖天子所重，以治宇宙，申经纶，莫重于国宝。""国宝"，就是指皇帝用的印章，古代称"玺"，后来武则天觉得"玺"的发音接近"死"，改称其为"宝"，以后历代皇帝就沿用下来了。

　　天聪九年，天聪汗皇太极获得了传国宝玺，八个月后，皇太极改族名"诸申"（女真）为"满洲"，改年号"天聪"为"崇德"，改国号"金"为"清"，后用此宝玺册封皇后皇妃，许多文书也都印盖此宝玺，但后来此宝玺的下落已成为历史之谜。

　　清朝入关前期，除青玉制成的"皇帝之宝"为满文篆字外，其他宝玺都是满汉兼书，其数量、存放、用途、篆刻都不讲究规范。到了乾隆十一年，乾隆帝根据《周易·大衍》中"天数二十有五"的记载，对前朝皇帝御宝重新排列次序，从名目繁多的印玺中挑选出二十五方代表国家军政外交最高凭证的宝玺，作为统治权力的核心法器。这二十五方宝玺象征大清朝能苍天赐福传二十五代，这是乾隆帝的愿望。

　　乾隆帝钦定的二十五方宝玺，都有自己独特的名称，它们是：(1)大清受命之宝；(2)皇帝奉天之宝；(3)大清嗣天之宝；(4)皇帝之宝（满文）；(5)皇帝之宝；(6)天子之宝；(7)皇帝尊亲之宝；(8)皇帝亲亲之宝；(9)皇帝行宝；(10)皇帝信宝；(11)天子行宝；(12)天子信宝；(13)敬天勤民之宝；(14)制诰之宝；(15)敕命之宝；(16)垂训之宝；(17)命德之宝；(18)钦文之宝；(19)表章经史之宝；(20)巡狩天下之宝；(21)讨罪安民之宝；(22)制驭六师之宝；(23)敕正万邦之宝；(24)敕正万民之宝；(25)广运之宝。

　　每一方宝玺的印文各不相同，应用范围亦有明确规定，内容涉及皇位的继承、大臣的任命、民族、外交、征伐、祭祀、赏赐等，代表和囊括了皇帝行使国家最高权力的各个方面。

这些宝玺造型迥异，质地有玉、金、檀木三种；颜色有白、深蓝、绿三种；正方形，平面六寸至二寸一分不等；印纽有对龙、盘龙、蹲龙三种姿态。宝玺由内阁掌管使用，并由宫内大太监接受看管。宝玺装在内外两层箱内，放在涂有油漆的桌几上，存放在紫禁城内交泰殿里，且依次左右排列。到用的时候，由内阁奏请使用。

二十五宝中，除其中一方"皇帝之宝"是满文印外，其余均用汉、满两种文字篆刻，汉字用篆书，满文用本字。乾隆十三年，乾隆帝认为用两种书体不协调，于是决定除"大清受命之宝""皇帝奉天之宝""大清嗣天子宝"以及满文"皇帝之宝"四印"均先代相承，传为世守者，不敢轻易"外，其余旃檀木"皇帝之宝"以下的二十一宝，一律改镌，将其中的满文本字全部改用篆体镌刻。现在珍藏于故宫博物院的清二十五宝，就是乾隆十三年钦定并陆续改镌的新印。

宝玺虽然象征着国家的权力，但乾隆帝认为：印章要靠"德"来支撑。他多次对大臣们说：当初元朝得了传国宝玺，而且草原铁骑驰骋两万里，但不到一百年就亡了，这是德不够的教训呀！所以乾隆帝在交泰殿《宝谱》序中言："朕尝论之，君人者，在德不在宝。宝虽重，一器耳。明等威、徵信守，与车旗、章服何异？德之不足，则山河之险，土宇之富，拱手而授之他人，未有徒恃此区区尺璧足以自固者。诚能勤修令德，系属人心，则言传号涣，万里奔走……故宝器非宝，宝于有德。"意思是说，为君之人，重在于德，而不在于宝（玺）。宝玺虽然重要，也只是一个物件罢了。它不过是说明了等级、威严，起着信用、凭证的作用，同车仗旗帜、典章朝服有什么不同？如果缺少德，虽然山河险要，地域富足，也要拱手让给他人。没有只是靠这么小小的一块玉玺来保身的。如果能勤治道德，得天下人心，一旦降旨发布法令，方圆万里都会顺从于你……所以玉玺并不是真正的宝贝，有德的人才是宝贝。乾隆帝还这样说："垂统万世，在德耶？在宝耶？不待智者而知之矣。"

我父亲对印石情有独钟，这是爱新觉罗祖上给后代留下的烙印和传承，因为印章可以见证自己走过的人生之路。

二〇〇八年夏天，好友金志浩先生将他珍藏多年的宝玺印章拓片送给我做纪念。那是由中国第一历史博物馆出品、用交泰殿印泥、满汉文注以祀百神、框标好的"天子之宝"的宝玺印章拓片。我把它恭放在我的书桌上，我眼前时常会浮现出祖先们浩浩荡荡在祈年殿求上苍给百姓风调雨顺、太平盛世的情景。到北京去，我也恭恭敬敬地在恭王府的清宫印章拓片前拍照留念。

后来我也常常搜集整理印石，在浅粉色的宣纸或是雪白的卡纸上，用西泠印社朱红印泥打印上我的"御用闲章"，效果很不错，送亲友很开心。这时，亲友问我为什么有这种喜好？"静听石语，赏心悦目。"这是我的概括。随后我会告诉他们：我喜欢印石是受父亲的影响。小时候常看见父亲无论是给亲戚朋友写信，还是给单位的书面报告，总在落款处签上大名又加盖印章，说明他郑重其事。父亲还有个喜好，喜欢在自己的藏书里盖上读书章，他告诉我这样做既高雅又可防遗失。在我结婚时，父亲送了我们夫妇一对二十四开金钮式尊狮印章，嘱咐我俩好好过日子，好好做人做事。我们视为无价之宝。

二〇一二年在我银婚纪念日之时，我又把当年父亲给我的结婚礼物拿出来，抚摸着，端详着……我的生活就像这一对金灿灿的印章，生气勃勃，和和美美；我更记得父亲的嘱咐——好好做人做事。

第三十章　雍和宫的改建

　　坐落在北京东城区安定门内雍和宫大街的雍和宫是北京的重要名胜古迹之一，占地面积六万六千四百平方米，有殿宇千余间，它是首都目前规模最大、保存最完好的一座藏传佛教寺院。

　　据《清净化城塔记》记载，雍和宫的藏文是"甘丹金恰灵"，意思是吉祥威严宫，又称"无量宫"，也可以称"雍寺"。它最早建于康熙三十三年，是康熙帝为他第四个儿子胤禛建造的居所，名称"雍亲王府"。康熙帝去世后，继位的就是胤禛，也就是雍正皇帝，雍亲王府就升为行宫了。雍正三年改称为"雍和宫"。后来这"雍和宫"为什么会成为藏传佛教寺院的呢？说来话长。

　　先要说到乾隆皇帝的生母钮祜禄氏。她是清朝开国五大臣之一额亦都的后人。钮祜禄氏进入雍亲王府那年是康熙四十三年，当初还被大家称为格格。康熙五十年八月十三日生下后来的乾隆帝弘历；雍正元年二月被册封为熹妃；雍正八年又晋封为熹贵妃；雍正十三年九月，乾隆登基后，被尊封为崇庆皇太后。

　　乾隆九年，清高宗弘历到慈宁宫给崇庆皇太后请安，行了大礼后，太后把儿子留下了，进行了一场对国家长治久安有长远影响的对话：

　　崇庆皇太后问道："你准备把你父皇的雍和宫做啥用？"

　　乾隆帝恭恭敬敬地回答："准备保存雍亲王府原样，以表达皇儿对父皇的敬意。"

　　太后轻轻摇头，说道："这不是你阿玛的意思。"

　　"那？应该怎么办？"

　　"应该在此处建一个宏大的藏传佛教寺院。"

　　"这是为什么？"乾隆不解地问。

　　"你听我说清其中的道理。"太后接着问乾隆，"明末有几股力量逐鹿中原？"

这难不倒精通历史的乾隆，他答："后金、蒙古、明朝、李自成。"

"那后来为什么清统一了中国？"太后追问。

乾隆答："这是我先祖太祖高皇帝（指努尔哈赤）、太宗文皇帝（指皇太极）治国有方，也因为当时吴三桂投了我大清。"

太后说道："你只说对了一部分道理，还不是全部。你漏掉了一个重要的原因。"

"是太宗皇帝重用洪承畴？"

"这也是原因之一，但你仍然没有说到那个重要原因。"

乾隆不觉斟酌起来。

太后见乾隆在犹豫，便直截了当地说道："是太宗皇帝和孝庄文皇后的爱情！"

"啊？"

太后见乾隆不解的神色，解释道："本来金朝亡于蒙古，女真人和蒙古人有世仇，由于他俩在狩猎中一见钟情，这就化干戈为玉帛了。"

乾隆恍然大悟，连连说道："对呀！对呀！妙哉！妙哉！"

太后见乾隆与自己想到一起去了，不禁大喜道："我朝百年以来，从来不修长城，不防蒙古，因为蒙古是我们的娘家亲属。孝庄文皇后不仅帮高宗皇帝劝降洪承畴，而且帮助了儿子顺治帝、孙子康熙帝。孝庄文皇后就是蒙古人。"

乾隆接着太后的话说："我明白您在雍和宫建藏传佛教寺院的道理了。这是要建蒙古人、西藏人都信奉的寺院啊！"

太后见乾隆已经明白了其中的道理，含笑点头道："这也是你阿玛的愿望啊！"

乾隆对母亲说："此事交给我去办吧！"

崇庆皇太后一番话点拨了乾隆帝。他明白雍和宫的重要用途了，就考虑如何落实，经过左思右想，最终把这件事委托给了皇后富察敦儿的弟弟傅恒去办，因为担任总管内务府大臣的傅恒满语和蒙古语都很纯熟，会把雍和宫的寺院建好的。

这个傅恒很小的时候父亲就去世了，靠贵为皇后的姐姐抚养教育。而乾隆帝和皇后感情深厚，很早也就开始对这个内弟进行了培养。傅恒最初被授予侍卫，之后便平步青云，累进总管内务府大臣、户部右侍郎、军机处行走、内大臣、户部尚书、汇典馆总裁、侍卫内大臣、保和殿大学士……据说这一晋升过程，只有六年多的时间，而且那时也才二十几岁。

傅恒倒也没有辜负皇帝姐夫的栽培，确实是个能干之人，大到军事决策、政令施行，小到姐夫乾隆帝出巡的路线、日程安排、朝中各种典礼仪式的拟定，凡所经办"大小事务，均得妥协就绪"。他处理政务，常常与乾隆帝之意不谋而合，有时甚至想到了乾隆帝的前面，对此乾隆帝总是赞叹不已："即朕自为筹划，亦恐尚有未周。朕心甚为嘉悦。"对他相形度势提出的处理意见，挑剔的乾隆帝常常以赞赏的口吻批谕："诸凡妥协详明，有何可谕，一如卿议行。"改建雍和宫藏传佛教寺院的任务当然还是放心地交给这位内弟了。

乾隆九年，雍和宫改建成了藏传佛教寺院。傅恒真是个细心人，宫内大量的佛像、法器、法物、壁画、佛经、珍宝，他一一置办齐全。其中檀香木大佛雕像、五百罗汉山和金丝楠木佛龛，被誉为"雍和宫三绝"。雍和宫规模宏伟，巍峨壮观，成为北京的藏传佛教中心，成为蒙古人、西藏人膜拜的圣地。

雍和宫建筑由南向北的中轴线上，依次是天王殿、雍和宫大殿、永佑殿、法轮殿、万福阁等五进大殿，以法轮殿和万福阁最为辉煌。万福阁里的迈达拉佛就是"雍和宫三绝"之一，她是用一棵白檀树的主干雕成的巨佛，高二十六米，地上十八米，地下埋有八米，直径八米，全重约一百吨，是中国最大的独木雕像。这尊大佛身披黄缎大袍，体态雄伟，全身贴金，镶有各种珠宝。又一个"雍和宫三绝"之一的金丝楠木佛龛在万福阁东厢的照佛楼内。照佛楼上下两层共十间楼房，楼里有一尊照佛。照佛是仿木刻旃檀佛，用铜浇铸而成，很名贵，但供奉这尊照佛的楠木佛龛更为名贵。佛龛从地面直达楼顶，高约十几米。照佛背后有一火焰背光是楠木雕刻并涂以黄色，黄铜镜镶嵌在背光中，夕照时，佛像生辉，蔚为壮观。同时，利用透雕手法突出的九十九条立体金龙翻腾于云海之中，形态逼真。

五进大殿两侧有鼓楼、钟楼、碑亭、讲经殿、密宗殿、数学殿、药王殿、西殿、戒台楼、班禅楼等建筑，相互映衬，形成一座布局完整，融汉、满、蒙、藏建筑特色于一体的寺院。

雍和宫的布局特色是前半部疏朗开阔，后半部密集起伏。雍和宫第一进殿天王殿的楹柱上有一幅乾隆皇帝御笔对联：

法境交光六根成慧日，
牟尼真净十地起禅云。

天王殿殿中供奉木刻贴金的弥勒佛，两旁是泥塑彩绘四大天王像。殿后面是面北而立、手持宝杵的木雕韦驮像。

出了天王殿，迎面可见一尊青色的铜鼎，从乾隆开始的清朝皇帝每次到雍和宫拜佛，都是用这个香炉进香。它与北海的九龙壁、团城承光殿的大玉瓮合称为"三绝"。

雍和宫大殿正中供奉着释迦牟尼、燃灯佛和弥勒佛像，三世佛两侧站着释迦牟尼的弟子阿傩和迦叶，大殿东西两侧为十八罗汉像，有汉族和藏族两种称呼。

大殿前面的东西两厢，各有十四间楼房。东厢房为密宗殿，供奉着密宗佛像上百种。二楼正中供奉着狮子尊者，左边为达赖喇嘛的化身札拉萨巴像，右边为班禅的化身海鲁巴像。西厢房称为显乘殿，供奉着众显宗佛像。

永佑殿供奉着三尊佛像，正中为无量寿佛，左为药师佛，右为狮吼佛。殿西墙挂着绿度母补绣像，据说是崇庆皇太后亲手补绣的。东墙悬挂着白度母画像。

法轮殿殿顶仿西藏风格建有五座镏金宝塔，是全庙喇嘛集中念经的地方，正殿供奉一尊铜质宗喀巴。在三尊大佛的宝座背后，便是"雍和宫三绝"之又一绝的五百罗汉山。整个罗汉山体用紫檀木精雕而成，层峦叠嶂、阁塔错落；五百个用金、银、铜、铁、锡铸制的罗汉置身其间，姿势生动，神态各异，有讲演佛法的、降龙伏虎的、乘鹤飞升的……或坐或卧，或醉或思，或笑或痴，造型逼真，雕技精湛。

在法轮殿殿内小玻璃格内有两部藏文金字经，是乾隆帝亲笔抄写的《药师经》和《大白华盖仪轨经》。

法轮殿右侧是戒台楼。据说乾隆皇帝当时常常穿着朝服，披着大红哈达，戴着佛冠，坐在宝座上讲经说法。

雍和宫南门口是三座精美的牌楼，牌楼正面和背面的匾额都是乾隆皇帝亲笔所写。

清人曼殊震均在《天咫偶闻》中这样描写雍和宫："殿宇崇宏，相设奇丽。六时清梵，天雨曼陀之花；七丈金容光焕发，人礼旃檀之像。飞阁复道，无非净筵；画壁璇题，都传妙手，固黄图之甲观，绀苑之香林也。"

一转眼，乾隆帝已经八十多岁了，皇太后与傅恒已经作古，好在乾隆帝仍然身体硬朗。

乾隆五十七年，傅恒的儿子福康安击退了廓尔喀入侵，会同八世达赖、七世班禅共同筹议西藏善后章程。乾隆帝大喜，亲自到北京城外迎接这位年轻英俊的少帅胜利归来，和他一起祭拜雍和宫。礼毕，乾隆帝拿出自己亲撰《十全武功记》送给福康安。福康安郑重其事地请乾隆帝为雍和宫寺院写一篇碑文。乾隆对自己的出生地雍和宫很熟悉，但现在是寺院，写什么好呢？很费脑筋。不过很快，才子乾隆有了自己的思路，下笔如神，雍和宫碑文《喇嘛说》一挥而就。

　　《喇嘛说》讲了西藏佛教的来源和发展，总结了元朝过度庇护喇嘛的历史教训，告诫他的子孙对藏传佛教决不可曲庇谄敬，避免重蹈元朝的覆辙，提出"予幸在兹，予敬益在兹矣"，"新旧蒙古，畏威怀德"的政策和策略。

　　乾隆皇帝撰写此文后用满、汉、蒙、藏四种文字雕刻在碑石的四面：南面是满文，北面是汉文，东面是蒙文，西面是藏文。四周环绕着金色蟠龙木雕。大殿栋梁、斗栏、天花板、藻井上都饰以彩绘花纹，刻画精巧，富丽堂皇。

　　中华人民共和国成立以后，从一九五〇年到一九五三年，国家拨巨款对寺院进行了全面修缮。一九五四年，达赖和班禅都到雍和宫讲经说法。毛泽东、周恩来、朱德等党和国家领导人都先后到雍和宫视察。许多国家的领导人，如印度的尼赫鲁、缅甸的吴努、柬埔寨的西哈努克亲王等，都曾来此朝拜。国内外游人香客前来参观、朝拜的更是络绎不绝。

　　雍和宫被国家列为全国重点文物保护单位。在"文化大革命"中，尽管佛事活动被迫停止了，但在周恩来的指示下，雍和宫的建筑、碑文、影壁、牌坊、经卷、法器等全部得到了妥善保护，这座文化艺术宝库得以幸存下来。如今，雍和宫仍然绽放着中国多民族的艺术魅力。

　　我成年后，每次去北京前，奶奶总要叮嘱：别忘了去雍和宫上香祭祖。这已经成为我的习惯，那里的阿卡曲丹尼玛师父总在大殿等我，陪同我上完香，点上油灯，给我许多供果食品，要我带回家，说给小孩吃了平安吉祥。每次我都会默读乾隆帝御制的《雍和宫碑文》，多次聆听在雍和宫管理处工作三十年的学者叶联成老师的讲解，感触很多。

第三十一章　文津阁与四库全书

　　自打避暑山庄从逐渐兴建起来到落成以后，清代前中期的几位皇帝几乎每年都来这里消夏避暑，处理政务。通常是每年农历四五月份来，九十月份返回北京。乾隆帝和他爷爷康熙帝一样，也很喜欢来到这里，据说他来过五十多次，每次都要住上几个月，每次都要在木兰围场秋猎。乾隆帝还像他爷爷一样写下过一些避暑山庄题材的诗句，如有一首诗题目就叫《避暑山庄》，是这么写的：

> 轩墀敞御园，草树静高原。
> 游豫思仁祖，麻和逮孝孙。
> 桥山将酹爵，玉馆此停辕。
> 卷画山容在，修蛇电影奔。
> 禽言欣客至，蛩语诉秋繁。
> 阶篆苔纹暗，碑诗钗脚存。
> 圣踪犹可想，衷曲向谁论。
> 倍切乾乾志，虞孤覆载恩。

　　这首诗写出了避暑山庄的特色风光，寄寓着他对玛发康熙帝的怀念。

　　乾隆帝还像他爷爷一样，爱给避暑山庄的景物起名。爷爷用四个字起名，他不能超越爷爷，就用三个字起名，什么"丽正门""勤政殿""绮望楼""驯鹿坡""水心榭""颐志堂"等等，也起了三十六景。人们把这祖孙俩各起的三十六景合称为"避暑山庄七十二景"。起完了名也亲笔题词，今天我们仍能看到这祖孙俩的亲笔题词呢。

　　和避暑山庄的朴素淡雅特色成对比的是山庄外面金碧辉煌的寺庙群，面积共达四十多万平方米，建有寺庙十一座。现在实际只有七座，但一般人称之为外八庙，分别为：溥仁寺、溥善寺（已毁）、普乐寺、安远庙、普宁寺、须弥福寺之庙、普陀宗乘之庙、殊像寺。外八庙以汉式宫殿建筑为基调，吸收了蒙、藏、维等民族建筑艺术特征，创造了中国多样统一的寺庙建筑风格。这些寺庙都是在乾隆朝最后才建成，乾隆帝为此也写了许多诗文。

乾隆帝在避暑山庄接见过厄鲁特蒙古杜尔伯特台吉三车凌、土尔扈特部首领渥巴锡、西藏政教首领六世班禅等重要人物，还接见过以特使马戈尔尼为首的第一个英国访华使团。避暑山庄那时是全国另一个名副其实的政治中心。

避暑山庄内平原区的西部有一座漂亮的藏书楼，叫文津阁。从外观上看，它是一个二层楼阁，实际上是三层楼阁，中间有一暗层。暗层全用楠木造壁，能防虫蛀，是藏书之处。那么这座楼为什么叫文津阁呢？津，是水的渡口；文津，是文化知识的渡口。说是要想求得知识，便需自此问津的意思。因为阁内曾经藏有巨著《古今图书集成》和《四库全书》各一部。《古今图书集成》是康熙时期由福建侯官人陈梦雷编辑的大型类书。此书编辑历时二十八年，共分六编三十二典，是规模很大、资料很丰富的书。

说到《四库全书》，那是乾隆帝的功劳。乾隆三十七年十一月，乾隆帝在北京乾清宫上朝时，安徽学政朱筠提出明朝永乐年间编的《永乐大典》需要辑佚的问题。乾隆帝想，现在国泰民安，正可以编一套大型书籍，便鼓励朱筠继续讲下去。朱筠讲出编书想法后，乾隆帝马上就下命令将所要辑佚的书与"各省所采及武英殿所有官刻诸书"汇编在一起，名称就叫《四库全书》。于是，编纂《四库全书》的伟大工程开始了。

乾隆三十八年二月，《四库全书》正式开始编修，以纪晓岚、陆锡熊、孙士毅为总纂官，陆费墀为总校官，集中了当时全国的一流学者，如汉学大师戴震、史学大师邵晋涵，还有散文家姚鼐、藏书家朱筠等都参与进来了。同时，征募了抄写人员近四千人，鸿才硕学荟萃一堂，艺林瀚海，盛况空前，历时十载。在编纂过程中，乾隆帝全程指导丛书的进行，朝廷提供了全部所需费用。

《四库全书》是我国乃至世界最大的文化工程。全书分经、史、子、集四部，收书三千五百零三种，七万九千三百零九卷，存目书籍六千七百九十三种，九万三千五百五十一卷，分装三万六千余册，约十亿字，相当于当时法国狄德罗主编的《百科全书》的四十四倍。要知道，当时《四库全书》的十亿字全部是用毛笔手抄的，真正不简单哩！

　　为了存放《四库全书》，乾隆帝效仿著名的宁波藏书楼"天一阁"的建筑建造了南北七个阁。乾隆四十六年十二月，《四库全书》第一部终于抄写完毕并装潢进呈，乾隆帝看了喜出望外，命编修人员继续认真誊抄。编修人员接着又用了将近三年的时间，抄完第二、第三、第四部，分贮北京紫禁城内的文渊阁、沈阳故宫的文溯阁、圆明园的文渊阁、避暑山庄的文津阁珍藏，这就是所谓的"北四阁"。从乾隆四十七年到乾隆五十二年又抄了三部，分贮江南的文宗阁、文汇阁和文澜阁珍藏，这就是所谓的"南三阁"。每部《四库全书》装订为三万六千三百册，六千七百五十二函。七阁之书都钤有玺印，如文渊阁藏本册首钤"文渊阁宝"朱文方印，卷尾钤"乾隆御览之宝"朱文方印。

　　文津阁建在避暑山庄内，这也是乾隆帝的主意。当时，乾隆帝想道：避暑山庄已是北京之外的另一个中心，一年中有半年在那里，皇族子弟学习不能停止，学习就要给他们最好的书本——《四库全书》，所以文津阁建造得大气精致。《四库全书》落库时，乾隆帝亲自在避暑山庄文津阁恭迎它。如今，北京图书馆那一套最完整的《四库全书》，就是当年文津阁的藏本。

　　有一年，我有幸亲临避暑山庄目睹了"山中有园，园中有山"的壮景。我也看到了文津阁。它坐北朝南，三面临水，从南往北为门殿、假山、水池、阁楼、碑亭。阁的东北部有水门与山庄水系相通，阁前池水清澈，倒映出一弯新月，随波晃动，而天空却是艳阳高照。原来池南的假山上，有一个半圆形如上弦月的缝隙，光线透过缝隙，射在水中形成下弦月的倒影，构成"日月同辉"的奇特景观。水池南岸是一座造型别致的假山，怪石嶙峋，气势雄浑。假山石洞前后各有两门相通。洞内山石遮掩，可分厅、堂、窗、孔、穴等，洞壁镶嵌着鸡骨石，显得幽深曲折。山上横岭纵峰，沟桥岗壑，各自争奇。文津阁东为碑亭，四角攒尖顶，上覆黄琉璃瓦，内竖一座五点三四米高的石碑，碑的正面镌刻着乾隆题的《文津阁记》，其余三面刻着乾隆作的三首诗。

　　我喜欢在文津阁前散步，因为文津阁不仅建筑别具一格，而且曾经收藏过中国古代最重要的一部丛书——《四库全书》。

第三十二章　三希堂主人情系兰亭

　　三希堂的主人就是乾隆帝，"兰亭"不仅是指书圣王羲之的书法珍宝《兰亭序》，还是泛指历代书法大家的珍贵墨迹。

　　乾隆十一年，清宫收集到王羲之的《快雪时晴帖》、王献之的《中秋帖》和王珣的《伯远帖》三种珍贵墨宝，乾隆帝大喜，命将自己的书房——北京故宫内的养心殿西暖阁（原名温室）改为"三希堂"。乾隆帝为什么要这样命名呢？他自己作《三希堂记》说："内府秘籍王羲之《快雪帖》、王献之《中秋帖》，近又得王珣《伯远帖》，皆希世之珍也，因就养心殿温室，易其名曰'三希堂'以藏之。"古文"希"同"稀"，"三希"就是三件稀世珍宝。三希堂因珍藏这三件珍宝而得名，充分体现了乾隆对"三王"字的珍爱。乾隆皇帝还亲自书写了"三希堂"的匾额挂在堂上，匾额两侧的对联为"怀抱观古今；深心托豪素"（其中"豪素"指书法）。

　　三希堂很小，内部只有八平方米，还用楠木雕花隔扇隔分成南北两间小屋，里边的一间放文房用具。窗台下设置一铺可坐可躺的高低炕，御座设在高炕坐东面西的位置上。乾隆帝常常在这里欣赏墨宝，练习书法。

　　王羲之的《快雪时晴帖》全文只有二十八字，是王羲之四十岁之后写的手札便条，因帖内有"快雪时晴"几个字而得名。此帖用笔洒脱，动中有静，是王体行书中的精品。乾隆帝亲笔写了八个大字"龙跳山门，虎卧风阁"来形容这位书圣的笔力气势。乾隆帝在位的六十多年间，对这幅墨宝的热情始终不减，经常在三希堂临摹和玩味，反复为之题跋，一生竟对此帖做过七十三次题跋。

　　王献之的《中秋帖》，全文共二十二字，有"天下子敬第一帖"之美誉。王献之是王羲之第七个儿子，他将父亲的行书笔法进一步加以升华和提炼。此帖已接近草书，是他五十岁以后写的，属便笺手札作品。

　　王珣是王羲之的侄子。他的《伯远帖》全文共六行四十七字，灵舞飞动，典型的晋代上乘的行草作品，内容为叙事之辞，因首句有"伯远"二字得名。帖后还有明代书画大师董其昌的题跋，也为乾隆帝所珍视。

乾隆十二年至乾隆十五年，乾隆帝下旨命令吏部尚书梁诗正、户部尚书蒋溥等人，将清宫所珍藏的历代书法作品选择一些精要的，由宋璋、扣住、二格、焦林等人镌刻成《三希堂石渠宝笈法帖》（简称《三希堂法帖》）。法帖共分三十二册，刻石五百余块，收集自魏、晋至明代末年共一百三十五位书法家的三百余件书法作品。完成之后，将法帖恭放在三希堂的楠木木匣中。

《三希堂法帖》问世之后，乾隆帝精拓数十本赐予自己最亲近的大臣。

乾隆十七年，清朝又从清宫藏品中再次精心挑选出历代名人书法五卷，摹刻上石。至此，《三希堂法帖》始成完璧。到清代末年，开始广泛流传。法帖原刻石嵌于北京北海公园的阅古楼墙间。

乾隆帝中年时，又将画家金廷标的画《王羲之学书图》、沈德潜作的《三希堂歌》及董邦达的山水画等，挂在三希堂墙上，使三希堂增添了无限的韵致。

三希堂始于乾隆朝，后经嘉庆、道光、咸丰、同治、光绪、宣统各朝仍保持原貌。如今三希堂在北京故宫博物院养源斋。另在台北故宫博物院也有一处"三希堂"，《快雪时晴帖》原帖珍藏在那里。

二〇〇八年北京保利秋拍中国古代书画夜场，乾隆御笔《临三希堂帖》是唯一一件完整临摹三希堂的全本，以一千六百八十万元成交。说明乾隆帝也是一个有很高成就的书法家。

乾隆帝的字好在他的勤学苦练，他一生的御制诗有四万两千多首，大部分都靠他自己用毛笔写出来的，这个过程他也练了字。乾隆书法上溯赵子昂，擅长楷书、行书，风格圆润秀慧。他身后留下了大量的书法作品，仅北京故宫博物院就藏有他的字两千多幅，他在古代书画上的题跋题诗不下上万段，为历代帝王之最。

乾隆书法的重要成就还在各地匾额、碑亭的题词上。

如康乾盛世的另一个全国政治中心避暑山庄，那里的新三十六景（承德避暑山庄有七十二景名称，康熙以四字组成三十六景，乾隆以三字组成三十六景）就是乾隆帝命名并题词的。这三十六景是：丽正门、勤政殿、松鹤斋、如意湖、青雀舫、绮望楼、驯鹿坡、水心榭、颐志堂、畅远台、静好堂、冷香亭、采菱渡、观莲所、清晖亭、般若相、沧浪屿、一片云、萍香泮、万树园、试马埭、嘉树轩、乐成阁、宿云檐、澄观斋、翠云岩、罨画窗、凌太虚、千尺雪、宁静斋、玉琴轩、临芳墅、知鱼矶、涌翠岩、素尚斋、永恬居。这些名称不光富有诗意，加上乾隆帝的题词更加锦上添花。

乾隆帝除了为避暑山庄新三十六景命名并题词外，还写了大量的诗作。比如《避暑山庄》这首诗不仅诗好，字也好。

乾隆帝一生中有六次下过江南，很多地方都留下过他的墨迹，如，"西湖十景"原来都有一个御碑亭，亭中的御碑正面是康熙帝题的景点名，背面是乾隆帝题的与景点名相关的一首诗。这"西湖十景"为：平湖秋月、断桥残雪、雷峰夕照、花港观鱼、柳浪闻莺、三潭印月、双峰插云、苏堤春晓、曲院风荷、南屏晚钟（如今只剩苏堤春晓、曲院风荷、南屏晚钟三块御碑）。乾隆的西湖诗也很漂亮。如有一首是乾隆十六年乾隆帝在"平湖秋月"御碑上题的诗：

> 春水初生绿似油，新蛾浣影镜光柔。
> 待予重命行秋棹，饱弄金秋万顷流。

另一首是同年他在"断桥残雪"御碑上题的诗：

> 想像银塘积素余，湖光山色又何如。
> 近从赵北桥边过，一例风光入翠舆。

如今西湖成为世界文化遗产，这和乾隆帝对西湖的题词和珍藏于杭州西湖博物馆的镇馆之宝《清乾隆西湖行宫图》有关。

二〇一〇年六月，匡时拍卖公司拍了乾隆帝的书法作品《御书洪咨夔春秋说论隐公作伪事》，以五千七百一十二万元的高价成交，说明乾隆书法作品的艺术价值。

毓嶦叔父常常赞叹道：三希堂的主人乾隆皇帝的书法成就呈现了中华书法文化的博大精深啊！

满族出了很多书法家，曾经担任中国书法学会会长的启功教授，末代皇帝溥仪的弟弟溥杰先生，都是字写得很有个性又很漂亮的书法家。我的同宗叔父毓嶦的毛笔字也很好，我很羡慕他的字，常常请他为我重要的朋友题字，他虽然眼睛不好，但每次都郑重其事地写给我，还多次骄傲地给我讲《三希堂主人情系兰亭》的故事。

第三十三章　百鸟朝凤

"百鸟朝凤"是乾隆爷发明的一道宫廷名菜，它的来历和乾隆的母亲有关。

乾隆十六年是太后钮祜禄氏六十大寿。春节期间，乾隆爷因为西藏问题的妥善解决，心情特别好，但如何使母亲的生日难忘而又有意义，他左思右想一时还没想出好主意。

那年正月，乾隆帝为了到地方问俗、阅视河工海防等，与太后一起开始首次南巡。十三日，他们一行离开京城后，经过直隶、山东等地，免除当地当年额定的赋税十分之三（南巡以后成例），减免遭受旱灾的安徽歙县等十五个州县的额定赋税，免除山东积欠的仓谷五十七万余石，免除两淮灶户积欠的银两四万二千余两。二月初八，他们渡过黄河视察了天妃闸、高家堰，下令准许动用国库财力兴修高堰大坝里坝等处石工。经过淮安，为保城抗水患命令将土堤改建成石堤。他们乘船经过扬州、镇江、丹阳、常州，一直到苏州，要求三吴之地的读书人老百姓都要做好自己分内的事，力屏浮华；准许献诗献赋的学子考试后录用。三月，他们到了杭州，参观那里的敷文书院，赐给江浙各书院殿版的《十三经》《二十一史》两书；又登观潮楼阅兵，裁杭州汉军副都统；然后遍游西湖名胜，再到绍兴东南郊的会稽山禹陵祭奠了古代治水英雄大禹。这一路上许多名胜乾隆帝都亲笔题了词。

回銮时，乾隆帝一行绕道来到江宁（今南京），先祭奠明太祖朱元璋的孝陵，再与太后一起到织造机房观织，然后沿运河北上，到蒋家坝、高家堰视察河工，修订洪泽湖五坝水志。四月，从陆路至泰安，祀岳库拈香。五月初四回到京城。此次南巡，从京师到杭州，往返行程水路陆路共计五千八百里，历时五个多月，一路都受到了各地百姓的欢迎。

乾隆帝与太后南巡，看到了北京以南的锦绣河山，也使乾隆帝明白了地方和京师的关系，就是百鸟朝凤的关系。南巡回来以后，乾隆帝就有了给太后祝寿的好主意了，但他不详说仔细，只是告诉额娘，一定会在她生日那天让她惊喜。

十一月十九日，到了太后钮祜禄氏六十大寿的日子，乾隆帝安排在大报恩延寿寺内举行隆重的祝寿仪式。这一天，秋高气爽，宫内外张灯结彩、礼乐喧天。太后满面春风地坐在贺殿上接受众人的贺拜。先是皇帝给太后祝寿，接着是皇后、宫妃及亲贵大臣等为太后敬贺千秋，大家齐颂皇太后寿比南山、福如东海。

贺拜完毕，乾隆帝忽然拉起皇额娘的手请她到院子中去，只见宫女们抬来了一百只笼子，每个笼子中各装有一鸟，恭请太后放生。

皇太后异常惊喜，兴致勃勃地走上前去打开第一个笼子，一只小鸟"唧"的一声冲出笼子，展翅飞向高空。在一片"太后千岁"的欢呼声中，众宫女、太监一齐打开另外九十九只笼子，霎时间，百只小鸟叽叽喳喳地在空中不停地飞舞，好像也在恭贺"太后千岁！""太后千岁！"整个大报恩延寿寺内热闹非凡，太后更是乐得合不拢嘴。

祝寿庆宴开席了，御厨敬献上来一道色泽艳美的菜肴。乾隆帝笑着对太后说："皇额娘，猜猜这是一道什么菜？"皇太后一看，这道菜如一幅百鸟朝凤图，已知儿子用心，含笑不答，举筷夹了一口就尝，然后连声称赞口味鲜美。原来乾隆帝事先吩咐宫廷御厨用母鸡、鸽蛋、蟹黄等原料，做成了这道"百鸟朝凤"。烹制这道菜的厨师得到了重赏。

后来，宫中后妃及皇亲国戚做寿都用此菜，随着朝廷的军政要员逢到做寿也用此菜，于是，"百鸟朝凤"就流传到各地。民间人们也有用公鸡头、鸡脯肉和鸡蛋、鸡皮制成凤凰，再取用凤尾虾、鲜虾肉做成小鸟形，制成百鸟朝凤的形状，这道菜既好看又好吃。

我奶奶说满族人喜欢讲乾隆帝的故事，不仅因为他文治武功都有许多建树，而且还因为他发明了一些大家都喜欢的宫廷菜肴，上述故事就是其中一则。

第三十四章　梨味萝卜丝

　　中国历史上对孔子最为虔诚的帝王就是清高宗弘历乾隆皇帝。在《兖州志·历代褒崇孔圣典孔》中记载，他曾先后八次到曲阜祭孔，行礼或三跪九叩，或两跪六叩，或一跪三叩，每一次都非常隆重。

　　有一次，乾隆帝进了孔府，又用隆重的仪式来表达对孔圣人的敬意。隆重祭祀完后，孔府主人以一百九十六样菜的满汉全席款待这位虔诚的皇上。

　　菜肴中离不开燕窝、鱼翅、海参、干贝等山珍海味，菜名富有诗意，如"一孵双凤""御带虾仁""竹影海参""当朝一品""神仙鸭子""青龙卧雪""雪扫梅花""八仙过海"等。但乾隆帝在皇宫里吃厌了这些山珍海味，很多菜端上来又原封不动地端了回去。在旁张罗的衍圣公（孔子嫡派后裔的世袭封号，始于西汉元始元年。这里指当时那位孔府主人）看在眼里，急在心里，便悄悄传话给厨师叫他想办法做适合皇上口味的菜。

　　厨师为难了，连这么名贵的菜皇上都不吃，还要吃什么呢？寻思了好一阵子，心想一定是皇上平日在皇宫里吃油腻的菜吃得太多，吃烦啦，想吃清淡的。想到这，"有了！"他一拍巴掌欢叫一声，就找了几个红皮白心的水萝卜做了起来。

　　不一会儿，又一盘菜上桌了。衍圣公一看慌了神：怎么是一盘萝卜丝啊！乾隆帝却眼睛一亮：那水亮透明的萝卜丝切得细细长长，白丝两头带点红皮，煞是好看。乾隆帝拿起筷子就夹，送嘴里一嚼，嗨，"咔嚓咔嚓……"没等咽肚，又夹一筷送嘴里嚼……"爽！好吃！又脆又甜，还有股梨香味哪！"乾隆帝竖起了大拇指。衍圣公这才松了口气。

　　第二天，乾隆帝关照衍圣公，今天仍然要吃昨天的水萝卜。衍圣公高声答应，有皇上喜欢的菜啦，很不容易啊！衍圣公亲自到厨房，看着厨师把水萝卜做出来，自己又恭恭敬敬地给乾隆帝端了上去。乾隆帝仍然对此大快朵颐。

回到京城，乾隆帝还总惦记着吃这个菜，就叫御厨做。做出来一尝，乾隆帝皱起眉头说："在孔府的水萝卜是有梨香味的，你做的没有这味，重做！"御厨只好屁颠屁颠到厨房重做了。乾隆帝一尝，太甜啦，没有梨的清香味……就这么的，这个御厨来来回回几次都没有做出那个味。乾隆帝有点儿生气了，对他说："朕给你一个月的时间，如果到时候你再琢磨不出那个味，你就回家吧！"

御厨满脸乌云回到厨房，做来做去都没有皇上说的那种梨味，他不敢再轻易给皇上端上去啦。

正当他愁眉苦脸的时候，旁边的烧火人说："这道菜是孔府做的，你干脆到那里学学手艺去吧！"烧火人的话一下子点醒了御厨，"对呀！"他决定马上就去，在皇帝规定的期限前回来。

这个御厨快马加鞭来到孔府，递上门生帖，要进府学厨艺。门官见多识广，每天都有人到孔府来祭拜孔圣人，没看见有来学厨艺的，还带来这么多礼物。门官问了御厨来龙去脉，就进府和主管商量去了。

主管知道前一段日子乾隆帝来的事，就请御厨进府了，告诉厨房一定要教会他，至于礼物嘛，一文不收。

这位御厨在孔府厨房学了起来。其实这道菜做法很简单：先将水萝卜切成丝，在开水里一汆，再放到凉水里浸去萝卜味，然后把水沥干，撒些适量的盐花，最主要得滴上梨汁，拌匀了就成了。当然，看似简单的做法，要把握好可口清香的梨味还得尝试好多次呢！

估摸着学得差不多了，皇上给的限期也快到了，那御厨就回宫了。回到宫中，他就给乾隆帝做这道菜。第一次端上桌，御厨捏着一把汗，气都不敢喘，看着皇上吃。皇上开始不吱声，只是嚼着、品味着，御厨紧张得心快要蹦出来了。后来乾隆帝终于露出了笑容，对御厨说："是这个味！"御厨高兴得蹦了起来，忍不住欢呼："我终于成功了！"乾隆帝给这道菜起了一个朴实的名称——"梨味萝卜丝"。

后来，乾隆帝一直喜欢吃"梨味萝卜丝"。大概萝卜有养生长寿的作用吧，他活到了八十九岁，今天看来也算高寿了。乾隆帝把这道菜增加到国宴中去，王公大臣们都很喜欢，在满族人中就流传开了。

两百年前在清宫深受乾隆皇帝喜爱的一道御膳"梨味萝卜丝"，现在常常成了我们普通满族人餐桌上喜欢的保留菜。

第三十五章　冰嬉

冰嬉，是对冰上活动的泛称。冰上活动有速滑、花样滑，射箭、冰球、冰舞，冰上"踢熊头"（一种满族原始足球）、打雪抾、堆雪人、挂狮象等，花样多着哪。冰嬉是乾隆朝起被定为"国俗"的重要庆典活动，皇帝要亲自在北京故宫内的太液池进行八旗冰嬉的检阅。据北京、沈阳、辽阳、赫图阿拉的族胞讲，这是乾隆帝从故乡带回的满族习俗呢！

乾隆帝四次到永陵祭祖，其中第二次东巡共用了一百九十一天，到永陵时已是冬天了。他看到努尔哈赤六世远祖猛特木，以及福满、觉昌安、塔克世、礼敦、塔察篇古等人墓地前的神树仍然郁郁葱葱，万千感叹。事后他下旨把他的华文《神树赋》刻石立碑于永陵。

在对先人艰苦创业的思绪中，乾隆帝考察了后金的第一国都赫图阿拉城。在塔克世旧居，乾隆帝抚摸着自己的祖先清太祖努尔哈赤出生时用过的谷草，不禁潸然泪下。

祭拜过自己的祖先后，乾隆帝心情舒畅，微服私访来到了苏子河。那时大雪过后结冰的河面犹如一面镜子，他看到河面上行人如梭，走路个个快捷如飞，不禁向他们打探原因。原来他们都是旗人，脚上的鞋子下都有一片铁。"这叫什么？"乾隆好奇地问。

"叫'冰滑子'。"滑冰人告诉乾隆，"这是老汗王努尔哈赤发明的。"

"啊，好聪明！"乾隆帝一听是自己的祖先发明的，就更有精神头啦，央求他们快快讲讲它的来历。

原来真是努尔哈赤发明的冰滑子。

当年努尔哈赤曾派人招抚了东海女真巴尔虎特部落，但建州将士离开后，该部落又投靠了乌拉部。有一次，巴尔虎特部落竟然包围了已被努尔哈赤占领的墨根城。他们认为，墨根城孤立无援，很快就可以破城取胜。努尔哈赤命令手下大将费古烈去突围。费古烈建议：要快速到达巴尔虎特，如同神兵天降，他们才心服口服。努尔哈赤点头称是，自己沉思起来。当时是冬天，大河小汊都已冰冻三尺，而铁与冰的接触才能使行军快捷如飞。努尔哈赤就发明了冰滑子。费古烈的每一名士兵都是冰上的高手，他们连夜出发，将火炮架在爬犁上运输，用冰滑子滑行前进，一天一夜急行军七百里，在墨根城即将陷落之时，及时赶到。巴尔虎特部落人真以为是神兵天降呢！最终，这支滑冰部队不但解了墨根城之围，还使巴尔虎特部落心服口服彻底归顺了老汗王。

听完冰滑子的故事后，乾隆帝发现苏子河冰面上人多起来了，赶紧往人堆里凑。原来是附近的满族人来"踢熊头"，他又听到了关于"踢熊头"的故事：

两千年前，满族人的先祖肃慎人捕获熊、虎、豹、野猪等猛兽时，猎人将动物的头放在树桩上拜谢山神，然后烤食兽肉，食后要将兽头拿来踢，以尽余兴。后来，熊头多为被踢之物，此项活动就称"踢熊头"。后又用熊皮、熊毛缝制成球状物，取代熊头来踢，所以又可称"踢形头"。太祖努尔哈赤、太宗皇太极都主持过这种比赛。

乾隆帝这时看到的"踢熊头"比赛是这样的：在冰上以三道横线为界，设三名裁判，每人各执一根木杆，立于线上，双方任何一方将"熊头"踢入线内，裁判手中木杆即刻落下，判为得分，得分多的为胜方。

乾隆帝忽然想起来了，这不就是自己曾经读到的一些古书上讲的"蹴鞠"吗？《史记·苏秦列传》，苏秦游说齐宣王时形容临淄：临淄甚富而实，其民无不吹竽、鼓瑟、蹋鞠者。"蹋"即"蹴"，踢的意思。"鞠"，球，即古代的足球。汉代的《西京杂记》《盐铁论》《蹴鞠新书》《刘向别录》中都有关于蹴鞠的记载。三国两晋南北朝时，蹴鞠之习依旧流行未衰。唐宋时期最为繁荣，经常出现"球终日不坠""球不离足，足不离球，华庭观赏，万人瞻仰"的情景。杜甫有诗曰："十年蹴鞠将雏远，万里秋千风俗同"。想到这里，乾隆帝也忍不住撸胳膊甩腿上场了……虽然乾隆帝"踢熊头"技术不如当地满族人，但是劲头不比他们差呢！

比赛结束后，负方将酒席送给胜方，双方在篝火旁烤肉、饮酒嬉笑歌舞时，乾隆帝兴奋地想：朕一定要把满族的所有冰嬉项目都带到北京皇宫去，让八旗子弟不忘本，锻炼得身强体健，保持高昂的战斗力。

从此，乾隆帝开始每年冬天在太液池进行八旗冰嬉的检阅了。

后来书籍上又有了关于清朝的冰嬉记载。《帝京岁时纪胜》说：冰上蹴鞠"每队数十人，各有统领，分位而立，以革为球，掷于空中，俟其将坠，群起而争之，以得者为胜。或此队之人将得，则彼队之人蹴之令远，欢腾驰逐，以便捷勇敢者为能。将士用以习武。"这就是乾隆推广的满族"踢熊头"在八旗兵运动中的演化形式。

《红楼梦》作者曹雪芹的祖父曹寅在《冰上打球诗》中这样描绘这种中国式的冰上足球：

青靴窄窄虎牙缠，豹脊双分小队圆。

整洁一齐偷著眼，彩团飞下白云边。

万顷龙池一镜平，旗门回出寂无声。

争先坐获如风掠，殿后飞迎似燕轻。

乾隆帝开创的清宫冰嬉很宏伟，《皇朝文献通考·乐考》记载："冰嬉，每岁十月咨取八旗及前锋统领、护军统领等处，每旗规定数各挑选善走冰者二百名，内务府预备冰鞋、行头、弓箭、球架等项。至冬至后驾幸瀛台等处，陈设冰嬉及较射天球等伎。分兵丁为二翼，每翼头目十二名，服红、黄马褂，余俱服齐肩马褂。射球兵丁一百六十名，幼童四十名，俱服马褂，背小旗。按八旗各色，以次走冰、较射。"如此规模的冰上运动，人数达一千六百人以上，在中国古代体育史上绝无仅有。

清宫冰嬉名目繁多，都很精彩。如速度滑冰，就有初手式、小晃荡式、大晃荡式、扁弯子式、大弯子式、大外刃式、跑冰式、背手跑冰式等形态；花样滑冰有哪吒探海、大蝎子、金鸡独立、朝天蹬、童子拜佛、双飞燕、卧鱼、卧睡春、千斤坠等姿势；杂技滑冰则有缘竿、盘杠、飞叉、耍刀、弄幡、倒立、扯旗等高难动作；射天球是旗门上高悬带穗之"天球"，滑冰者于运行中张弓射球……

冰嬉的场景非常热闹。单讲"射天球"这个项目吧：广阔的冰场中央，平行设立三座旗门，旗门的顶端高高悬挂着用彩穗制成的"天球"。由一二百名八旗兵组成的射手，一字排开，手持弓箭，列成一路纵队，井然有序地从三座旗门中穿过。在晶莹的冰场上，形成旋涡状列队，威风凛凛，煞是好看。号令一响，各弓箭手争相而出，互不相让，滑着各种动作，什么"金鸡独立""凤凰展翅""果老骑驴""燕子戏水"……边做边疾速滑向旗门，再施展各种绝技：有的躬身施射，有的滑过旗门来个"犀牛望月"回首疾射。弓响箭出，身手敏捷，英姿勃勃。

乾隆帝非常喜爱冰嬉活动，每年冰嬉比赛过后，还常常像孩子般地在雪地上戏耍，打雪仗、堆雪人、塑雪马，然后饮酒赋诗抒怀，嘉奖冰嬉技艺高超的人。

当时还真出现了许多身怀绝技的滑冰者呢！如能倒滑好几丈的，有双腿蹲滑的，有做数十多种花样高难动作的……再比如，"一马十三式"单人滑技艺表演，要求一次完成十三个高难新动作，一不许自己表演的动作前后重复，二不许同他人表演的动作重复，三不许使用集体表演的动作，全靠自己的创新。还比如，"摆山子"集体滑表演，两队百名健儿，头戴朱缨，项佩貂尾，身穿五色战裙，脚系威武铃，在打头的带领下，一齐左转、右转，一齐向后跃翻，一齐伸腿张臂，都是整齐划一，十分壮观。

这些精彩画面都被乾隆帝下旨让宫廷画家摹画下来了。现在我们还能看到金昆、程志道、福隆安、张为邦、姚文翰所绘的多幅《冰嬉图》中当年八旗兵在太液池上表演冰嬉的场面呢！

第三十六章　御茶"甄品"

　　乾隆朝的御茶被乾隆皇帝命名为"甄品"，突出其旷世之珍，放在粉彩瓷瓶中长久保存。"甄品"包括了三种茶：云南普洱茶膏、浙江西湖龙井、福建大红袍。粉彩瓷瓶中保存的不仅是这位活到八十九岁的中国长寿皇帝的用茶之道，也是乾隆帝对自己结发之妻孝贤皇后富察氏的深情与永久纪念。

　　乾隆帝的结发之妻叫富察敦儿，是乾隆帝弘历还是宝亲王时就娶进门的媳妇儿。富察敦儿虽然出身于名门望族，但生性节俭，对丈夫更是事必躬亲。后来弘历当了皇帝，富察敦儿当了皇后，仍然是这个本性。弘历当皇帝不久，由于他好动，得了疥疮，好几个太医看了，服的药有一大堆，毫无成效。富察敦儿急得满嘴起泡，乾隆帝对她讲：我们还是用关外旧俗——躲病（满族旧俗：得了不易好的病就躲到大山等人烟稀少的地方去）去吧。皇后一口答应了，出宫在一个偏僻的地方精心服侍了一百多天，等乾隆帝逐渐见好了才放心。这时乾隆帝又操心着全国各地的降雨情况，以是否及时下雨为念。皇后一直为皇帝分忧解劳，夫妻二人休戚与共、同甘共苦，膜旱而同忧，雨雪而同喜。

　　乾隆帝在皇后的精心照料下，完全康复了。不料，回到皇宫后皇后却病倒了，饭茶不思。这可急坏了乾隆帝，太医换了四五个了，但皇后的病情只是加重，连乾隆帝自己也饭茶不思啦。

　　那一天下朝，乾隆帝正为富察敦儿的病发愁呢，回到乾清宫也恹恹的，打不起精神。忽然东庑传来一股清香之气，使乾隆帝为之精神一快。原来乾清宫东庑是御茶房，御茶师们经过一百八十六道工序，七十二天的周期已经熬制成功了一种乌黑如漆的普洱茶膏。乾隆帝拿起一块普洱茶膏，朝皇后居住的坤宁宫急匆匆走去。

　　皇后服用了普洱茶膏泡的水，精神一天比一天好起来。两人都露出了久违的笑容。

不幸的是，乾隆十二年腊月二十九日，富察敦儿皇后亲生的未满两岁的皇七子永琮因出痘而突然身亡。乾隆皇帝和皇后悲恸不已。

乾隆十三年初，乾隆帝即将开始首次东巡齐鲁，但他深知皇后体质一向虚弱，幼子又刚夭折，悲伤至极，因此对她是否随行东巡，一时很难做出决断。然而富察敦儿非常孝敬乾隆帝的生母崇庆皇太后，皇太后也非常喜爱她。她对皇帝讲：此次东巡，陪同皇太后出行，而皇帝您日理万机，一路上由我来侍奉圣母，尽一份孝心，这是我的责任呀！她还十分虔诚地告诉皇帝，她在病中常梦见碧霞元君在召唤她，她有个心愿就是病好后要亲往泰山还愿。乾隆帝这才答应了皇后的要求，同时还告诉她，自己也要亲往碧霞宫拈香，为皇后祈福。

于是，乾隆、富察敦儿一起陪同皇太后东巡。不料到了山东济南，富察敦儿因刚失爱子悲悼成疾，加上车马劳顿，竟一病不起。但她不愿意因为自己有病而贻误皇帝的国家重务，更不忍心皇太后为自己的病情担忧，所以再三促请皇帝旋銮北还。乾隆帝沉吟良久，命三月初八回銮。哪承想三天后皇后竟在山东德州就撒手人寰了，距皇七子夭折还不到三个月呢！这一天是乾隆十三年三月十一日，富察敦儿年仅三十七岁，而乾隆帝只有三十八岁。皇上、皇太后都悲恸欲绝。

乾隆在皇后灵前声泪俱下，哭吟他自己写的悼文《述悲赋》。他念道：

> 影与形兮离去一，居忽忽兮如有失。
> 对嫔嫱兮想芳型，顾和敬兮怜弱质。
> ……
> 睹新昌而增恸兮，陈旧物而忆初。
> 亦有时而暂弭兮，旋触绪而欷歔。
> 信人生之如梦兮，了万世之皆虚。
> ……
> 春风秋月兮尽于此，夏日冬夜兮知复何时？

念到这里，乾隆帝已经泣不成声，念不下去了。听到这些，皇太后和随行的满汉大臣都热泪滚滚。

乾隆帝到皇后去世时所乘的青雀舫上去了，当他看到小茶几上皇后吃过的云南普洱茶膏时，愁思万千，与皇后昔日的往事历历在目，竟下旨道："将这只船运进皇宫去！"

这可难煞了随行的满汉大臣，好不容易把这艘大船运到了北京城外，但是因为城门门洞狭了一点儿，怎么也进不去。如果把城门楼拆掉，船就能进去，可那时修建一个城门楼要花费很长时间、很多银子，谁也不敢做主。大伙儿挠破了头皮左思右想也没有好办法。

中堂大人海望（当时他是礼部尚书）想出了个招儿：他命人搭起了木架从城墙垛口通过，上面铺设木轨，木轨上铺满鲜菜叶，说是这样能使木轨润滑些，然后命令一千多个身强力壮的年轻小伙儿推扶拉拽使出吃奶的力气，才将皇后所乘的青雀舫运进了北京城内，安置在紫禁宫里。

乾隆帝降旨定皇后谥号为"孝贤"，为皇后举行了史无前例的国葬。在国葬仪式上乾隆亲自读悼文，当他读到"朕躬揽万几，勤劳宵旰，宫闱内政，全资孝贤皇后综理。皇后上侍圣母皇太后，承欢朝夕，纯孝性成。而治事精详，轻重得体，自妃嫔以至宫人，无不奉法感恩，心悦诚服。十余年来，朕之得以专心国事，有余暇以从容册府者，皇后之助也"，在场者无不潸然泪下。

孝贤皇后国葬后，一连几十天乾隆帝饮食起居都无滋无味。

有一天，内务府大臣来报：官窑粉彩瓷器烧制成功，请皇上定样式。乾隆帝仔细看了已经烧制好的样品：在白地上有少量色绘纹饰，上面画的花蝶图最多，牡丹、月季、海棠、四季花都有，也有人物故事图与"蝠"（福）、"鹿"（禄）的图案；样式有盘、碗、瓶、面盆、人物笔筒和鹿头尊等。乾隆帝把粉彩瓷器贲巴壶、交泰瓶、转颈瓶等看了又看，下旨道："先做粉彩瓶吧，不过上绘八桃要增加一个。"内务府大臣连忙答应了。

很快，内务府将新制的九桃粉彩瓶献给了皇上。乾隆帝将皇后吃过的云南普洱茶膏放进粉彩瓶里，并写了两个大字："甄品"，然后边吟"情自长无绝，礼惟当岂加"，边将"甄品"瓶恭恭敬敬地放在自己卧室的床头柜上。乾隆帝痴痴地看了半天，指着那个粉彩瓶对贴身太监说："今天我了了一个心愿——皇后吃过的云南普洱茶膏放进了那个瓷瓶，这样就可以长久保存了。"

孝贤皇后去世这一年，又值天旱久不雨，乾隆帝想到往常与富察敦儿一起祈雨的情景，伤感地叹道："盼霖伤逝两如煎啊！"当久违的雨水降临时，在观德殿奠酒的乾隆帝又想到了昔日与他一起见雨欢笑的富察敦儿："观德空陈嫚，还能相慰否？"他告诉满汉近臣："忆十三年来，朕无日不以雨旸系念，先皇后实同此欣戚也。今晨观德殿奠酒，若常此时遇雨，应解愁而相慰，兹岂可复得耶？"说到这里，乾隆帝不禁又抹起了眼泪，大臣们也热泪盈眶。

孝贤皇后富察氏辞世之后，后宫不能长久没有皇后，在太后的多次催促之下，乾隆十五年，册命了另一位妃子乌拉那拉氏为皇后，但乾隆帝仍然经常面对那个粉彩瓶和"甄品"二字发呆，想念着爱妻富察敦儿的风姿绰约。

乾隆帝曾自称为"十全老人"，因为他为了中国的统一和安定一生打了十次大胜仗，这个过程中，他重用了富察敦儿皇后的家人傅恒与福康安。傅恒与福康安也都是好样的，确实为西部的安定立下过大功。

不知是对孝贤皇后的眷念，还是对茶有着偏好，乾隆二十七年乾隆帝第三次下江南那年，他首次来到杭州西湖西南龙井村狮峰山下的胡公庙前喝茶，不觉连呼："好茶！好茶!"原来那西湖龙井绿茶清纯甘甜、回味无穷。乾隆帝精读过唐代茶圣陆羽的《茶经》，深通此道。一打听，这茶正是出于当地。乾隆帝大喜，当即封胡公庙前的十八棵茶树为"御茶"。完了，他又兴致勃勃地遍游了龙井的八个景点：过溪亭、涤心沼、一片云、风篁岭、方圆庵、龙泓涧、神运石和翠峰阁。他给八个景点分别作了一首诗，为《龙井八咏》。乾隆帝对龙井可谓情有独钟，后来每次南巡都要到龙井，都要作诗，先后去了四次作诗四次，每次都是"八咏"，一共作诗三十二首。其中几首诗是这样写的：

过溪亭

亭自亭而溪自溪，言传三笑信无稽。
虽然久假不归者，千古人过去重提。

涤心沼

六祖当年传法音，可知神秀悟非深。
涤之何乃重名沼，吾谓辩才尚有心。

一片云

密蟠生云云护密，自成一片习而安。
仰知皇祖经临处，岁岁山庄三字看。

风篁岭

清风拂处翠交加，等度成之龙与蛇。
过岭即为上天竺，琳琅韵里步云霞。

方圆庵

儒曰仁圆而义方，庵名数典岂荒唐。
辩才应读昌黎集，文畅希其取友良。

龙泓涧

刻峭崇山湖有泉，几番坐石得吟篇。
外人不识临眼底，却道湍流落半天。

神运石

运以神功诚有无，卓然立不借傍扶。
方圆庵是米颠跋，对此曾经下拜乎。

翠峰阁

八咏逮兹四度酬，翠峰廿载阅春秋。
吟成去弗复回顾，结习由来不欲留。

　　回到北京，乾隆帝将龙井绿茶也装进了粉彩瓶中长久存放，成为"甄品"的第二种御茶。

　　乾隆三十七年冬天，乾隆帝在乾清宫和众大臣一起品茶。当他喝完福建武夷山岩茶之大红袍时，立即让人拿出文房四宝，一口气挥笔写下了如下诗作：

冬夜煎茶

清夜迢迢星耿耿，银檠明灭阑膏冷。

更深何物可读书，不用香醅用苦茗。

建城杂进土贡茶，一一有味须自领。

就中武夷品最佳，气味清和单骨鲠。

定州花瓷浸芳绿，细啜慢饮心自省。

清香至味本天然。咀嚼回甘趣逾永。

坡翁品题七字工，汲黯少憨宽绕猛。

饮罢长歌逸兴豪，举首窗前月移影。

岩茶奇香惊玉阙，骨韵至味醉清宫。

　　乾隆帝写下了这首吟诵武夷岩茶的千古绝唱后，大红袍成为"甄品"的第三种御茶。

　　在乾隆皇帝的倡导下，满族喝茶成为普遍的习俗。当时出现了很多品茶专家。乾隆三十三年治学严谨的药学家赵学敏在自己的著作《本草纲目拾遗》中这样评价普洱茶膏："黑如漆，醒酒第一，绿色者更佳。消食化痰，清胃生津，功力尤大也""普洱茶膏能治百病，如肚胀，受寒，用姜汤发散，出汗即可愈……受热疼痛，用五分茶膏噙口内，过夜即愈。"

　　乾隆五十八年，普洱茶膏首次作为礼品赠予到访的英国使团。现在的大英博物馆还有这批"甄品"呢！

　　直到民国时期，我奶奶还珍藏着一个叫"甄品"的木盒茶叶罐，原来这是她从娘家带来的嫁妆。

第三十七章 "十全老人"的长寿之道

乾隆帝被世人称为"十全老人",就是讲他的一生打了十次大胜仗,他主持编制的《四库全书》抄录了十亿毛笔字,是当时世界上最伟大的文化工程。他和爷爷康熙帝祖孙开创的康乾百年盛世使中国的人口从六千万发展到三亿多,不简单哪!

乾隆帝在自己八十多岁身体还硬朗着的时候赶紧退位,把自己当了快六十年的皇位禅让给了儿子嘉庆,为的是不超过自己最佩服的爷爷康熙帝。结果,他硬生生当了五年太上皇,驾崩时八十九岁,这在那个时候算是长寿的啦!

乾隆帝一生做了那么多事(光写诗就写有四万二千多首),没有个好身体那哪成?请看他的长寿之道:

他喜欢习武狩猎,嗜好写诗练字。对于自己最佩服的爷爷康熙帝创导的木兰秋猎的传统他亲遵不误,创造了"一枪中双虎"的奇迹。他平时重视饮食的多样化和荤素搭配。就拿他一次在避暑山庄内"如意洲"的一顿晚膳就能看出,那顿膳食包括了具有野味的蒸肥鸡烧狍肉,又配上红豆水饭、汤饼并食。在木兰围场他很注重野味的及时烹制,以保持新鲜。这些膳食习惯使乾隆帝保持了良好的体魄,因此能那么长寿。

乾隆帝享受了七代同堂的天伦之乐,是历史上寿命最长的皇帝,除了很注意饮食、起居十分有规律外,和他注重足部的养生也分不开。乾隆帝坚持"晨起三百步,晚间一盆汤。"他足浴的操作方法为:取一只较深的水盆,其深度可容纳整个小腿。在盆中倒入温度适宜的热水,将双脚泡盆中,并用手指缓慢、连贯、轻柔地按摩双脚,从脚背逐渐按摩到脚心,以按摩使得局部肌肉松弛、舒适。足浴时,需要随时向盆中加入热水,以确保足够的泡脚时间,发挥最佳的保健效果。他还经常要求在泡脚水盆中加入细辛、红花、艾叶、穿山甲、肉桂、丁香等具有通经、活络、开窍功效的中药,他认为这会让足浴保健的效果更好。这是有道理的，所以说乾隆帝的长寿与他的泡脚习惯有很大关系吧？

在我的记忆里，我那一头白发的奶奶每天洗脚总要比我们洗得时间长，常常把一暖水瓶的水加完了，才提起双脚擦干，上床睡觉。奶奶还要对我们讲古，说满族后来流行泡脚，与乾隆帝泡脚习惯有关哪！

第三十八章　童年画像

　　北京故宫博物院藏有一幅《弘历妃及颙琰孩提像》，这是一幅纵三百二十三厘米、横一百八十四厘米的贴落画（既可上贴于墙壁又可下落收藏的画）。正是这幅嘉庆帝的童年画像，使他的父亲乾隆帝下决心立这位非嫡非长的十五阿哥颙琰为储君。

　　早在乾隆元年，刚刚登基的乾隆帝就暗中立了首任皇后富察氏的儿子永琏为太子，因为皇后和他意笃情深，永琏也为人聪明稳重，气宇不凡。不料，乾隆三年秋天，年方九岁的永琏夭亡于宫中。乾隆帝含泪将藏于乾清宫"正大光明"匾额之后立储密旨取出，发表了一道上谕，追封永琏为皇太子，举行了隆重的葬礼。

　　乾隆十一年，乾隆帝又立富察氏第二个儿子还在褓褓之中的永琮为太子，不幸永琮因患天花于乾隆十二年腊月又病故了，可怜这皇儿还不到两岁。第二年正月，皇后富察氏因失子之痛，也在东巡途中的德州撒手人寰，年仅三十七岁。乾隆帝为此悲伤了很长一段时间。

　　乾隆三十八年的一天，乾隆帝下朝后回到了圆明园东边的思永斋，身边的侍卫献上了一幅画像：一座楠木仙楼的下层楼里，窗台前站着一个向外张望的小男孩，他举着一只小手仿佛在向外面的世界打招呼。"哦！这不是十五阿哥永琰儿时的画像吗？"乾隆帝说了一句就仔细端详起来：画像上的永琰十分健壮，双眼炯炯有神；旁边是一个衣着华贵的年轻女子，那是他的养母庆妃陆氏；对着他们身后的墙上画着青山、碧湖、白石、粉花、翠竹……乾隆帝又把目光落到了永琰胖乎乎的脸蛋上沉思起来。

　　斟酌了良久，最后乾隆帝下口谕让永琰的老师朱珪进宫。

　　朱珪很快进宫来了，拜见了乾隆帝。乾隆问他，永琰学习如何？朱珪答：永琰阿哥好学敏求，诵读则过目不忘，勤孜则昕夕不怠。乾隆帝这才有点儿笑容。

后来乾隆帝又一一问过永琰的其他老师——大学士张廷玉、左都御史福敏、侍郎徐元梦等人，他们都异口同声夸永琰为人忠厚，学习刻苦。乾隆帝这才感到松了口气。

乾隆帝要亲自到永琰的书斋去看看。那天天色已晚，永琰还在毓庆宫后殿的东梢间读书，看到父皇来了连忙行大礼。

乾隆帝点点头，说道："嗯，永琰，你师傅朱珪说你勤奋好学，果然还在用功哪！"

永琰谦虚地说："我师傅过奖了。孩儿一向悟性迟钝，故得多花时间苦学啊！"

乾隆帝环视了一下书斋，问："这书斋叫什么名字？"

永琰说："'知不足斋'。"

"好个'知不足斋'啊！告诫自己学无止境。好，好，好！"乾隆帝大喜。

回到乾清宫，乾隆帝决定立这位非嫡非长的十五阿哥为储君，并把诏书放入了乾清宫"光明正大"匾后的立储匣中去了。他还要考察考察当时才十四岁的儿子。

这一考察竟整整考察了二十二年，永琰还是那么谦虚好学，所以这个秘密储君当了二十二年。

乾隆六十年的新年里，乾隆帝举行了一次家宴。家宴中他对满堂的儿孙们一一都给了丰厚的赏赐，却唯独不赏十五阿哥永琰。众人感到纳闷儿，永琰眼巴巴地等着父皇给赏呢。乾隆帝却对他说道："你要银子有什么用呢？"这句话意味深长，片刻寂静后，乾隆帝公开保守了二十二年的立储秘密，宣布将三十六岁的永琰册立为皇太子。在场的人恍然大悟，惊叹不已。

嘉庆元年正月，乾隆帝传位给永琰的禅让大典在太和殿举行，大典的高潮是乾隆帝授"皇帝之宝"于永琰。永琰即位，改名"颙琰"，改元嘉庆。这意味着乾隆把自己统治了六十年的江山交到了嘉庆手中。

颙琰登基后，仍然事事处处敬着已当了太上皇的阿玛乾隆，自己保持着平和、不张扬的个性，这从他对和珅案的处理中可以看出来。

这个和珅是何许人也？他是钮祜禄氏，满洲正红旗二甲喇人。此人深受乾隆皇帝的宠信，曾兼任很多职务，封一等忠襄公，任首席大学士、领班军机大臣，兼管吏部、户部、刑部、理藩院、户部三库，还兼任翰林院掌院学士、《四库全书》总裁官、领侍卫内大臣、步军统领等等要职；

他还是皇上的亲家翁，他大儿子丰绅殷德是皇上最宠爱的十公主之额驸（驸马）。

和珅不仅人长得俊美，更是武艺超群，是当时少有的文武全才。他的记忆力惊人、聪明决断、办事利索、多才多艺。他精通满、汉、蒙古、西藏四种文字。乾隆年间的班禅与朝廷交往，主要由他办理并兼翻译。更拿手的是他很会投皇上所好。乾隆帝喜爱作诗、书法，和珅为了迎合皇上，也下功夫学诗、写诗，并达到了较高的水平，据说乾隆帝有些诗文都是由和珅代笔的。乾隆帝崇奉佛教，于是和珅也崇奉佛教，所以他很得乾隆帝欢心。

乾隆四十五年初，大学士兼云贵总督李侍尧涉嫌贪污，和珅奉皇上御旨审理案子，他拘审了李侍尧的管家赵一恒，取得了真凭实据，迫使李侍尧不得不低头认罪。和珅因此被提升为户部尚书。后来长子丰绅殷德被乾隆帝指为十公主额驸，领受乾隆帝赏赐的黄金、古董等，百官争相巴结他。和珅起初不受贿赂，但日子一长，开始贪污，广结党羽，形成了一股强大势力。

这一切颙琰都明白。无论是自己当太子时，还是已经当了皇帝初期时，颙琰把和珅的一举一动都看在眼里，但不露声色，因为他知道和珅深得父皇的喜爱。当有人向他说和珅的坏话时，他反而批评此人说："我正要依靠和珅来治理国家呢，你们为什么要反对他呢？"他有事也请和珅代奏乾隆太上皇，表示对和珅的充分信任。

嘉庆二年，领班军机大臣阿桂病故，和珅顺理成章地成了领班军机大臣。他代表皇帝发布命令，口衔天宪，颐指气使，为所欲为。颙琰记下了扳倒和珅的又一笔账。

嘉庆四年正月初三，八十九岁高龄的乾隆寿终正寝，嘉庆帝仍不露声色，还任命和珅与睿亲王淳颖等一起总理丧仪大事。但是初四，嘉庆帝借故突然解除了和珅以及他的亲信福长安的军机大臣之职，命他俩昼夜在大内守灵，不许出入，隔断二人与外界的联系。初五，嘉庆帝授意给事中王念孙、御史广兴等上疏弹劾和珅种种不法情状。初八，在公布太上皇乾隆遗诏的同时，宣布革除和珅、福长安的一切职务，交由刑部收监，并命人查抄其家产，会同审讯。在初步查抄、审讯后，嘉庆帝公布了和珅的二十大罪状，在上谕中处处谴责和珅获罪于先皇乾隆，使在大丧期间处置这位先皇的宠臣也名正言顺了。

经过在京文武大臣会议会审后，有关审理官员奏请将"和珅照大逆律凌迟正法，福长安照朋党拟斩，请即行正法。"嘉庆帝慎重考虑后表示：和珅咎由自取，但他曾任首辅大臣，免其肆市，加恩赐令其自尽；福长安改为斩监候。就这样，刚刚亲政的嘉庆帝，仅用了半个月的时间就把和珅等先朝宠臣收拾掉了。不过，嘉庆帝下令不予追究罪臣株连，免兴大狱，保证了朝廷政局的稳定。

嘉庆帝算是个实事求是的人。嘉庆十九年，宫中编修《和珅列传》时，史官将正在编修的文稿呈送给嘉庆帝审阅，嘉庆帝见上面只是简略地记载了和珅的官职和履历，便亲自用朱笔批示："和珅并非一无是处"，认为和珅为官三十年，还是办过很多实事的。

嘉庆帝为人宽厚、崇尚节俭，他整肃皇族、坚持减免百姓的赋税，是一位典型的守成君主。看来，当初乾隆帝立储、禅位给这个十五阿哥是有眼光的。

第三十九章　嘉庆与老师

　　人们都说道光帝是补丁皇上，以节俭著名，实际上，这是从他父亲嘉庆帝爱新觉罗·颙琰那里学来的，而嘉庆帝是从自己的老师朱珪身上学来的。

　　早在颙琰为和硕嘉亲王时，颙琰与朱珪已是志同道合的好朋友了。

　　朱珪与和珅是同朝的老臣，历任巡抚、总督等高官，却十分清廉。他任山东布政使时，主管全省财赋、人事，但奉调进京时，却连二百两银子的路费都凑不出来，要打了借条向别人去借。他去世时，家中卧室只有一张木床，几只木凳。床上铺的是旧棉布褥子，身上盖的是旧棉布被子。嘉庆帝赶去祭奠，却因他家的街门狭小破旧，轿子抬不进院子，只好步行而入。看到这位历任封疆大吏的老师家境竟如此寒酸，嘉庆帝失声痛哭。这位帝师的节俭，言传身教影响了颙琰的一生。下面两件事便可知一二。

　　嘉庆帝颙琰亲政后，下令禁止地方官员搜寻、进贡各类宝物。新疆和田出产美玉，官员依前朝旧例运送进京，最大的重达万斤以上。嘉庆闻知，下令不管玉石运至何处，就地抛弃，不许进京。他认为，地方官员所进贡品，都取自百姓，各级官吏借进贡为名，肆意盘剥，巧取豪夺，民无以聊生。而且这些东西饥不可食，寒不可衣，纯属无用之物，"朕视之如粪土也"。与玉石珍宝同样受到嘉庆鄙视的，还有那些在许多官员那里爱不释手的西洋钟表等洋玩意儿，嘉庆斥之为"更如粪土矣"。

　　嘉庆十五年十月初六，是嘉庆帝的五十岁生日。生日逢十，在百姓来说也是一件大事，何况皇帝的五十大寿。此时任御史之职的一位官员上了一道奏折，建议内城连续演戏十天，为皇帝祝寿。不料嘉庆阅折后大怒，他亲政之初就决心要摒弃奢侈浮华、荒嬉政事之风，以求励精图治。内城禁止演戏，正是他当初的英明决断，而若依此御史之议，岂不是要把才有好转的政风再加逆转？嘉庆断然不得这种大事张扬靡费银两而又于政事无补的虚荣之举。一为彰显自己，二为警示他人，结果是这位拍马屁的御史，丢了官不说，还被远远地打发到盛京做苦力去了。

除了在节俭问题上嘉庆帝受朱珪老师的影响很深，在朝廷大事上嘉庆帝对这位老师兼重臣更是言听计从。

嘉庆元年的正月初一，那时叫元旦，乾隆帝传位于颙琰的禅位大典在紫禁城内隆重地举行，朝鲜、安南、暹罗、缅甸等周边属国也派遣使臣前来朝贺，乾隆帝以将来朝政大事仍由自己处理为由，临时决定不将皇帝的玉玺授予颙琰，只需要将传位诏书宣读一遍即可，最后在几位大学士苦口婆心地劝说下，乾隆帝终于将玉玺授予了颙琰。这些颙琰与朱珪都看在眼里，心里明白乾隆帝不放心哪。

嘉庆帝继位后，仍然请父亲住在原来的皇帝寝宫——养心殿，自己仍住在当皇太子时的毓庆宫内。这是朱珪出的主意。

一天早晨，嘉庆帝与和珅一起去养心殿，发现乾隆太上皇正在打坐，口里念念有词。嘉庆帝侧耳倾听，却连一句都听不懂。突然，乾隆太上皇开口问了一句："其人何姓名？"和珅毫不迟疑立马应声回道："高天德、苟文明。"乾隆听了便继续喃喃自语。

朝见结束后，一头雾水的嘉庆帝询问和珅："和大人，方才太上皇在念咒什么呀？"

和珅略显得意地笑着说："太上皇念的是西域秘咒，能把千里之外的人咒死，方才他是在诅咒白莲教，我于是就把白莲教两个首领的名字告诉了太上皇。"

"哦！和大人对太上皇真是了解之深啊！佩服佩服！"嘉庆帝嘴上感叹，心中更是明白了这和珅为何受父皇的重用了。

刚刚继位的嘉庆帝名为一国之主，手里却实权很少，朝中大事还是乾隆太上皇决定，但乾隆毕竟是八十多岁老人了，这和珅倒成了一人之下、万人之上的权臣了，众臣敢怒不敢言。但乾隆帝最疼爱的女儿固伦和孝公主——就是嫁给和珅长子丰绅殷德为妻的那位公主曾劝说公公和珅要有所收敛，急流勇退。但此时的和珅气焰正盛，听不进任何逆耳忠言。

朱珪因参与《四库全书》的编纂工作，得到乾隆帝的肯定。嘉庆元年六月，乾隆太上皇准备将时任广东巡抚的朱珪召回北京，升任吏部尚书兼协办大学士。嘉庆帝得知这一消息后非常高兴，立即写诗向朱珪老师表示祝贺。在得到嘉庆帝的诗稿后，和珅立刻赶到乾隆太上皇跟前诬称嘉庆帝有结党夺权之嫌，结果使朱珪回京一事就此作罢。嘉庆帝本以为可以通过这次朱珪的回京任职，师生共渡难关，不料却遭到和珅搅局，十分愤恨。但朱珪却十分豁达，告诫嘉庆帝：小不忍则乱大谋，对和珅一定要恭敬，这是对太上皇乾隆的恭敬啊！嘉庆帝记下了朱珪的话，当有人要说和珅的不是时，他对自己周围的人说：朕正要倚重和珅来帮助朝廷处理天下大事，你们怎么能轻视他？和珅安插在嘉庆帝身边的耳目很多，这些话自然传到了和珅的耳中，令和珅大喜过望。

平日里嘉庆帝与和珅见面时从不摆皇帝的架子，十分敬重他，还善意批评和珅烟瘾太大，敦促他戒烟以保重身体。

嘉庆四年正月初三辰时，实际上执掌了大清国政权长达六十三年之久的乾隆太上皇在养心殿驾崩，享年八十九岁。嘉庆帝成了真正掌握实权的一国之主，他立马发布了一道上谕：召安徽巡抚朱珪回京任职。

第二天，嘉庆帝便命和珅昼夜守灵，不得擅离，意在切断他与外界的联系。随后的几天里，全国各级官员纷纷上疏弹劾和珅。正月初九，嘉庆帝下旨将和珅的职务全部革除，下刑部大狱审讯，并查抄和珅家产。十一日，在经过初步查抄、审讯后，嘉庆帝宣布了和珅的二十大罪状。

嘉庆四年正月十八，嘉庆帝派遣大臣前往和珅的囚禁处所，赐给他白绫一条，令其自尽。和珅接过白绫后，吟了一首绝命诗"五十年前梦幻真，今朝撒手撒红尘。他时唯口安澜日，记取香魂是后身"，随后，悬梁自尽，死时才五十岁。

和珅自尽前后，朱珪赶到北京，和嘉庆帝详细讨论了和珅案的善后之事。不久嘉庆帝便发布上谕说："凡为和珅荐举及奔走其门者，悉不深究，勉其悛改，咸与自新"，申明和珅一案已经了结，今后不再大规模地牵连百官，起到了安定人心、平稳政局的作用。

此后，朱珪替嘉庆帝办好了许多朝廷大事。

有一天，朱珪拿着一卷书递给嘉庆帝说："皇上，此书您值得一看。"

嘉庆帝接过书卷一看书名，问："《字贯》？什么内容？谁写的？"

朱珪说："此书乃前朝一个叫王锡侯的举人花了十七年光阴写成。共有四十卷，书中分天文、地理、人事、物类四大类呢！"

"哦，有这等用心之人！此人现在何处？"

朱珪叹了口气，说："唉，已被先帝处死啦！"

"为何？"

"此书针对了《康熙字典》，说《康熙字典》收字太多，字与字之间没有联系，使用起来十分不便。他主张'字犹零钱，义以贯之，贯非有加于钱，钱实不妨用贯'，所以他亲自编写了这部名为《字贯》的辞书。"

"说得有道理啊！先帝为何要杀他呢？"嘉庆帝不解。

"《字贯》凡例写入康熙帝、雍正帝、乾隆帝之名讳（玄烨、胤禛、弘历），没有缺笔避讳，这被认作是非常不敬的。"

嘉庆帝似乎有些明白了。

朱珪继续说："唉！他先是被一个仇家王泷南向江西巡抚海成举发的，又诬陷说王锡侯有四十里花园，十里鱼塘。先帝以'罪不容诛，即应照大逆律问拟'，但抄家时仅获七十多两银子。海成上奏时只建议革去王锡侯'举人'头衔，但因王锡侯书中有对上不敬问题，先帝认为刑罚太轻，有替罪人说好话之嫌，一样处斩了；而江西布政使周克开、按察史冯廷丞也因为看过《字贯》一书，未指出悖逆之处，遭到了革职处分。唉……依臣之见，那是一个冤案哪！"

嘉庆帝听老师一再惋惜，便说："爱卿，你将此书四十卷都给朕搜齐，朕先看看究竟为何书。"

过了些日子，嘉庆帝对朱珪说："朕看了《字贯》，王锡侯把发音或含义相同的字编在了一起，通俗易懂且便于查找。这是一部很方便实用的辞书啊！至于提到的帝王名字，王锡侯正是想提醒读者哪些君王或尊长的名字需要避讳，以防犯上。王锡侯是个人才，死可惜了啊！"当即，嘉庆帝让朱珪帮他下旨给王锡侯及其家属后人平反，宣布《字贯》照常流通。

嘉庆帝听了朱珪的意见，平反的还有徐述夔等文字狱案。

第四十章 "初老虎"沉浮记

嘉庆九年六月初的一天，嘉庆帝坐在乾清宫大殿的龙椅上听取了大臣汇报白莲教情况后准备退朝。"皇上！"忽然队列中走出一人双手高举着奏本说，"微臣初彭龄有本要奏。"他一出列，有些人心突突直跳：哎呀，此山东莱阳人，外号"初老虎"，一向疾恶如仇，好参劾贪官：乾隆五十四年任江西道御史时，先后上疏参劾协办大学士彭元瑞和江西巡抚陈淮，以耿直敢言引起朝廷注目，升任工部侍郎；嘉庆四年出任云南巡抚时，上表参劾兵部侍郎江兰任云南巡抚期间对盐井遭水淹，少数民族为盐政腐败而闹事等情匿不上报罪，结果江兰被免职；嘉庆六至七年先后上疏参劾贵州巡抚伊桑阿、常明等，被参官吏都受到严惩；嘉庆八年上疏参劾陕西巡抚秦承恩等浮支滥用军需粮饷，使他们分别受到撤职降级等处分……今天不知谁又要被他参劾而倒霉了！

嘉庆帝素知初彭龄为朝廷一片忠心，仗义执言，微笑着说："呈上来吧！"奏本呈上去了，心突突跳者更是忐忑不安……只见嘉庆帝翻开奏本看了一会儿轻声低语了三个字"吴熊光？"不安的人松了口气，更多的人疑惑起来：吴熊光能有什么事？

正当众臣想解开答案时，嘉庆帝说："初爱卿留下，其他人退朝吧！"

众臣带着疑惑走出了乾清宫，议论纷纷，有的说："吴熊光有什么把柄落入初老虎口中了？"有的说："这初老虎真厉害呀，谁都敢咬啊！"人群中有一人默默不语。此人是吴熊光的至交好友，叫托津。他一边托着下巴，一边思忖：熊光一向为人正直，在先帝前也不附和和珅，敢言人所不敢言，最近还敢于以先帝悔悟六次南巡劳民伤财之言谏阻当今皇上南巡。他会有什么错落在了初老虎口中呢？我得打听打听，不能让好友被老虎咬伤了……他想着想着就故意放慢了脚步，停留在午门前等候初彭龄出来。

再说嘉庆帝把初彭龄单独留下来后问："初爱卿，你奏本上说，湖广总督吴熊光收受沔阳知州秦泰金及两淮匪费之事，消息从何而来？"

初彭龄说："微臣听湖南巡抚高杞所言。"

嘉庆帝说："吴熊光可是朝廷重臣哪，刚才我不便于在众人面前问你，就因为这。"

初彭龄说："微臣明白，请皇上指示。"

"此事得详查，若真如你奏本所言，必要严惩。"嘉庆帝严肃地说，然后低声在初彭龄耳边嘱咐了一番话。

初彭龄兴冲冲地走出乾清宫，心想：这回有皇上的秘密支持，看你吴熊光这个贪官往哪里跑？

初彭龄刚刚走到午门，只见军机大臣托津笑吟吟地迎上来，说："初大人连湖广总督也敢弹劾，佩服，佩服！只是在下想问问，吴熊光犯了啥事儿啊？"

"贪污呗。"初彭龄说。

"哦！"托津吃了一惊，"皇上怎么说？"

初彭龄一高兴就把皇上的面授机宜——让他暗访的口谕讲了出来。托津这才沉下脸来说："初大人，你把皇帝与你私谈的内容透露给我，这是泄露朝廷机密，有大罪啊！你就待在这里等皇上召见吧！"说完，转身奔乾清宫去了。初彭龄这才拉长脸傻愣住了！

没等初彭龄缓过神来，托津已经带着皇上的两个御前侍卫来到午门，对他们说："这就是罪臣初彭龄。"初彭龄只能跟着他们二次进了乾清宫。

嘉庆帝一脸的不高兴，质问他："刚才朕对你的口谕，是最大的朝廷秘密，他人怎么能知晓？"

初彭龄知道被托津参劾，无言以对，伏地连呼"微臣该死，微臣有罪……"情愿服罪。嘉庆帝下令将他先扣留起来，另派官员调查吴熊光之事。

过了几天，调查吴熊光的官员向嘉庆帝汇报：经核查，吴熊光并无贪污之实，他是个清官。初彭龄参劾错了。

嘉庆帝点头说："那吴熊光在先帝时就看不得贪官和珅，想必自己不能贪污……不过，你们要查明，'初老虎'为什么要弹劾吴熊光？他也是一个清官，也是一个耿直之人哪！"

又过了几天，调查官员又向嘉庆帝禀报道：原来，吴熊光曾弹劾湖南巡抚高杞违例调补知县，高杞因此受到处罚。高对此事一直耿耿于怀，知道人称"初老虎"的初彭龄经常参劾贪官，在一次与初彭龄见面谈得投机时，便乘机讲述了吴熊光的一些莫须有的"罪状"。初彭龄信以为真，于是根据高杞所提供的不实材料，上疏参劾了吴熊光。

嘉庆帝自言自语道："原来是这么回事，老虎也有打盹的时候，这回'初老虎'咬错人啦，唉！"

隔一日上朝，嘉庆帝问六部官员："初彭龄轻信传言、参劾重臣，经查不实。你们说怎么处置这只'初老虎'？"

六部官员说：初彭龄诬告重臣且泄露朝廷机密，当处以极刑。

嘉庆帝不禁"呀"了一声，寻思了半天，对众臣说："言之有错便处以极刑，那比此罪大者该当如何？"众臣你看看我，我看看你，没人吱声。

嘉庆帝见没人再说什么，立马宣布："初彭龄参劾他人也实是为朝廷着想，念他为朝廷效力多年的分上，免其死刑。现革除初彭龄一切职务，回原籍老家闭门思过。谣言出自高杞之口，也将其一并降罪。"

众臣齐称："皇上英明！"

嘉庆帝又说："托津，朕命你去执行以上事项。"

"嗻！"托津领旨而去。

过了些日子是嘉庆帝的寿宴，他在坤宁宫吃完祭神的阿木孙肉——也就是努尔哈赤黄金肉后，接受大家的贺礼。这时侍卫报告，这里也有初彭龄的贺礼。

啊！正好嘉庆帝有点儿想念这只耿直的"初老虎"了，忙不迭地说："快，快，打开看看！"

打开初彭龄的礼盒，好家伙，盒子套盒子，一个一个又一个……除去四个，直到第五个才露出一个红绸包；解开红绸包，露出一副对联；展开对联，只见上面写道：

顺天康民雍然乾嘉千古

治世熙朝正是隆庆万年

众人横看竖看后啧啧赞叹起来："绝啊！""妙啊！"

原来此联竖看是为朝廷德政之绝句，横读则是顺治、康熙、雍正、乾隆、嘉庆五代皇帝之年号。看罢，嘉庆帝大喜，拍手称绝，文武百官也无不称好。嘉庆帝趁机当即降旨：将初彭龄官复原职为内阁学士兼礼部侍郎。

"初老虎"重新出山了！他雄赳赳气昂昂从家乡青岛的即墨海堤回到了北京。重获重用的"初老虎"更加疾恶如仇、虎视眈眈，官做到哪儿就参劾到哪儿，虽然有时仍有栽跟头的时候，但他知道有皇帝为他撑腰呢！

嘉庆十一年，初彭龄任安徽巡抚时，参劾两江总督铁保。原来当时的寿州发生一起命案：武举人张大有为与自己侄儿张伦争夺同一个女子，将张伦及其雇工毒死，买通了苏州知府周锷，以张伦等人被毒蛇咬死定案，两江总督铁保知悉此事却姑息轻纵。初彭龄认真研究了案情，弄清了真相，上本弹劾铁保，使凶手伏法，铁保被流放。

嘉庆十四年，初彭龄调任陕西巡抚。河东道刘大观参劾初彭龄"性情乖张，任情妄为"。初彭龄奉命赴山西受审，以参劾前山西巡抚金应琦情节不实，降职为四品京堂。

不久，他改任顺天府尹，奉命前往清查洪泽湖边高堰厅河堤溃决之事。他很快查明了历任河防总督在指挥部署上的失误及现任河防各厅、营在防守方面的失职行为，并提出了处置建议，得到嘉庆帝的肯定，故又被升任为兵部尚书。

嘉庆二十年，初彭龄调查两江总督百龄渎职案，致使百龄被革职查办。百龄咽不下这口气，联络了几个曾被初彭龄参劾过的官员一同上疏。结果，初彭龄又一次被革职，降为内阁学士。但是第二年初彭龄就又重新被嘉庆帝起用，任工部主事。

嘉庆二十四年，嘉庆帝庆六旬生日，初彭龄晋升为六部员外郎。

道光元年，初彭龄任礼部侍郎，继而擢升为兵部尚书，后调任工部尚书。

"初老虎"三朝为官四十三年，曾任七省巡抚，两任兵部尚书，后任工部尚书，是大清的有功之臣。

道光三年，道光帝亲赐初彭龄御制诗一首，其中有诗句肯定他的耿直与对朝廷的真诚：

宣猷昔日知耿介，善善恶恶刻无遑。

初彭龄回诗一首：

天地气爽届白藏，飒飒西风八月凉。
湖光山水秋正好，玉澜堂上放筵帐。

道光四年，七十六岁的初彭龄告老离职，朝廷赏其食俸。在一年之后，初彭龄因病谢世，享年七十七岁，葬于京西山吕村。"初老虎"这才歇息了。

第四十一章 义断觉罗案

　　嘉庆帝颙琰从小就喜欢学习父亲乾隆皇帝的一举一动。他登基当了皇帝后就更能实现自己的愿望了。一次，他兴冲冲地带着大队人马到木兰围场去，他要学乾隆爷的样，去秋猎。

　　这一日秋高气爽。到了木兰围场，嘉庆帝十分高兴，他很想像父亲乾隆帝一样，碰上什么老虎、大熊之类的猛兽，可以显示一下自己的不凡神武。可那天打围经过"赶杖人"（打围时用木棍边敲打树干边大声吆喝引诱动物的人）吵吵巴火（这儿指吆喝声）地引诱、包抄、左堵右截，偏偏从树林里跑出来的只有逃命的小鹿、小狍。嘉庆帝根本不稀罕捕猎这些小动物，就叫侍卫射杀一些，自己悠闲地在一旁看热闹。

　　突然，鹿狍后面蹿出一只大公野猪，且直奔嘉庆帝而来。嘉庆帝一下子愣住了，连箭壶也来不及打开……说时迟那时快，嘉庆帝正紧闭双眼，准备野猪扑上来——结果野猪没有扑上来，反而倒地而亡，腥气的野猪血溅了嘉庆帝一脸。

　　醒过神来，嘉庆帝定睛一看，好尿性[1]啊！原来是个年轻英俊的山音阿哥用腰刀砍死了野猪，救了自己一命。

　　嘉庆帝不认识这位小阿哥，和颜悦色地问他叫什么，是哪里人氏。小阿哥笑盈盈地回答："回皇上，在下叫阿格济，是盛京人氏，老姓爱新觉罗，佩蓝带子（努尔哈赤弟弟舒尔哈赤后裔，清朝皇室分宗室、觉罗两种）。"

　　嘉庆帝一听，大喜道："好极了，你以后就当朕的侍卫吧！"

　　"喳，谢主隆恩！"那位叫阿格济[2]的小阿哥谢过后又笑眯眯地对嘉庆帝讲，"咱满洲老话没错呀！"

　　"满洲老话？啥话儿啊？"嘉庆帝忙问他什么话。

---

　　① 好尿性：东北方言，好厉害。
　　② 阿格济：满语，即小的。

他说："'一猪二熊三老虎'（这里的猪指野猪，这是满族猎谚），意思是说野猪发起飚来比熊和老虎都要厉害。"

"可不咋的，那野猪险些要了朕的命啊！多亏了你出手麻溜！"嘉庆帝点头称是，从此对这小阿哥刮目相看。

以后在木兰围场的那段秋猎期间，嘉庆帝总带着阿格济，两人形影不离。

过了些日子，当嘉庆帝再去避暑山庄处理朝廷大事时，遇到了一件犯难的事：原来据盛京将军禀报，有一个觉罗回盛京祖坟祭祀时，被一个破衣烂衫的老婆子冲撞了祭祀队伍，结果觉罗把那老婆子活活烧死了。

"啊！"嘉庆帝大吃一惊，立身喝问，"有这等残忍之事！觉罗是谁？"

"这个觉罗是宫廷侍卫，名叫'阿格济'"。

"啥？阿格济？这小子！"嘉庆帝一屁股跌坐到龙椅上，半天说不出一句话——自己的救命恩人犯了杀人死罪？这让嘉庆帝好生为难。

一连几天，嘉庆帝睡不着吃不香，他心痛啊！按理，阿格济犯了罪该杀；可他曾在野猪口下救了朕一命哪！权衡了半天，最后他终于痛下决心，叫来了宗人府大臣，关照他们要优待阿格济的家眷，然后下了圣旨：着阿格济立即解押到烧死老婆子的地方绞死。

嘉庆帝的圣旨很快得到了执行，阿格济临死前遥拜了嘉庆帝，后悔自己的鲁莽，他也认为自己罪有应得。嘉庆帝却郁闷了好些日子。

第四十二章　满汉全席

乾隆帝十分佩服他的爷爷康熙帝，所以认为自己在位的时间不应该比爷爷长，他当了六十年皇帝后，突然禅让给了儿子永琰（即嘉庆帝，登位后改名"颙琰"），并跟永琰说，他要亲自主持这个禅让大典，嘱咐永琰好好想想如何把这个大典办得隆重而热闹些。

禅让大典的重头戏是要举行一次国宴，这使永琰费了脑筋，如何使大家记住这次不平常的国宴呢？

那时清宫的筵宴由光禄寺、礼部的精膳清吏司及御茶膳房共同承办的。光禄寺、精膳清吏司仅官员就有一百六七十人，分满席与汉席。满族人饮食结构中主食以面食为主，副食以牛、羊、猪、山珍为多，烹调较简单，主要采用烧、烤、煮、炖、涮等方法，菜肴一般焦脆香浓，造型朴素，做法比较原始，带有浓郁的游牧民族的食品风格。满族人入关后，最初兴办筵席都是满族菜点。后来，满族官员在汉族官员举办的宴席上吃到汉族厨师烹制的菜肴，其色、香、味、形无不引起他们的喜好。永琰想：我朝入关已经一百五十多年了，满汉大臣已经不分你我，何不来个满汉全席？

永琰兴冲冲地把这个想法告诉了父亲乾隆帝，乾隆帝正在鉴赏自己的十全老人玉玺，听了儿子这话，连声道好。

乾隆六十一年，即嘉庆元年，乾隆帝为庆贺"归政大典"告成，在宁寿宫的皇极殿设宴八百余桌，有五千多人参加，宝座台上设立皇帝宴桌。席上珍馐佳肴十分丰盛，满族的、汉族的全齐了。烧烤、火锅、涮锅等满族风味一样不缺；扒、炸、炒、熘、烧等汉族特色个个兼备；有咸的、有甜的、有荤的、有素的，山珍海味无所不包。

大宴中还赏赐了有功大臣如意、寿杖、文绮、银牌等物。

从那次国宴后，乾隆太上皇很喜欢满汉全席，他常用这种宴席招待国内外来宾。

乾隆当太上皇五个年头后，到八十九岁驾崩。嘉庆帝令前朝权相和珅自尽，朝野一片欢腾。嘉庆帝又办了一次满汉全席的国宴。

从此，满汉全席在大城市流传，成为我国筵宴发展史上的一个高峰，它以菜点丰富、制作精美、选料特殊、礼仪讲究、场面豪华享有盛名。满汉全席从官府传到民间，许多菜馆、酒楼，也都以满汉全席招徕宾客。除北京外，天津、沈阳、成都、广州等地都纷纷经营起满汉全席来，以致在许多大城市兴起了满汉全席之风。

满汉全席的菜点有如下四个特色：

一是取材广泛，用料精细。各种山珍海味、畜禽、瓜果、青蔬无所不包。原料品种不仅广泛、珍贵，而且选料也特别讲究。如：烤乳猪，必须选用十二斤左右的乳猪，临杀前还要用稀饭喂养三四天，既能清肠胃，又可长膘。

二是命名典雅，工艺精湛。纵观满汉全席食单，许多菜名充满诗情画意，如"乌龙戏珠""金钩挂银条""风云飘玉带""枯木逢春"，等等。从事满汉全席菜点制作的厨师，必须是全国一流的厨师，身怀绝技、技艺超群。菜点加工精益求精，如涮羊肉的肉片，薄得可以隔着蜡烛看灯光。银芽（豆芽）去掉头、尾后，要求根根一样长。它们的精致由此可见一斑。

三是突出汉菜满点。整个满汉全席，以汉族大菜为主体；满族小吃、点心也占重要地位。

四是菜点品种丰富。满汉全席究竟有多少道菜点，从来没有一个固定的说法，其实不同时期、不同地区的满汉全席，品种数量也各不相同，最多的二百多道，少的也有六十八道。而以一百零八道的说法为多，据说在中国吉祥文化中，一百零八是一个非常吉祥的数字，也许这是一种附会吧。

满汉全席是中国饮食文化的一个巅峰，这让满族人为之骄傲。关于它的来历，有许多传说，其中乾隆帝和他儿子嘉庆帝催生出这种宴席的故事流传很广，连我这个在上海长大的满族人也耳熟能详。

第四十三章　道光和曹振镛

嘉庆十八年，九月十四日那天，嘉庆帝正在木兰围场秋狝，二百名天理教徒装扮成商贩模样混进了北京城。十五日中午，他们突然攻入紫禁城东华门、西华门，直捣皇宫重地。喊叫声和打杀声惊得后宫女人们面无人色，更要命的是把守午门的头儿竟带着手下人逃命去了。这个消息更使后妃们吓得直哆嗦。钮祜禄氏皇后还算镇静，赶紧派人去找正在上书房读书的皇子皇孙们。听到这个消息，上书房顿时一片惊慌。宫中诸王大臣也束手无策，有的甚至想撒腿逃跑。这时三十一岁的皇次子绵宁很快镇定下来，他一边喊"大伙儿别慌，是男儿的跟我上"，一边急忙拿着鸟枪冲出书房迎敌。绵宁冲到养心殿台阶上，发现两名天理教徒已经爬上养心门墙头，正准备翻越进来。绵宁赶紧举起鸟枪，瞄准墙头的教徒，"啪"的一声，打死一人，再"啪"的一声，又打死一人。其他教徒见打头的坠地而亡，慌乱地四散而逃。绵宁立即下令：火速将皇宫事变奏报尚在京外的父皇；关闭紫禁城的四座城门，命令各路官军飞速入宫"捕贼"；然后他又命令弟弟绵恺去保护皇母，要求他不要离开皇母半步；接着命令谙达侍卫到储秀宫东长街巡查警卫，自己率几个兵丁到西长街一带访查，以备不测……

事件平息以后，嘉庆帝对绵宁的大将风度十分赞赏，封他为智亲王，绵宁所执的鸟枪也被封为了"威烈"。

绵宁因保卫紫禁城而被封王，乐颠儿地忙向父皇谢恩，没料想嘉庆帝问他："嗯，先别乐。朕问问你，准备向谁学习治国之道啊？"

"啊？"这位乾隆帝最疼爱的孙子一时目瞪口呆回答不上来。

嘉庆帝严肃地对他说："治国不能仅凭依武功与勇敢，还要系统地学习治国之道啊！"

绵宁频频点头，只得恭谦地问："还望父皇教诲，向谁学习治国之道呢？"

嘉庆帝郑重其事地说："户部尚书、翰林院掌院学士曹振镛。他是魏武帝曹操的嫡脉后裔。你要向他请教治国之道。"

绵宁把曹振镛的名字记住了。后来他向人了解了曹振镛的详细情况：曹振镛，安徽歙县人，是乾隆朝的尚书曹文埴的儿子。他自己是乾隆四十六年进士，后被朝廷选为庶吉士，授予编修。嘉庆十一年升工部尚书，奉命撰《高宗乾隆实录》，现在任户部尚书，兼翰林院掌院学士。

有意思的是，绵宁还了解到曹振镛的父亲曹文埴是京剧鼻祖呢。一七九〇年乾隆帝八十岁寿辰那年，曹文埴把自己私家戏班"廉家班"更名为"庆升班"，带到京城演了《水淹七军》《奇双会》等八出戏，为后来的春台、和春、四喜等徽班晋京开辟了道路。一时间，"徽戏"与来自湖北的"汉调"艺人合作演出，逐步形成了以徽调的"二黄"和汉调的"西皮"为基调的京剧。绵宁看过"徽戏"，对曹文埴、曹振镛父子俩的印象就更深了，他央求父皇嘉庆帝让曹振镛当自己的老师。

嘉庆十九年，曹振镛任体仁阁大学士，后来给皇子们授课，果然成了绵宁的老师。

有一天，在上书房读了前朝圣谕后，绵宁问曹振镛："曹师傅，您的祖上曹操本是一个朝廷小官，后来他成为魏武帝——三国中实力最强的人。他是靠什么治国的？"

曹振镛不慌不忙地回道："魏武帝统一北方，创立魏国后，靠改革恶政、抑制豪强、大兴屯田、发展生产、推行法治等治国。还有很重要的一点：靠的是勤俭治国，而且他以身作则，从自己做起。"

"怎么讲？"

"无论在宫中，还是行军打仗，他经常穿有补丁的衣服，身先士卒。"曹振镛一本正经地说。

曹振镛的话引起了绵宁的深思。

嘉庆二十五年嘉庆帝驾崩，绵宁继位，改名旻宁，定年号为道光。道光帝首次登临太和殿时，下令乐设而不作，不读贺表，还停止他从圆明园返宫时王公大臣恭迎接驾的繁文缛节。

绵宁当上皇帝后，让曹振镛做武英殿大学士、军机大臣兼上书房总师傅，他可以和曹振镛经常讨论朝廷大事，直接请教治国之道啦！

有一次下朝后，道光帝把曹振镛留下了，叫侍卫拿来一条套裤给他看。曹振镛一看，那套裤的右膝盖地方有一块圆绸补丁。曹振镛笑了，说："下臣家里也有一条补丁裤子，补丁在左膝盖，和您这一条相对成趣呢！"

道光帝风趣地说："你敢不敢穿出来给大家看看？"

曹振镛连忙摆手道："不不不，我怕有失朝廷风雅啊！"

道光帝摇一摇头，说："唉，这是真正的风雅。想那魏武帝诗文写得何等好呀，他都穿带补丁的朝服呢！"

曹振镛一下子就明白了，说："那……下次上朝我穿补丁裤子去！"

道光帝大喜，说："朕下次上朝就穿这条裤子。我们君臣俩带个好头。"

"一言为定。"

"哈哈哈……"两人相对大笑。

果然，后来君臣俩穿着补丁裤子去上朝了。大臣们见了，纷纷效仿，不管有没有破，也在膝间补一块圆绸，竟然风行一时。那时的北京城里旧衣服比新衣服还贵哪！

道光帝看到朝廷新风尚十分高兴。一次在曹振镛讲课后，作为学生的道光帝交上了自己的一篇作文。曹振镛一看封面有"恭俭惟德"四个大字，知道这是新帝继续推行的治国之道，忙打开看，见文中果然都引证了历史上一些有作为的君主——如汉文帝、宋仁宗等的恭俭治国事例，夸奖他写得好。道光帝说："哎，顺治初年，爱新觉罗皇族不过两千余人，现在已达三万余人。不勤俭治国不行呀！""是啊！圣上有远见哪！"曹振镛赞同道。

君臣俩认识一致了，勤俭治国变成了一种新政。道光帝从自己做起。内务府依例给这位即位后的新皇上四十方砚台，砚台后面刻有"道光御用"四个字，道光帝认为自己用不了这么多，将一部分分给了臣下。笔管上刻有"天章""云汉"字样的皇帝专用御笔，道光帝也感到是一种浪费，派人到坊间买一般常用的毛笔使。

道光帝登基后励精图治，他整顿吏治、改革盐政、畅通海运，平定张格尔叛乱，严禁鸦片，关心治河，蠲免钱粮，赈济灾民，疏浚河道，都得到首辅大臣曹振镛的支持与配合。在这个过程中，君臣俩一起努力使勤俭治国变成一种朝廷新制度。

各地向朝廷纳贡，这是历代的定例，而道光帝即位后，严令停止一切贡献，包括食品。道光帝规定"宫中岁入不得超过二十万""宫中用膳，每日不得超过四碗"。他要节约宫中开支，就是要支持禁止鸦片烟。据古籍记载：道光七年除夕那天的早膳是："鸭子白菜锅子一品，海参熘脊髓一品，熘野鸡丸子一品，小炒肉一品，羊肉炖菠菜一品。"对一天仅有早、晚两次正餐的皇帝来说，这顿饭食根本不算什么，何况还是除夕日哪！有人私下里称他"抠门皇帝"了。

有一次正逢皇后生日，道光帝想对贤惠的皇后表示一点儿敬重的心意，但是又想到自己已经规定清宫里万寿节（皇帝生日）、皇后千秋节（皇后生日）及除夕、元旦、上元（元宵节）、冬至的庆贺礼仪筵宴停止举行，他就犹豫起来。后来曹振镛说，皇后平时的恭俭是有名的，现在破例为她做生日，是表彰她的勤俭。这才使道光帝下决心特批御膳房宰了两头猪，一人一碗打卤面为皇后过了个生日。

皇室婚嫁本来是一件劳民伤财的大事，但道光帝也很节约。道光帝有六个儿子五个女儿要结婚，他指示婚礼一律从简。儿媳妇家置备嫁妆不得奢华，给公婆的各种礼物一概免除；公主出嫁，费用不得超过两千两白银，额驸（驸马）家对丈人家的聘礼也相应减少，将原先公主下嫁前额驸家应进的"九九礼"改为象征性的"羊九只"，不设宴，把羊收下后赶到御膳房，与客人寒暄几句就端茶送客了。据说道光帝最宠爱的皇六子奕䜣举行婚礼时，他特地传旨停止奏乐，取消宴席。而这些事的执行者都是曹振镛。

道光初年，新疆发生了张格尔叛乱，数万清军万里远行，征战数年，于道光八年平定了叛乱。其间曹振镛为平喀什噶尔运筹帷幄，功劳很大，被晋升为太子太师，接着又晋升为太子太傅，并赐画像入紫光阁，列功臣之首。清政府在午门举行献俘礼，现场山呼海啸般的"万岁"声令道光帝心潮澎湃，他下旨宴请平叛有功的将士。几天之后，宴会在清漪园（光绪年间改名颐和园）万寿山下的玉澜堂举行。而这样的庆功宴，道光帝和曹振镛只安排了几样小菜招待有功将士。

热河避暑、木兰秋狝，因为开支大而被道光帝和曹振镛一起取消了。

道光十一年时，道光帝曾经作《御制慎德堂记》，他告诫皇子皇孙祖宗创业不易，切勿"视富贵为己所应有"，应该做到"饮食勿尚珍异，冠裳勿求华美，耳目勿为物欲所诱，居处勿为淫巧所惑……不作无益害有益，不贵异物贱用物，一丝一粟，皆出于民脂民膏，思及此，又岂容逞欲妄为哉"。清代的皇帝陵寝建造有一定的规制，但道光帝的陵寝却减约了很多，甚至下旨说他自己死后不建功德碑。

道光帝旻宁在位期间，清朝已经承平二百年，统治着一个面积超过一千三百万平方公里的世界第一大帝国，人数过四亿，占全世界总人口近三分之一，富有四海，但道光帝非常节俭，他的这方面言行对今天还有积极意义呢！

道光十五年，八十岁的曹振镛病倒了，道光帝为他的病重而伤心。曹振镛经历乾隆、嘉庆、道光三朝，任官五十二年。道光帝看着他主编的《会典》，乾隆、嘉庆两朝的《实录》《河工方略明鉴》《皇朝文颖》《全唐文》这些古籍以及他自己的著作《纶阁廷辉集》《话云轩咏史诗》等书，悲痛难忍，问他身后可以托付国家大事的人选。曹振镛向道光帝推荐了自己的学生林则徐，因为林则徐一是清廉，二是有眼光，三是有能力。曹振镛说完这些话就去世了。后来被道光帝派去禁鸦片烟的钦差大臣就是曹振镛举荐的林则徐。

曹振镛去世后，道光帝亲临吊丧，封谥号文正，入贤良祠。

曹振镛的家乡歙县至今流传着"宰相朝朝有，代君三月无"的俗谚，这是纪念当年嘉庆帝出巡木兰围场时，曹振镛曾留守京城处理政务代君三个月的事。"四世一品坊"今天仍然屹立在歙县雄村村首曹氏宗祠前，实际上算上曹振镛，曹氏已经有五世一品了。

第四十四章　巧断民妇案

　　人们熟知道光帝的勤俭朴素，称他为补丁皇上。在满族民间中，还流传一些他体恤民情的故事。这里给大家说一个他靠智慧解救山东一个民妇的故事：

　　一天，道光帝退朝后仍然一个人坐在乾清宫发愁呢。原来山东威海府发生了一个奇案：一个年轻的媳妇在洗澡时，喝醉酒的公公闯了进来，情急之中，媳妇拿剪子自卫，不料正好戳进了公公的心房，公公死了。威海府按大清律"以小（小辈）犯上（长辈）罪"，准备判处媳妇凌迟而死。虽然威海府也感到这位媳妇确实情有可原，但大清律就是这么规定的，谁也不能改动。威海府就把这个奇案发给山东巡抚林则徐。

　　林则徐仔细看了这个卷宗，案子很清楚：平时民妇和她丈夫感情很好，和自己的公公、公婆也相处和睦，一家五口人其乐融融。那天公公是喝醉酒，媳妇杀死公公也是手误，根本不是犯上作乱。但现在公公死了，确实是被儿媳妇杀死的，大清律是不能违背的。林则徐愁得浓眉缩成了结，只能把实情上报朝廷，听候旨意。

　　道光帝在上朝时听到了这个案件，知道自己下笔是对民妇命运的最终决定。他有意赦免民妇，但置大清律于何地？如果凌迟处死这个媳妇，又觉得她冤，她也甚为可怜。道光帝一时想不出一个两全其美的办法，只得先退朝。

　　可是道光帝下朝后一个人在乾清宫憋了半天还是没有想出好主意来，秋决（皇帝决定秋天对全国囚徒的最后判决）的事却不能再拖了，他决定让山东巡抚林则徐到京城来和他当面商量这件事情。

　　林则徐很快到了北京。道光帝和他商量民妇案该如何处置。林则徐打了个唉声说："如果这个民妇不是杀死自己的公公，她还是一个该表彰的烈妇呢！"

　　这句话点拨了道光帝，他想：如果由山东巡抚先判他们离婚，这个民妇杀死的就不是自己的公公，不属于以小犯上罪，而属于自卫失手，就不用凌迟处死了，与大清律也说得过去。久违的笑容出现在道光帝脸上。

道光帝把这个想法和林则徐一说，林则徐拍手称妙。

林则徐回到济南后，就先判决这个民妇离婚。判决公布后，因民妇不算杀死自己的长辈亲公公，就回到了一般自卫案子中，最后民妇得以无罪释放。

林则徐在自己的府上见了这位民妇，告诉她这是当今皇上的旨意，这位俏俊的小媳妇涕泪交加，感谢皇上的救命之恩。

后来，这位民妇在济南出了家，她要在诵读经文中赎自己的过失。

第四十五章　立储的故事

　　道光二十六年，道光帝自己已六十多岁了，应该立储——决定谁来继承皇位了。此事让道光帝犯难了。说实话，立储这样的朝廷大事不能和他人商量，只能皇上自个儿秘密决定。道光帝难在哪里呢？

　　原来道光帝那时共有六个儿子，分别是皇四子奕詝，皇五子奕誴，皇六子奕䜣，皇七子奕譞，皇八子奕詥，皇九子奕譓，但他们都还没有成年。皇四子奕詝最大，有十四岁；奕誴也十四岁；奕䜣十三岁；奕譞颇小，才七岁；而八阿哥和九阿哥却只有一两岁，还在牙牙学语呢！道光帝只能在皇四子奕詝、皇五子奕誴、皇六子奕䜣之中选择储君。奕誴生性贪玩，不务正业，其母祥嫔也被道光帝反感。道光帝早就把奕誴过继给已故去多年的兄弟绵忻了，奕誴就不是皇帝的"阿哥"了，不能成为皇储。

　　皇四子奕詝与皇六子奕䜣只差一岁，小哥俩又是如胶似漆的好朋友，年龄上与两人关系上，谁都可以成为储君。但将来皇帝只能是一人，道光帝准备好好观察观察。

　　有一段时间，道光帝下朝后，都要在养心殿召集奕詝、奕䜣，和他们一起讨论《史记》《左传》这些史书中的治国之道。奕詝很拘谨，表现出对这些先哲的由衷敬意；奕䜣高谈阔论，流露出他对治国之道的自己见解。这使道光帝仍然为难，因为两者都是当帝王所需要的呀！

　　好吧，让他俩比试比试武艺。道光帝带他俩上御花园一比高下。伸拳、踢腿、翻滚、跳跃、出击、抵挡……几个回合下来，每次都是奕䜣更胜一筹。不过，道光帝看出来了，这都是奕詝相让的结果。奕䜣精湛的武功使道光帝欣慰，但奕詝的虚怀若谷也是帝王胸怀呀！

　　道光帝对这小哥俩在感情上也难分伯仲。

　　原来，奕詝的母亲为孝全成皇后，十三岁入宫，道光帝对她情有独钟。皇后生下奕詝后地位日隆，但这位皇后英年早逝，她的仓促离世便成了道光帝心中永远的痛。

孝全成皇后死后，道光帝命奕䜣的生母静贵妃抚养年仅十岁的奕詝。这个蒙古人博尔济吉特氏有着草原一样宽广的胸怀，明知奕詝是她儿子奕䜣登帝位唯一的竞争者，但她却把无私的母爱也给了奕詝，使小哥俩有了真挚的兄弟感情。

道光帝一时难以决断，只能抓紧观察。

为了考察他俩的骑射功夫，道光帝下旨让奕詝、奕䜣到南苑狩猎。那时奕詝的老师叫杜受田，奕䜣的老师叫卓秉恬。两位老师都分别给自己的弟子出了主意后，一起到了南苑。奕䜣骑射好，按照他老师的话就发挥他自己特长，射猎了许多狍呀鹿呀野牲口去献给他皇阿玛。道光帝很高兴，捋着胡子自豪地说："此乃我满洲雄风也！"奕䜣在旁也暗自得意……

轮到奕詝了，他按照老师的教导，也不上马，也不射箭，两手空空地去见皇阿玛。道光帝两眼长长了，这是怎么回事？只见奕詝跪到地下说："父皇教导我们要有仁爱之心。现在是春天了，母牲畜正是怀孕的时候，我要把它射死了，连它没有出生的幼畜也射死了，这是不仁。我不忍心这么做，所以一箭没射。"道光帝忍不住冲口而出："这就是孔子说的仁呀！"奕詝在道义上占了上风。

但道光帝毕竟是满族皇帝，这奕䜣射猎野牲是传承满族狩猎古俗呀，所以在两人谁更适合当储君上又犹豫起来，还是再观察观察吧……

道光帝经常拿出一些好吃的好玩的让奕䜣和奕詝选，每次奕詝都是让弟弟奕䜣先选，奕䜣当仁不让，把那些精品都挑得一干二净，剩下的下脚玩意儿就归奕詝了，奕詝也毫无怨言。道光很欣赏奕詝这种谦让、厚道的品质，认为他有帝王之风。

奕䜣仍认真读书探究治国之道。一次，奕䜣的老师卓秉恬对道光帝说奕䜣能把千字文立马背诵出来。这下把道光皇帝乐坏了，连连说"类我，类我"。此时，道光帝又认为奕䜣有帝王之才了。

小哥俩在才能与胸怀上也不分伯仲，这使道光帝左右为难，可立储这样的大事再也不能拖延了，道光帝为此寝食不安。

到底立奕詝还是奕䜣？道光帝下朝后，坐在他爷爷乾隆帝最喜欢的三希堂里一遍又一遍地写着"奕詝"和"奕䜣"的名字，不知所措……

有一天，一个太监远远地看见道光帝在三希堂的小桌子上写字，最后一竖拉得很长，那一定是在遗诏上写奕䜣的名字呢，就颠颠地跑到慈宁宫告诉了奕䜣的生母静贵妃。这位快人快语的静贵妃喜滋滋地、忙不迭地告诉她周边的人："我儿子六阿哥奕䜣要当太子了"。这话传到了道光帝耳朵里，道光帝不高兴了，干脆果断地写下了遗诏——不过当时人们并不知道遗诏的内容。

道光三十年正月，道光帝病重，急忙宣召宗人府宗令载铨、大臣载垣、端华、僧格林沁，军机大臣穆彰阿、赛尚阿、何汝霖，内务府大臣文庆等进宫，命令他们随同总管太监从乾清宫"正大光明"匾额后取下锦盒，宣读诏书，诏书曰："立皇四子奕詝为皇太子，封皇六子奕䜣为亲王。"中午，道光帝驾崩于圆明园慎德堂内。

登基当皇帝的是奕詝，即咸丰帝。他遵照父亲的遗愿封奕䜣为恭亲王。

咸丰帝即位后，尊养母静贵妃为皇考康慈皇贵太妃，居寿康宫。

咸丰五年七月，太妃病重，咸丰帝尊她为康慈皇太后。过九日四十四岁的皇太后逝世了，咸丰帝给她的谥号是：孝静康慈弼天抚圣皇后。

第四十六章　戏痴咸丰帝

　　满族中出现过许多戏剧家，这和清朝皇帝喜欢看戏有关。清朝皇帝最普遍的娱乐活动就是看戏，其中有不少戏迷呢，咸丰帝就是一个戏痴。

　　咸丰帝奕詝十岁的时候，生母孝全成皇后钮祜禄氏就死了，由他的养母静贵妃在圆明园抚养长大。静贵妃，博尔济吉特氏，刑部员外郎花良阿的女儿，蒙古科尔沁草原人。

　　静贵妃是六阿哥奕訢的生母，应该说奕詝是阻碍她自己儿子登基做皇帝的最大障碍，但这位淳朴的母亲用无私的母爱给了奕詝。奕詝小时候骑马从马上摔下来摔坏了腿，落了个残疾，是个瘸子；小时候他还出过天花，脸上留下些个坑，是个麻子。但是静贵妃没有嫌弃这个丑皇子，在他小时候得病时，是她亲自喂药，又细心、又轻柔。在她的精心照顾下，这个小阿哥茁壮成长起来。

　　静贵妃爱看戏，总带着小奕詝一起看，养成了奕詝爱看戏的习惯，后来他俩都成了京剧票友呢！清宫里有不少戏台，什么"畅音阁"大戏台、御花园漱芳斋院内戏台、长春宫院内戏台、倦勤斋小戏台、漱芳斋小戏台等，这些大小戏台都留有他们娘俩的足迹。静贵妃去世后，当了咸丰帝的奕詝追封她为皇后，成为清朝历史上既非前朝皇后也非本朝皇帝的生母而被追封的皇后。这大概是报答博尔济吉特氏对他的养育之恩，也是对母子俩有共同戏剧爱好的纪念吧！

　　清宫里的戏班子主要是由太监们组成的，顺治时期叫"教坊司"，雍正时期改为"和声署"，乾隆时期叫"南府"，奕詝的父亲道光帝称之为"升平署"。

　　奕詝长大了，不满足升平署演出的戏剧，喜欢偷偷溜出宫去，看民间的花部戏。花部戏真是"花杂"呀，所以当初也叫"乱弹"。什么《张三借靴》《打麦缸》《小放牛》《打猪草》这些描写日常生活事件、充满幽默乐观情调的生活小戏和讽刺喜剧，看得奕詝眼花缭乱、乐不可支。据说后来是他将花部戏引进了清宫，使宫廷演戏进一步民间化了。

　　一来二去，奕詝对戏剧的痴迷有了飞跃，不但喜欢看戏、听戏，后来居然亲自粉墨登场演起戏来了，演得还真像模像样哪，《朱仙镇》《平安如意》《青石山》等剧目都是他的拿手好戏。他爱武戏，学的是武生。有一出《黄鹤楼》戏，说的是周瑜设宴于黄鹤楼，骗刘备过江赴宴，逼他写退还荆州的文约，并伏兵楼下，嘱咐部下非有令箭不得纵放。而诸葛亮事先将借东风时携走的一支令箭装在了竹筒中交给了赵云。赵云在紧急关头破开竹筒，取出令箭，保全刘备安然脱了险。在这出戏中，刘备是太监高四扮演的，赵云就是当时已经是皇帝的奕詝扮演的。台上台下君臣身份颠倒，奕詝却无所顾忌，演得不亦乐乎。

　　后来奕詝还会改戏、编戏了。《兴唐外史》就是他亲自据《兴唐传》改编的呢！

　　奕詝当了皇帝后，对戏剧的兴趣依然不改。他还喜欢司鼓。司鼓俗称"鼓佬"，用两根小细竹竿敲打单皮鼓发出清脆的声响，结合各种手势指挥打击乐、弦乐配合演员演唱和动作，或者左手执檀板、右手执鼓签配合演员的演唱节奏打击。只有对戏情十分熟悉的人，才可以干这活儿。咸丰帝就常常像是一台演出的总指挥那样做着得意的"鼓佬"。

　　清宫中还有一种唱戏的形式叫"坐腔清唱"。这种"清唱"往往从正晌午时一直唱到夜晚戌时，始创者便是咸丰帝，一直延续到以后的同治、光绪年间。而且从那以后，宫内演戏也是从午时演到戌时，长达十几个钟头。

　　咸丰帝初登皇位时，把一个大臣所写的"防三渐"作为座右铭：一是防止大兴土木；二是防止大吃大喝；三是防止上行不能下达，下行不能上达。后来时局难掌，他将戏剧看成自己的精神寄托，只有投身于戏剧他才不会为朝政伤春悲秋。一八六〇年，咸丰帝的弟弟恭亲王奕訢与英法议和后，无奈的他就命令在京的升平署戏班赶到热河，时时传戏、演戏来消磨时光。避暑山庄内的烟波致爽殿、福寿园，如意洲上的"一片云"戏台，都是咸丰帝看戏的地方。

　　当时在热河承值事奉者有八位老艺人，咸丰帝经常去观看这些艺人向宫内太监传艺教戏。有一次，老艺人陈金崔教唱《闻铃》一戏时，将戏文中的"萧条凭生"一句的"凭"字，唱念为上声，咸丰帝立即纠正说，此字应为去声。不料陈金崔竟敢不买咸丰皇帝的"艺术指导"账，翻出旧曲谱申辩。咸丰帝居然也不顾九五之尊，与他争辩说旧谱原本就是错的嘛。呵呵，他还真像是一个颇有造诣的戏剧高手呢！

咸丰十一年六月初九，是咸丰帝三十一岁的"万寿节"。这一天避暑山庄虽然要比北京凉爽宜人，但到了晚上演大戏时，咸丰帝实在支持不住病倒了，很快就去世了。咸丰帝在戏剧音乐中走完了他短暂的一生。

第四十七章　兰儿惜花趣事

满族女人从小头上爱戴花，甚至六七十岁的老太太，头发稀少了，仍然要戴花。最叫绝的是，有的插花头簪子是一个造型美观的小花瓶，里面可装少量清水，这样能让插入的鲜花保持一定时间的鲜活挺立，平添了戴花人的几分妩媚。传说慈禧太后就是因为头上戴花而更显美丽可爱，被作为秀女选入皇宫的。

大名鼎鼎的慈禧太后小名叫兰儿，她的满族姓名叫叶赫那拉·杏贞，因为她从小爱兰花，就有了那个昵称，入宫之前她在娘家北京西四牌楼劈柴胡同（今辟才胡同）住。

从小聪明的兰儿十岁就看会了围棋。她的父亲惠征那时还没有任安徽徽宁道台，在北京常和她下棋，这下着下着，酷爱下围棋的惠征在胡同里只有兰儿是他的对手啦！

兰儿就缠着阿玛教自己识文断字。那时人们都认为女子无才便是德，惠征教了她一些字就不耐烦了，说她一个女孩儿家能写自己的名字就够用了。可兰儿却噘着小嘴非要阿玛教，不然就不和阿玛下棋以示抗议。惠征犯了棋瘾只得再教她字。后来惠征到安徽当道台去了，兰儿已经学会了不少字，能自学了，就自己找些书来读。兰儿最爱读的书是《诗经》。

兰儿还从额娘富察氏那里继承了满族女人头上爱戴花的习俗，也天天戴花，对着镜子左照右照，额娘常常笑她爱"臭美"。她最喜欢戴兰花，所以大家叫她兰儿，大名反而不叫了。

咸丰二年，兰儿十八岁了，出落得楚楚动人。那天，她到前门旧书摊去，由于心情好，在头上插花的小瓶中换了清水，插上金黄色的君子兰花。不料，她到前门时，正好咸丰帝出宫路过这里。街上的人都齐刷刷地跪下了，大气也不敢出，兰儿也在其中。

风流倜傥的咸丰帝一行浩浩荡荡地到了前门，咸丰帝发现人群中一个姑娘头上的金黄色君子兰花十分扎眼、好看，就叫停驾，请姑娘把脸抬起来，咸丰帝看到姑娘面若桃花，就有几分喜欢，情不自禁地问她："叫什么名？"

"兰儿。"姑娘轻声答道。

"啥？兰儿？"

姑娘羞答答地再声回答："是，兰儿！"

"哦，兰儿。这名和你头上的花儿一样好啊！"咸丰帝笑眯眯地又问道，"哪里人氏？"

兰儿答："镶黄旗人。"

咸丰帝一听她是旗人就喜从心来，忙问她阿玛是干什么的、家住哪里等其他问题。兰儿告诉皇上父亲正在绥远城道台任上。咸丰帝大喜，说道："你这就跟朕进宫！"

兰儿也喜欢英俊漂亮的咸丰帝，就喜滋滋地进宫当了皇上的秀女。

兰儿入宫不久，就盼着和咸丰帝多见面，但他不来，一是皇上的朝廷事多，二是宫中秀女也多，顾不上兰儿啦。兰儿只能每天在御花园里唱歌，期待有一天能碰到皇上，当然每次到御花园都要插上那美丽鲜艳的君子兰花。

一天，兰儿又把自己打扮得干干净净漂漂亮亮的，头上插好君子兰花又去御花园了，歌唱了一首又一首，可哪有皇上的影子哪？兰儿有点儿绝望，心想，再唱一首就不唱了，看来今儿个又要失望而归了……哪承想这最后一首歌没白唱。当然，定是兰儿唱得太动情了，竟然使刚下朝的咸丰帝闻歌而来。兰儿看到咸丰帝，又惊又喜，以旗人格格特有的洒脱迎见了皇上。咸丰帝也充满喜悦，夸奖她歌唱得好听。

兰儿说："不，是旗人词作家纳兰性德的词写得好。"

咸丰帝一听是旗人作的词，就来兴趣了，问兰儿："这是什么词？"

兰儿说："我能写下来。"

"是吗？走，进屋给朕写写？"咸丰帝高兴地牵起兰儿的手，走进储秀宫。

好兰儿！只见她挥起笔一阵龙飞凤舞，一首纳兰性德代表作跃然在雪白的绫子上了：

浣溪沙

一半残阳下小楼，
朱帘斜控软金钩，
倚栏无绪不能愁。
有个盈盈（满语：姑娘）骑马过，
薄妆浅黛亦风流，
见人羞涩却回头。

这首词把一个薄施粉黛的满族姑娘骑马回头爽朗大方的个性描绘得活灵活现。咸丰帝大喜，一方面忍不住为纳兰性德的词句喝彩，一方面也为兰儿娟秀的字迹叫好。咸丰帝看着兰儿头上美丽鲜艳的君子兰花，愣了下神儿，说道："朕就封你为兰贵人吧！"兰儿欣喜得赶紧跪拜谢恩，她很喜欢这个封号。

咸丰六年兰贵人生下了皇子载淳，当天就被晋升为懿妃，第二年又被晋升为懿贵妃。兰儿更加爱花了，命人在花园里除了种植各种兰花，还种上了白龙须、紫金铃、雪球等名贵花草，派专人精心培育养护，她自己常在花丛中欣赏、玩耍。

咸丰帝虽然年轻英俊，但体弱多病。兰儿工于书法，满汉齐通（满文、汉文都精通），所以咸丰帝经常口授圣旨让她代笔，使兰儿逐渐熟悉了朝政。

咸丰年间是多事之秋。

咸丰十年英法联军攻陷北京，无奈中咸丰帝带兰儿等后妃与宗室、大臣避祸承德的避暑山庄，命他的六弟恭亲王奕䜣留在京城与联军议和。

咸丰十一年，咸丰帝在避暑山庄驾崩了，唯一的皇子载淳继承了皇位，兰儿因是皇帝的生母被尊为圣母皇太后，第二年被加了封号"慈禧皇太后"，与慈安皇太后一起垂帘听政，那时她的儿子同治帝还不到十岁。

无论是兰儿的儿子当皇帝（同治帝），还是她妹妹蓉儿的儿子当皇帝（光绪帝），兰儿实际统治清朝四十七年。兰儿爱花惜花的习惯一直没改。她命人在北京皇宫与颐和园种上一万多种花，派了专人精心养护。

她从小养成的爱花惜花习惯后来发展到了吃花、用花、画花的习惯。

六月里，每天早上太阳将出来的时候，成了皇太后的兰儿带着太监宫女来到中南海或者昆明湖湖面上，静等日出。当东边天透出晨光时，荷花蓓蕾就开始悄悄地舒展花瓣；当红日上升为火球时，千万朵荷花都绽开了笑脸。兰儿观赏这美景有无数次，但每次都令她陶醉。观赏了好大一会儿后，她就指挥宫女、太监采摘一些娇艳完整的荷花送回御膳房去。

原来，兰儿还要吃花呢！用荷花花瓣浸在鸡蛋、淀粉糊里，炸至金黄酥脆，是兰儿很喜欢的点心小食，随时可吃，她认为吃这种荷花花瓣能美容。

兰儿也喜欢吃玫瑰花。用鲜嫩的玫瑰花瓣拌以红糖，经过配料加工，制成花酱涂在面食上，吃后连牙缝里都留有香味，她认为有持久的美容功效。

兰儿还喜欢吃菊花。每逢金秋时节，和下人采摘那些花瓣肥嫩茂盛的白菊花，带回去食用，她认为这也有明显的美容效果。

兰儿还经常用金银花做花露水，涂在自己身体上，然后轻轻拍干。在洗澡时，把玫瑰花或茉莉花撒入水中，她长时间泡在花水中，静静享受鲜花带来的惬意和滋养。

后来兰儿学习起画花来了。《清宫遗闻》一书记载："光绪中叶以后，慈禧忽怡情翰墨，学绘花卉，又学作擘窠大字。"大概是因为丈夫和儿子都死得早，兰儿长年孑然一身，所以她勤书习画，以求得精神上的满足。

兰儿听说四川有个很有名气的女画家缪嘉蕙，就下诏让女画家入宫，兰儿亲自面试。女画家先画了一幅画，兰儿一看，是个布袋和尚，画倒画得挺像：大脑袋，大耳朵，大肚皮，挎个布袋咧嘴笑，仿佛那布袋里装着许多好宝贝呢！但兰儿不喜欢光着脑袋的和尚。女画家见太后只是笑了笑不言语，知道太后不满意。她看看太后细皮白嫩的脸，联想到了美丽的菊花，就以颐和园的秋景为题材画了一幅《秋韵深远》图，没等画完，兰儿就点头微笑称赞起来："画得真漂亮！"就这样，女画家缪嘉蕙面试后被录用啦。

缪嘉蕙进宫后，兰儿对她钟爱有加，令她住在储秀宫，封她为御廷女官，年俸白银两千八百两，还免其跪拜大礼。后又升她为三品女官，追加白银一万两，还赐她一顶红翎。

兰儿虚心向被自己亲自面试的缪嘉蕙学画画，也向其他一些著名画家学画画，渐渐地，画艺有了很大长进。兰儿善于工笔画，尤其是各种花卉，画得栩栩如生，每次作画后还郑重其事地盖上"慈禧皇太后之宝"朱文方印。

绘画很费时间的，那么，作为近半个世纪的清朝实际统治者，兰儿哪来那么多的时间呢？一方面兰儿是个勤快人，从小养成早起早睡的好习惯，每天寅时起床，即使当了皇太后后也是如此；另一方面，兰儿还爱好绘画。

近年来，有关慈禧的字画频频在全国各地展出。如二〇〇四年七月沈阳故宫展出百件国宝级珍品中就有她的字画，二〇一〇年六月《清代皇室书画展》在杭州历史博物馆开展时，兰儿的字画也在其中。

我的同宗叔父书法家毓嶦对我说道："慈禧太后最擅长画的是牡丹、兰草等花卉。她喜欢画扇子和立幅，上面最多的是兰花和竹子。

第四十八章 一桩冤案的故事

　　我奶奶爱讲慈禅十道懿旨叛一桩冤案的故事，这就是当初轰动全国的"杨乃武与小白菜案"。

　　事情是这样的：

　　同治十三年九月，慈禧太后接到步军统领衙门上报的一个已经由都察院批回浙江巡抚复审后的案子。案宗上讲：

　　同治十二年农历十月初五，浙江省余杭县仓前镇豆腐店的葛品连由发冷发热不舒服，到十月初九早晨，吃了个粉团子后恶心呕吐不止，怀疑是痧症，先是服了萝卜籽、万年青，随后吃了妻子（因为人长得秀丽，而被人称为小白菜）毕生姑喂的东洋参、桂圆，到下午四点多钟突然暴死家中。葛品连的母亲联想到之前人们议论儿媳妇与本镇新科举人杨乃武有染的流言蜚语，认为儿子死得可疑，便连夜到县衙门喊告追问，要求验尸。知县刘锡彤带着验尸人沈祥、门丁沈彩泉前往验尸后，说葛品连是中毒而死，并认定这是一起因奸合谋害夫的案件。经县衙门审讯，小白菜供认自己与杨乃武有奸情，得了杨乃武给的砒霜，混入药汤给丈夫服下，导致其死亡。刘锡彤传讯杨乃武，杨乃武不招供，刘锡彤请求朝廷革除了杨乃武举人身份。经杭州知府陈鲁审讯，杨乃武才招认自己指使小白菜下毒谋害其夫，并说砒霜是从仓前镇爱仁药店钱宝生处买的。钱宝生写下了曾经卖砒霜给杨乃武的证明。有了两个案犯的口供和钱宝生出卖砒霜的证明，杭州知府陈鲁依据《大清律例》宣布了"杨乃武斩立决，小白菜凌迟处死"的判决，上报浙江按察司。按察使又将案件上报到浙江巡抚杨昌浚。杨昌浚经过派人暗访、会审等，仍按原杭州府的判决于同治十二年十二月二十日将此案上报朝廷，只待秋审通过便处刑。但是同治十三年四月，杨乃武家人带着杨乃武所写的翻供申诉材料进京上控喊冤。也就是说，杨乃武翻供了，不承认自己指使小白菜下毒害夫，完全是屈打成招，是冤枉的。都察院接受呈词后要求复审，巡抚杨昌浚令杭州知府陈鲁重审。结果依然维持原判。现在杨乃武家人再次来京城申诉，呈词投诉到了步兵统领衙门了。

慈禧太后仔仔细细阅过案宗后，看着杨乃武申诉状上写着"江南无日月，神州有青天"的句子，说道："这杨乃武看来是个知书达理之人。但为何已经由余杭县令、杭州知府、浙江按察使、浙江巡抚几级地方衙门层层审讯、复查的案子，杨乃武先是不招，后招供了又翻供，如此反复？须得查清原委。"她当即降旨："交浙江巡抚杨昌浚司亲提严讯！"

不久，同治皇帝得了重病，又于十二月初五去世，慈禧太后失去了唯一的儿子，悲恸欲绝。后来立了四岁的侄子爱新觉罗·载湉（即光绪帝）继位。

光绪元年四月的一天，垂帘听政的慈禧太后在朝上问起杨乃武案是否查明，负责稽查的刑部官员王书瑞上奏道："启禀太后，据说杨昌浚复查此案居心不公，想用拖延的办法欲使犯人死在狱中以维持原判啊！朝廷应另派大员查办此案。"太后得知案件还迟迟没有审结，很是生气，当即谕旨派自己信得过的兵部左侍郎提督、浙江学政胡瑞澜主持复审。

不出多日，胡瑞澜上奏曰"原定案意见无误"。慈禧太后看到胡瑞澜的奏折终于松了口气，拿起朱笔批道："胡学政是个干练之臣。此案准予审结。"

杨乃武案有了结果，慈禧太后心情敞亮了许多。这一天早上秋高气爽，慈禧太后从御花园散步回来，喝着碧螺春茶，悠闲地翻看着全国的报纸……突然，她凑近报纸，两道细长的眉毛跳动起来，原来八月十四日一张《申报》上在论述复审余杭案，文中写了杨乃武回答胡瑞澜的一番话："严刑之下，何求不得……再不想今日官官相护，只知用各种非法之刑……万不料事出一例，承问官都是一副刑求本领，乃武如何禁受得起？"慈禧太后看到这里吃惊不小，再往下看，《申报》就此评述道："壮哉此言！中国刑讯之枉民于此而尽包括其中。在上者若能静思此言，其深有仁心并怀公道者，岂肯仍令刑讯之弊其犹行于中国乎？"意思是说，杨乃武回答胡瑞澜的话说得好，他是在严刑逼供之下招的供，如果当官的能静心仔细想一想他的话，并能怀有仁心主持公道，刑讯的弊端还能盛行吗？

慈禧太后看到这里坐不住了，拍案而起，命令众臣立马到养心殿重议杨乃武案。

不一会儿，众臣来到了养心殿，慈禧太后把《申报》扔给胡瑞澜说：

"胡瑞澜，你审的什么案！"胡瑞澜捡起报纸看了一会儿，头上直冒汗。这时，户部给事中边宝泉上奏说："启禀太后，杨乃武谋妇杀夫一案，传闻已久，说法各异。尤其是近来有传言说，胡瑞澜与巡抚杨昌浚关系甚密，复查本案外示严厉，中存偏袒，关键情节不加详究。想必事出有因，并非虚构。"众臣议论纷纷。边宝泉继续说："为了整顿吏治，使官吏不敢互相回护，这种议论纷纷的大案应由刑部亲自提审人犯，亲自取证复查。如原案不错，不过拖延数日审决；如原案实枉，则可借此惩一儆百，打破积习，其意义就不只是为杨乃武一个人平反了。"慈禧太后见边宝泉说得振振有词，合情合理，便下旨令刑部详细调查。她不再信任胡瑞澜了。

不久，慈禧太后收到了刑部左侍郎大理院正卿沈家本的《钦差查办事件》奏折。奏折上指出：将浙江巡抚杨昌浚原先上报的案情与胡瑞澜复审的案件逐一详细核查，发现有许多疑点，胡学政（即胡瑞澜）复审中没有"逐层剖析"，待查清楚之后，再核议。

正在这个时候，在京城的浙江籍官吏十八人联名向都察院和刑部的控状也转呈到了慈禧太后的面前，控状揭露杨昌浚等人在审理杨乃武一案时，严刑逼供，屈打成招，草菅人命，欺蒙朝廷。请求朝廷万勿轻易批复，应将杨乃武一案提到北京由刑部亲自审理，才能解开这个迷案。

慈禧太后看完奏折，啪的一声将奏折合上，眉毛收紧着不吱声。在场的人知道老佛爷可真生气了，吓得不敢出一口大气，低着头熬着每一秒钟……"哼哼！"老佛爷终于发话了，"区区一桩民案，反复审了三年居然还不明不白；倘若是国家大事，任凭他们欺下瞒上这还得了？"

少顷，慈禧太后强压怒火，想了想，说："翁同龢！"

"臣在。"已经当了光绪皇帝老师（当时称师傅）的翁同龢站了出来。

慈禧太后说："翁同龢，本宫命你为刑部右侍郎。从明日起，你亲自审理此案，定要多方查核，务求确凿，并按真凭实据提出意见，秉公论断！"

"臣遵旨！请太后放心，翁同龢定当尽全力办妥此案！"

翁同龢领旨后，调来全部案卷，细细地查看推敲，发现供词与诉状的疑点和漏洞确实很多。在阅读了杨乃武家人的呈词和浙江绅士的联名控诉、走访了浙江籍的在京官员、听取了刑部经办人员的各种意见之后，经过认真研究，讯问犯人，调查证人，将死者尸骨运到北京重新开棺验尸，终于查清葛品连是生病死亡而非中毒死亡。查明真相后，刑部归纳案情，认为：本案最初是葛母怀疑请验，继而刘锡彤误断中毒，然后刑讯逼供，小白菜被逼无奈，牵连杨乃武；又因杨乃武受刑伪供而传讯"钱宝生"，"钱宝生"在逼诱之下作伪证说曾卖砒霜给杨乃武，而导致最后认定杨乃武和小白菜同谋杀人，论以死罪；复核中杭州府草率定案，浙江省依报照结，胡瑞澜迁就复奏，最后几乎酿成错杀错剐。

　　光绪三年二月十六日，翁同龢代表刑部向两宫皇太后和皇帝上奏审理结果，推翻原审判决，并对制造冤案的责任人提了处理意见。慈禧太后听后十分满意，当日下旨批准刑部的处理意见。

　　至此，杨乃武与小白菜冤案得以平反。原办理此案的大小官员及做伪证的证人全部受到惩治。杨乃武和小白菜当堂释放。为此，慈禧皇太后又下懿旨道：此后各地一定要郑重审理案件，重视真凭实据，不得草率处置。

　　后来听说小白菜活到了五十多岁，杨乃武一直活到了七十多岁呢！

第四十九章　女子学校

中国几千年来，只有男子上学。清末在各地却一下子冒出了很多所女子学校，这本是西学东渐、革故鼎新的大势使然；而老人们讲起来总是把它与慈禧太后的旨意联系起来。

慈禧太后能接受让女子读书的思想与她自己从小的生活经历有关。

慈禧太后出生于一个满族下级官员家庭，父亲惠政是文书（当时称为"笔帖式"）出身，酷爱《诗经》，受其影响所以当时小名还是兰儿的女儿七岁就会背诵"关关雎鸠、在河之洲，窈窕淑女、君子好逑……"

《诗经》是中国最早的一部诗歌总集，雅致大气，文辞优美，反映的是中国从西周到春秋时期长达五百年的社会生活，其中有不少诗篇歌颂了男女爱情，表现了女子的纯真追求，兰儿很喜欢吟咏。

兰儿刚进宫时仅是一个贵人，但她的学识与柔媚得到了咸丰帝的宠爱。她给咸丰帝讲解诗经中的《燕燕》《式微》《简兮》……不仅能背诵原诗，而且有自己的见解，深得咸丰帝的喜爱。有时两人也会争得面红耳赤，但兰贵人的直率与儒雅，使咸丰帝深爱着她。她给咸丰帝生了唯一的儿子后，就当上了懿贵妃。

但不幸的是咸丰帝英年早逝，二十六岁的懿贵妃和咸丰的皇后都成了寡妇。懿贵妃沉着冷静，巧妙地联合恭亲王夺得了皇权，成为执掌实权的慈禧太后，这自然使她产生了妇女也能当家做主的思想。

咸丰帝去世后，慈禧太后曾吩咐，每天午后宫女们要一起集中朗诵《诗经》，讲解史书，每十天要考核一次，优秀者有奖。奖品就是慈禧太后喜欢的绣兰花衬衣。由于她的倡导，宫里学习《诗经》成风，连小太监们也争相吟诵。

慈禧太后对《红楼梦》中妇女解放思想产生了很大的共鸣，她入主清宫后，更是身体力行。所以《红楼梦》中的许多情节她都能背诵，对书中人物更是了如指掌，常以贾太君自居。光绪帝的妃子珍妃喜爱《红楼梦》，建议慈禧太后生活的长春宫绘制《红楼梦》壁画，慈禧太后采纳了她的建议，让画工绘制《红楼梦》大观园图进呈御览，命文学词臣赋诗。状元陆润庠等数十位书法精工的大臣就精心手抄了一部《红楼梦》，每页十三行，每行三十字，由内府精装之后，进呈慈禧太后。慈禧太后喜出望外，一有空就在书上朱批。

正因为她有这样的经历和思想基础，才能冲破阻力于清末推行办女子学校等教育新政，并于一九〇五年，经慈禧太后恩准，清王朝下诏废止绵延了一千三百多年的科举制。

第五十章　长寿奥秘

　　北京与承德的前辈族胞常常以慈禧太后为例子谈论着长寿奥秘，因为清朝当时人们的平均寿命是三十八岁，而慈禧太后健健康康活到了七十四岁，算是长寿的。她的长寿奥秘是什么呢？

　　慈禧生于一八三五年，去世于一九〇八年。她姓满族老姓叶赫那拉，名叫杏贞，清咸丰帝的妃子，她是儿子同治帝继位后被封为太后的，曾先后三次垂帘听政，同治、光绪两朝实际的最高统治者，对清朝后期的影响长达四十八年。

　　慈禧太后二十七岁就死了丈夫，四十一岁死了独子，当时外遭洋人的欺凌，内受义军的威胁，还要与"帝党"周旋，各类忧患一个接着一个，然而，她始终风韵不减当年，肌肤如玉，青丝不落。我们来看一看其中的奥秘。

　　慈禧太后执掌朝政，不能说不用心，几乎无一日辍朝，但是，朝中哪怕有十万火急之事，下朝后则一掷九霄云外。一心讲享受、讲养生。

　　首先慈禧太后有良好的生活习惯。她每天早上都是六点钟起床，三餐饭在规定时间内准时吃，每顿饭后都要外出"遛弯儿"。每日午休一小会儿，晚上按时入睡。生活起居有规律。除了散步，她几乎每天都要去栽植花草、乘坐游艇、下棋作画等，这些健康的娱乐性活动有益于健身。

　　她每天都要外出，隔四五天到昆明湖西面的母庄游览。她很喜欢养花，每年八月初都要去参加菊花移植；九月菊花含苞，一定要亲自修剪。她有一手看苞识花的绝活，屡试屡灵几乎没有差误。

　　慈禧太后平日还能注意适当地进补。菊花延龄膏是她常用的药膳，另外还有"养心延龄膏""保元益寿丹""西番莲膏""雪梨膏""二冬膏""五味子膏"等，这些药膳主要含有茯苓、白术、当归、白勺、砂仁、人参、香附等主药。她还经常外用长寿补益药，贴敷肚脐和腰部；晚上临睡前以蛋清敷面，清早起来又涂美容白雪膜，梳头前后施以特制的香发散，使容光焕发。她常吃玉米粥、茯苓饼等；临睡前常喝一杯糖水，以保睡得安稳。

慈禧太后相信"流水不腐，户枢不蠹"的保健名言，所以每天清晨起床后总要练习一遍八段锦。八段锦是优秀的中国传统保健功法，八段动作如锦缎般优美、柔顺。她还每天坚持按摩，被她宠爱的太监李莲英因得到过按摩名师的指点，慈禧太后走到哪里，总要让他跟到哪里，以便随时按摩，所以一直保持着青春的活力。

慈禧太后的长寿，大概还和她终身爱好书画有关。历代书法画家很多都是长寿的，如柳公权八十七岁，欧阳询八十四岁，刘海粟八十六岁，苏局仙一百零九岁……慈禧太后六十岁时赐给两广水师提督郑绍金的手书大"寿"字，非常漂亮。今日人们仍然可以看到在颐和园仁寿殿左右壁上她所写的高约一丈、宽近五尺的"寿"字大立轴。她的字功力不浅。二〇〇四年七月在沈阳故宫展出的百件国宝级珍品中，人们看到她的真迹《富贵长春图》已经达到了很高的艺术成就。慈禧太后也算得上是一个书画家了。

慈禧太后的长寿，大概和她爱看戏也有关。颐和园的德和园、颐乐殿常是她看戏的地方。这里的戏楼高达二十一米，雕梁画栋。三层舞台之间，有天地井通连，底层又有水井、水池，可设置水法布景。慈禧太后精通戏曲，亲自改过的京戏唱本就有一百多处。她最喜欢的"小德张"张兰德，就是靠着自己的戏功出色而从一个默默无闻的小太监，一跃而升为总管太监的。

慈禧太后六十岁生日时，从颐和园的正门到紫禁城的西华门，总共搭建了六十多个景点，其中唱戏的台子就有二十二座。她曾下旨，让宁寿宫的太监专门组成"普天同庆"戏班——"本家班"，啥时想看啥时演。她还常叫外面的戏班子来宫里演戏，拿光绪二十一年来说吧，入宫演戏的外班先后有："四喜班""承庆班""三庆班""双奎班""宝胜和班""同春班""义顺和班""小鸿奎班""小天仙班""玉成班""同庆班""庆春班""万年同庆班"等十几个呢！

打开清宫档案，被慈禧太后召进宫的戏曲艺术家也很多。文武老生有陈秀华、谭鑫培、杨隆寿、杨小楼、王凤卿、孙培亭、孙菊仙、汪桂芬；净角有裘桂仙、刘永春、金秀山、钱金福；小生有鲍福山、朱素云、王楞仙；丑角有王长林、罗寿山、刘赶三；旦角有龚云甫、陈德霖、谢宝云、杨小朵、时小福和王瑶卿，等等。看来，晚清时期的戏剧名角儿，她都领略过了。

　　美国人卡尔曾这样描述自己给慈禧太后画画的经历："当时，慈禧虽然已经七十岁，但是看起来就像三十多岁的贵夫人似的。"德龄在《御香缥缈录》中记载慈禧太后到六十岁时："肌肤白嫩光滑如同少女一般，细腻光润，嫣然一笑，姿态横生，令人自然欣悦。"

第五十一章　见书即怕的同治帝

　　咸丰六年三月里的一天，北京紫禁城储秀宫前春意盎然，檐下两只做窝的燕子似乎也知道将有喜事来临，一大早叽叽喳喳地围着宫院飞舞。随着一声婴儿的啼哭声响起，储秀宫里传出喜讯——懿嫔娘娘叶赫那拉氏诞下一位小皇子！消息传到咸丰帝耳中，皇帝喜不自禁，当即下旨：小皇子赐名爱新觉罗·载淳；叶赫那拉氏晋封懿妃。懿妃望着襁褓中的儿子更是欣喜得忘记了生养时的阵痛，是啊，母以子贵，当今皇上还没有过皇子哪（后来的事实是，此载淳是咸丰唯一的儿子）！将来兴许这儿子就是太子，就是皇帝，自己就是皇太后呢！叶赫那拉氏想得没错，第二年，她又被晋封为懿贵妃了。她想着一定要好好培养这个儿子，备不住真能当上皇帝呢！小载淳在额娘的幻想中无忧无虑地成长起来。

　　可是好景不长，咸丰十年，英法联军攻陷天津，直逼京师。五岁的小载淳不明白发生了什么，只知道坐着颠颠的车子晃晃荡荡地随着皇阿玛、皇额娘逃到了一个叫承德避暑山庄的地方。第二年有一天，他被人带到了皇阿玛病榻前，他看到皇阿玛体态消瘦，面色苍白，撕心裂肺地咳嗽。他看到皇后钮祜禄氏、自己生母叶赫那拉氏也在，她俩不断地抹着眼泪。屋里还跪着八个大臣。皇阿玛看见小载淳来了，勉强露着微笑，招手让他来到身边，然后喘着粗气先对八个大臣说了些话，又叫小载淳向他们作揖，接着将两枚大印分别交到了皇后和生母的手上，就闭上了眼睛，咽了气。顿时一屋子人哭天喊地，小载淳也跟着大哭起来……原来咸丰帝临终前传位于年仅六岁的唯一儿子载淳，他命八大臣辅政，同时又赐"同道堂"印予懿贵妃叶赫那拉氏，"御赏"印予皇后钮祜禄氏，命今后用这两印代替朱笔签发谕旨，以此与八大臣互为牵制。

　　以后，小载淳被扶上了皇阿玛坐过的龙椅，被大臣们跪拜山呼"万岁"。皇后被称作了"母后皇太后"或"东太后"（即慈安太后），生母被称作了"圣母皇太后"或"西太后"(即慈禧太后)。不久,他跟着两宫皇太后回到了北京,发现皇阿玛让他作过揖的八个大臣不见了,有人告诉他八大臣犯了罪被处罚了。后来每天上午他被安排坐在龙椅上,龙椅后面有个帘子,帘子后面坐着两宫太后。虽然听着大臣们上奏些他听不懂的事儿,但什么事也不用管,有帘子后面的两宫太后会说话,会下旨呢!刚开始他觉得好玩而无聊,好玩的是两宫太后为什么要躲在帘子后面说话呢?无聊的是,他得正襟危坐半天不能出去玩,憋得慌。随着年龄的增长,他渐渐懂了,这叫"垂帘听政"。

就这样,同治帝载淳从六岁到十六岁期间,每天应景做皇帝,到养心殿陪两宫皇太后垂帘听政,剩余的半天时间,到弘德殿读书。大家都知道,中国历代皇帝中清朝皇帝最勤于政事,他们每天要召见大臣,一般要亲自批阅内外臣工的奏章文牍。为了当好皇帝,从小就必须进行严格训练,蒙古语、满文、汉文、拉弓、射箭、打枪、骑马等都得精通。读汉书就是读经史、写字及作文作诗等。读书就读书,清朝皇帝都要勤奋读书,但是同治帝"见书即怕"。这是怎么回事呢?

原来载淳没有当皇帝前,皇阿玛咸丰帝为他选定的师傅是翰林院编修李鸿藻。六岁登基后,两宫太后就发布懿旨:礼部尚书祁寯藻、管理工部事务的前大学士翁心存、工部尚书倭仁均在弘德殿授读。同治帝的师傅一下子由一个增至四个,学习任务就加大了。

两宫太后在懿旨中指出了皇帝学习的目的和原则,奉命稽查弘德殿一切事务的恭亲王奕䜣详细安排了同治帝日常作息时间和功课内容,如:皇帝每天到书房,先拉弓,再学习蒙古语,读清书(满文书)、读汉书;每天两宫太后召见后,由太监引入书房,可在书房用餐;诵读与讨论,二者皆不可偏废,读书之余应与师傅随时讨论,以古论今,屏除虚仪,务求实际,等等,规矩详达十五条之多。

同治二年,载淳也才七岁,两宫太后以惠亲王绵愉行辈最高,品行端庄,又让他的两个儿子奕详和奕询进入弘德殿,陪伴同治一起读书。这一切,都是为了让这位幼帝早成大器。

欲速则不达。虽然同治帝的学习条件很好,老师也是当时的大学问家、诗人。但是小小的年纪,要学习那么多东西,以备将来担当起国家中兴的重任,实在难堪重负。每天枯燥乏味的读书和习武,过着苦行僧似的生活,是这个孩子极不情愿的。没过多久,老师们就发现这孩子有厌学情绪,常常背地里摇头叹气。老师问他为什么事不快乐,他回答:

"当差劳苦。"

早在当懿贵妃时就一心想好好培养儿子的圣母皇太后慈禧经常抽查他的学业情况，却屡屡失望。儿子的学习成绩很糟糕，"语言寒吃，诗亦无成诵者""论文多别字""读折不成句""讲《左传》则不了了，背《大学》皆不能熟"。在课堂上，"无精神则倦，有精神则嬉笑"，实在是一个顽皮的学生！慈禧太后弄权术还行，教育孩子完全是外行，除了着急和训斥责骂之外，想不出好办法。

同治帝得到额娘不断的训斥后，彻底失去了读书的兴趣。慈禧太后没办法，只得将恭亲王奕訢的长子载澄找来做儿子的陪读。载淳有了这个紫禁城外的大哥做陪读，真的提起了兴趣，但兴趣不在学习，而是载澄口中所说的紫禁城外的戏台花街。据传，载澄带载淳多次偷偷溜出紫禁城去玩呢。

同治帝本来是个聪明的孩子，这从他从小有演戏的才能中可以看出来。那时两宫太后常在重华宫漱芳斋听戏，也许就这么影响了他。幼小的他就喜欢演戏，喜欢演配角，化装成灶前烧火的伙计，穿黑袍，持木板，演得活灵活现。

如此，见书即怕的同治帝稀里糊涂地长到了十六岁，亲政的前一年，他该娶媳妇成亲了。东宫慈安太后看中了户部尚书崇绮的女儿阿鲁特氏。崇绮，字文山，内务府旗人，整个大清王朝，满蒙旗人子弟中考中状元的唯有他一人，聪明才智由此可知。阿鲁特氏出生在这么一个高级知识分子家庭，又具有满蒙旗人的纯正血统，而且知书识礼、淑静端慧，按理说是当皇后的理想人选。可是不知什么原因，西宫慈禧太后却看中了员外郎凤秀的女儿富察氏。富察氏还是个小姑娘，才十四岁，虽说人长得漂亮，其他方面却比阿鲁特氏差了许多。让同治帝自己挑选，同治帝挑中了阿鲁特氏。这一来慈禧太后更加气恼——自己亲娘的话都不听！婚后，儿媳阿鲁特氏每次遇见婆婆慈禧，慈禧从不给她好脸色，板着脸教导这位皇后儿媳说："皇帝要为国家办事，你少去打扰，免得妨碍政务。"慈禧太后喜欢看京戏，经常把戏班子召进宫中，通宵达旦演出。清朝旧例，婆婆看戏，儿媳皇后必须陪侍身旁。但阿鲁特氏对京戏不感兴趣，对舞台上的男女情事也看不惯，常常将脸扭向一边，对着墙壁发呆。慈禧太后见了，心中更不高兴，对儿媳皇后的怨恨又增加了几分。

同治十一年，同治帝十七岁，龙椅后的帘子撤了，他亲政了，但是慈禧太后经常派太监密行查探，仍经常训话，责怪他遇事不禀报。同治帝恰好又继承了母亲刚强好胜的秉性，经常在师傅面前嘀咕：母后既然归政了，为何还来干涉？这样一来二去，母子之间矛盾闹得越来越深。不到两年，同治帝就英年早逝了……

第五十二章　酸梅汤

　　同治年间，清廷推行降低农村赋税、鼓励耕作、发放粮种、增加科举考试取录名额、发展实业的新政策，使朝政稳定、经济发展，有一段平静时期，史称"同治中兴"。

　　但"同治中兴"和同治皇帝基本无关，因为他一八六一年十一月登基时还只是一个五岁的小孩，他在位的十四年中，主要是他母亲慈禧皇太后和他叔叔摄政王奕䜣主持政务，他还是一个贪玩的孩子呢！

　　同治十四岁那年夏天，天气有些闷热，待在宫里难受，同治就带着个小太监换了身衣裳一连三天都悄悄溜出宫去玩耍了。前门大街好生热闹，人来车往，他俩这边瞧瞧，那边逛逛，什么工匠作坊、茶楼戏园都去转悠转悠，看到很多宫里看不到的玩意儿，还尝到很多宫里尝不到的美食。就这么的，他俩玩得很痛快，每天到天黑时再悄悄地溜回去，以为神不知鬼不觉。

　　第三天傍晚回宫时，忽然碰上他额娘慈禧皇太后的仪仗队，吓得他赶紧跪地叩头，大气也不敢出，和他一起出宫的小太监更紧张得满头大汗。还好，太后好像什么也不知。等仪仗队过去，同治才舒了口气。

　　晚上，同治给东宫慈安皇太后和西宫慈禧皇太后请安。慈安太后像平时一样慈眉善目没说什么。慈禧太后却屏退左右，和颜悦色地问同治："你一连三天出宫干什么去了？"这句话犹如晴天霹雳，同治一时不知说什么才好。

　　慈禧仍然和颜悦色，说道："你是孩子，出去散散心也是正常的。但要告诉自己的额娘，要和额娘说真话。"

　　同治支支吾吾，说道："我，……哦，我去前门那家茶馆了。"

　　"去茶馆干什么？"

　　"我去喝酸梅汤了。"

　　"呀，酸梅汤？那里有酸梅汤？"

"是啊，那是乾隆爷喝过的酸梅汤，又酸又甜好解渴。"

"快，快，与我详细说来"。

同治见额娘听说是乾隆爷喝过的酸梅汤感兴趣，就把酸梅汤的来历一五一十地说了：

原来那家茶馆早先开在盛京（今沈阳），那时兴起于白山黑水的旗人有很多野味，喜吃肉食，饭后必定要喝酸汤子。酸汤子是用玉米面经过发酵后做成的。吃完了高热油腻的肉食，再喝点酸汤子，解腻。

有一年乾隆爷东巡盛京，祭完祖就带一个侍卫微服私访，到了大街上，酸汤子的酸味吸引了乾隆爷。因为乾隆爷祭祖时吃了很多白肉（清水煮的肉），酸汤子还真对味。当时他一连喝了三大碗，连呼"过瘾，过瘾"，乾隆爷一高兴，大呼："笔墨伺候！"开茶馆的老那（满姓叶赫那拉）家赶紧拿出笔墨。只见乾隆爷一阵挥洒，留下两行大字后走了。

老那家等乾隆爷走后，再看这两行大字，原来上面写的是"铜碗声声街里唤，一瓯冰水和梅汤"。大字如龙飞凤舞，老那家只感到眼熟。忽然，老那家一拍大腿，明白了，写这个大字的就是当今皇上，怪不得这个字这么眼熟。老那家再仔细看这两句诗，"梅"字让他心里开了窍。他想，旗人喜吃肉食需要喝酸，那酸梅能不能做酸汤子呢？他用酸梅试验了几次，果然也能做成酸汤子，口感还比玉米面做得更清香爽口呢！于是他就用酸梅代替玉米面做酸汤子，又快又好，生意因此越来越好。他干脆把"酸汤子"名也改了，就叫"酸梅汤"了。老那家很聪明，不久就把茶馆开到了北京前门。

慈禧太后听完这个故事，兴冲冲地对同治说："往后，我可以让御茶坊去前门老那家学学做这个酸梅汤。但你出宫一定要告诉额娘。"同治连忙答应了。

不久，同文馆开张，学习英语、法语、俄语、德语、日语等新课程。同治很高兴，举行国宴请奕䜣、曾国藩、李鸿章、左宗棠等满汉大臣，为了让他们放心喝酒，同治让御膳房端出了酸梅汤。满汉大臣直夸这酸梅汤好喝呢。

后来，清宫御茶坊把那家茶馆的酸梅汤又做了改进，配方是：酸梅、甘草、红枣，加点白糖，煮成红枣酸梅汤；或者用绿豆、酸梅，加白糖煮成绿豆酸梅汤。绿豆酸梅汤能够清热解暑、生津止咳。在同治的推广下，酸梅汤很快在朝廷流传开了。后来秘方外传，京城的九龙斋因经营清宫酸梅汤而有了名气。

　　酸梅汤在满族中流传最广，不仅北京、东北的旗人喜喝这种饮料，而且随着八旗在各地驻防，杭州、广州的满营都流行开了。至今我这个在上海的满族人家也经常喝酸梅汤呢！

第五十三章　光绪学英语

　　北京、上海的满族老人都说光绪帝是一个开明君主，讲过他许多关于变法图强的故事，其中他是我国皇帝中主动学习英语第一人的故事更为他们所津津乐道。

　　一八六二年清廷设立同文馆准备培养外语人才，但是，刚开始招生很困难，因为那时人们以为学洋文是对传统教育的离经叛道，汉人学生顾及名分不愿学，只好从八旗官学中挑选了十名学生入学，朝廷给了他们优厚的待遇，但这十名学生在公开场所都不说自己是同文馆学生，可见当时学习外语有多困难！

　　一八九二年，光绪帝在乾清宫下朝后，把出国多次的李鸿章留下了，问起他日本明治维新的情况。李鸿章说："日本的国土很小，但明治维新后迅速崛起，原因之一就是他们国家重视学习英语，以此为基础，学习了西方的法律制度，这是明治维新的主要内容。"光绪帝从他那里知道了学习外语的重要性。

　　光绪帝准备在中国推行维新之道，这就需要君主先学好英语，他把这个想法告诉自己的老师翁同龢，不料这位支持皇帝革新的儒士对他热衷于学习外语却不以为然，认为学好儒家学说才是为君之道。

　　光绪帝从老师那里只得到了一桶冷水，只好把自己的想法对同文馆总教习丁韪良讲，不料得到丁韪良的大力支持。丁韪良说："三十年前入学同文馆的张德彝可以是你最好的英语老师。他是旗人，多次到欧洲游历，他参加过翻译吴尔玺英文的《公法便览》。《公法便览》是国际法必读书，说明他的英语已经很好啦！他现在出任总署英文正翻译官。"光绪帝大喜，让张德彝赶紧进宫教他英语。丁韪良还给光绪帝介绍了另外一位教英语的老师是同文馆毕业的沈铎。光绪帝就开始学英语啦，那时他刚二十一岁。

　　光绪帝仍然还要学汉文、满文和蒙文，现在又加上了外文，每天学习很紧张，清晨四点钟就开始学了，但他把英语放在第一课，由张德彝和沈铎轮流上课。为了显示作为皇帝英文教师的尊严，光绪帝允许他们在自己面前坐着上课，而其他皇族和大臣还跪着。光绪帝的英语阅读和写作水平进步很快，但口语差，因为两位老师哪敢去纠正皇帝的发音啊？

张德彝为了教光绪帝更快地掌握英语语法，编写了一本英文文法讲义《英文话规》(该书一九〇九年由京华印书局出版，将英文分为九类进行分析)，因此光绪帝对英语语法很快就掌握了。

光绪帝非常用心地学英语，以致他的汉文老师翁同龢说："上于西文极用意也。"一眨眼，三年过去了，他已经能看一些英语原作了。

一八九八年戊戌变法前康有为的弟弟康广仁也曾在上书房教光绪帝英文，光绪帝对英语一直有兴趣。

光绪二十九年，光绪帝在瀛台住。一天，太监总管李莲英来请他，说是慈禧太后请他一起接见客人，光绪帝很不安，因为戊戌变法失败后，很少有这样的机会。

光绪帝着皇帝正装急匆匆赶到养心殿，只见慈禧太后和庆亲王在那里，旁边还有两个漂亮姑娘。慈禧太后乐盈盈地对光绪帝说话："那是我给你找的英语老师，我也准备学呢！"

光绪帝这才敢仔细看慈禧给他找的新英语老师：一对姐妹都穿着红色鹅绒外褂西装，分外妩媚。光绪帝不知哪位才是自己的老师。

慈禧太后笑着说："姐姐才是你的英语老师。她懂八门外语呢！"光绪帝肃然起敬，庆亲王捋胡子直笑。

原来这对通晓外文和西方礼仪的姐妹是清朝公使裕庚的女儿，大的叫德龄、小的叫容龄，被慈禧太后留在身边当紫禁城女官。

此后，德龄郡主就是光绪帝的新英语老师了。当时每天教学一个小时英文，德龄夸学生光绪帝天资颖悟，记忆力绝强，英文书法极佳，缺点是发音不够清晰。嗨嗨，到底是见过洋世面的，敢于指出皇帝的缺点！

光绪帝的英语进步鼓舞了慈禧老太太，当时已年近七十的她，也要学英文了，但岁月不饶人，学了两课后，就挂科不学了。

德龄在一九一一年出版的《清宫两年记——清宫中的生活写照》一书中是这样说她的学生的："我每天早晨碰见光绪皇帝。他常常趁我空闲的时候，问我些英文字。我很惊奇他知道的字这样多。我觉得他非常有趣，两眼奕奕有神。他单独和我们在一起的时候，就完全变成另一个人了。他会大笑，会开玩笑……他，在中国实在是一个聪明又有见识的人，他是一个出色的外交人才，有极丰富的脑力，可惜没有机会让他发挥他的才能……他是一个天才的音乐家，无论何种乐器，一学就会。他极喜欢钢琴，常常叫我教他……我们常常谈到西方文明，我很惊异他对于每一事物懂得那样透彻。""夏天我比较空闲，每天能有一个钟点的时间替皇帝补习英文。他很聪明，记忆力又惊人的强，所以进步很快，然而他的发音却不很正确。不久他就能够阅读一般学校英文读本中的短篇故事了，而且能够默写得很好。他的英文字写得非常美丽，对于古字、美术字等尤为擅长。"

德龄为什么对光绪帝念念不忘呢？因为光绪帝为她实现了婚姻自主。

事情是这样的：德龄活泼天真，还有老练的社交能力，赢得了慈禧太后的青睐。慈禧太后很喜欢这个女孩子，想给她许个好人家。在慈禧太后看来，大臣荣禄的公子巴龙就是德龄最好的对象，但德龄自己并不看好这门亲事。

慈禧太后将德龄的拒绝理解为惧怕未来的婆婆，于是安慰她说：实在怕婆婆的话，就住在宫里头，有我在一日，你婆婆就不敢欺负你一日。德龄还是拒绝，慈禧太后不免觉得没面子，于是生气了。

德龄把这件事告诉自己的学生光绪帝，光绪帝很支持她对婚姻自主的主张，就在慈禧太后提亲前，建议德龄去天津采办年货，使德龄躲过了一次太后提亲。

光绪帝又告诉德龄，这件事要求李莲英，他才能真正说服太后。后来德龄苦苦哀求李公公想办法，李公公说了声"尽力"。果然，他一"尽力"，老佛爷慈禧太后就不再提这桩婚事了。

一九〇五年，德龄以父亲病重为由，请假离开皇宫，慈禧太后恩准了。临别时慈禧太后哭得泪人儿一样，光绪也很神伤，用英文说了一句："Good luck."送别了自己的英语老师。

德龄后来嫁给了外国驻华使节，她用英文在报刊上发表了《清宫两年记》，引起了轰动，作家秦瘦鸥等人将此回忆录翻译成了中文。抗战期间，德龄跟随宋庆龄为抗日救国四处奔波。一九四四年，她五十八岁时在加拿大死于车祸，太可惜了！慈禧太后那时早已作古，否则她还不定哭成个啥样哪！

再说光绪帝学习英语的事得到了李鸿章等人的支持，他们称这是皇上圣明的重要表现，当时的《万国公报》甚至刊登"天聪明"的大幅头条来张扬这件事哪！

光绪帝学习英语的事影响很大，使皇亲国戚兴起了一个学习外语和西方文明的热潮，如肃亲王在他的府上为女眷办起了学校，学校墙上挂着植物学、动物学的图片和其他图表，还有一架唱歌、跳舞、做健美操时用的美国风琴。课程中不但有英语还有日语。

光绪帝学习英语的事还影响了他下一个皇帝宣统。宣统皇帝溥仪是跟英国人庄士敦学的英语，溥仪为酬谢庄士敦，赏他"头品顶戴，毓庆宫行走"的官衔，月俸银圆一千元。溥仪能读《伊索寓言》《金河王》《爱丽丝漫游记》英语原文，后来，庄士敦要求用英语翻译"四书五经"，溥仪由于古文基础好，译文让庄士敦相当满意呢！

第五十四章　宫廷婚礼

　　清代皇帝结婚称为"大婚"。在清宫中举行大婚的有五位：顺治、康熙、同治、光绪和溥仪。其余几位皇帝登基时已经结婚，都是在原来的王府中举行婚礼的。我们以光绪帝的婚礼为例，来看一看隆重、华丽的清宫婚礼。

　　首先是挑新娘子。光绪帝的皇后隆裕是慈禧皇太后亲自挑选的。光绪帝爱新觉罗·载湉是慈禧妹妹叶赫那拉·婉贞的儿子；隆裕皇后叶赫那拉·静芬是慈禧弟弟叶赫那拉·桂祥的女儿。一个是妹妹的儿子，一个是弟弟的女儿，挺般配，又符合亲上加亲的原则，慈禧太后就给他俩定了亲。

　　隆裕是最后一个从大清门入宫的皇后，婚礼举行得相当隆重。据光绪的老师翁同龢日记所记：清光绪皇帝大婚花了五百五十万两白银。很昂贵呢！这么多钱花到哪里去了？

　　先看"婚前礼"。首先要举行纳彩礼。"纳彩礼"，即"媒妁传言，女家已许，乃使人纳其彩择之礼"。光绪十四年十一月初二，举行纳彩礼。

　　那一日晌午之前，光绪帝钦命的正副使臣恭恭敬敬地来到太和殿前，先听宣制官向他们宣布皇帝的命令："皇帝钦奉慈禧太后懿旨，纳副都统桂祥之女叶赫那拉氏为皇后，命卿等持节以礼纳彩。"然后三跪九叩，接受由大学士所授的金节（即金符节），再率领仪仗队伍浩浩荡荡地出东华门前往皇后府邸，沿途百姓夹道围观，喜气洋洋。

　　到了东城朝阳门内方家园胡同的桂公府皇后娘家，即桂祥家。在清朝的"国丈"中，桂祥是最穷的一个，平时靠吃"副都统"俸禄，刚刚能维持一大家子的温饱，但那天桂祥还是一副生气勃勃的样子，不管怎么说，他成为真正的国丈啦。

　　皇帝的正副使节从桂公府中门进入后，内务府其他官员小心翼翼地捧起纳彩礼物——十副鞍辔、十副甲胄、一百匹缎、二百匹布、一个金茶筒、两个银盆等，恭恭敬敬地摆在了大厅内的黄色案子上；卫士们则把纳彩礼物——四匹白马牵到了正厅台阶之下；掌仪司官员将乐队布置在仪门外的左右廊下。正副使节登上台阶，正使极其郑重地将金节陈放在厅内中央的案子上，再与副使分别站到节案的东西两侧。这时，皇帝未来的老丈人桂祥率领全家男性成员在厅门外跪地北向金节，如同面对皇帝一样聆听正使传旨，之后行三跪九叩大礼，收下礼品。当天傍晚，桂公府张灯结彩，举行盛大的纳彩宴会，宴席佳肴美酒都是皇帝赐的，所以宴会结束，桂祥等人要朝皇宫方向行三跪九叩之礼，以谢皇帝赐食之恩。

两天后，举行大征礼。

大征礼是向女方家下聘礼，或者说送彩礼。分两部分：一部分是给未来的皇后的，用七十四座龙亭分载，礼物大多是名贵的衣料首饰等；另一部分是给皇后父母的，由五十四座彩亭分载，有黄金二百两、白银一万两，还有各种金银器皿、布匹绸缎、马匹、甲胄、朝服，等等。礼仪程序与纳彩礼差不多，不过给皇后的礼物还得随嫁妆带回宫去。

光绪帝的"婚前礼"——纳彩礼、大征礼后，还要进行册立礼、奉迎礼、合卺礼、庆贺礼和赐宴礼等，每一礼仪都很隆重，也要花去很多钱。

许多礼仪都要摆宴庆贺，其中，皇帝、皇后大婚典礼后在洞房内进行的"合卺宴"最为隆重。"卺"原意为把瓠分成两个瓢，"合卺"即新婚夫妇各拿一瓢饮酒。这一程序是婚礼中最为关键的礼仪，是婚礼中的高潮。《清光绪朝大婚红档》记载了光绪帝和皇后隆裕合卺宴的详细情况：

光绪十五年正月二十七，坤宁宫洞房布置得喜庆华贵。合卺礼于酉时开始，在洞房的南边炕上，光绪帝坐在左边，皇后坐在右边。中间摆放一张黄地龙凤双喜字红里膳桌，上面摆着一对赤金双喜字金大盘，分别盛着完整烹制的猪、羊叉（后腿）；一对赤金双喜字大碗，分别盛着燕窝双喜字八仙鸭、燕窝双喜字金银鸭；四只赤金双喜字盘，分别盛着燕窝"龙"字拌熏鸡丝、燕窝"凤"字金银肘花、燕窝"呈"字五香鸡、燕窝"祥"字金银鸭丝，四样菜肴组成了"龙凤呈祥"的美好祝词。膳桌上还摆放着长寿面和子孙饽饽（饺子）等。菜肴和餐具都是成双成对的，象征着这对新人的幸福、美满。

合卺礼开始后，在一旁侍候的已婚福晋告诉皇帝、皇后要夫妻一起用膳，一同举筷，这就是"夫唱妇随"。同时，由结发的侍卫夫妇在洞房外用满语唱《合卺歌》，表达吉祥美好的祝愿。

用膳时，皇后用筷子夹起一只子孙饽饽，在一旁的福晋大声地问皇后："生不生？"皇后应声答道："生！"然后入口，这就寓意着以后子孙满堂。

接着，皇帝、皇后再用连着红丝线的筷子吃长寿面，寓意表示以后能夫妻白头偕老；又一同饮交杯酒，寓意夫妻彼此交心。喝完交杯酒，隆重的合卺礼才宣告结束，"婚成礼"圆满成功。

婚成礼后还有"婚后礼"，婚后礼分为庙见、朝见、庆贺、颁诏、筵宴等。

洞房各礼行过之后，皇后必须要和皇帝一起去皇家的宗庙祭祀，称"庙见"，以求得祖先神灵的接纳。朝见礼是挑好日子皇后到慈宁宫向皇太后所行之礼，光绪帝夫妇的朝见礼在二月初二辰时，皇后与妃嫔先向婆婆慈禧太后递送如意，献茶敬酒，小心地侍奉着。然后再进行庆贺礼。庆贺礼主要宣读贺表，皇帝大婚是国家庆典，王公大臣都要在丹陛之下进献贺表。颁诏礼是宣诏官登上天安门城楼用满汉两种语言宣读诏书的仪式，并要事后刊印颁行天下。

筵宴礼上光绪帝的宴桌安排在太和殿内正中，皇后的父亲及王公的宴桌分设在皇帝宝座的东西两侧，由进爵大臣先后为光绪帝、桂祥、宗族以及参与宴会的大臣敬酒。宴会中表演武舞庆隆舞和文舞喜起舞，还要表演蒙古乐曲、高丽筋斗、回族乐、粗缅甸乐等。

舞乐结束后甩鞭三响，宣告皇帝大婚顺利结束。

清宫婚礼其实不光继承了满族的习俗，也融入了汉族的礼俗。早先满族民间的婚礼有林中婚、水上婚等，充满浓郁的山林游猎色彩。到了清代，满族农耕大为发展，很多地方已经和汉族农耕并驾齐驱，汉族婚礼中的六礼也被普遍接受，如有"议婚""纳彩""纳币""请期""请迎"等，当然还有一定的满族习俗，如吃子孙饽饽、唱满语的《合卺歌》，新娘子仍然是天足等。俗话说：满族的规矩重，包括婚礼中的规矩，我这个满族孩子当年结婚也是认真按礼进行的。清宫中的婚礼是满族风俗吸收汉族文化后发展的典型。

第五十五章　贪吃的小皇帝

　　清朝最后三朝都是娃娃皇帝，稚气未脱。满族人至今还流传着这些娃娃皇帝的趣闻轶事呢！

　　最小的溥仪三岁就当上了万人之上的小皇帝，但是他毕竟是个孩子，贪吃爱玩。那些伺候在身边的太监们每天跟着他团团转，逗他玩，哄他吃。

　　小溥仪六岁了。有一次，看到桌上有一盘栗子，喷香喷香的，伸手抓起一个就咬，"嘎嘣"一声，差点儿没把门牙给崩下来。"哎哟，我的小祖宗，这得剥了壳吃。"御前太监说着给他剥起壳来。小溥仪吃了一个大声说"好吃"，太监见他爱吃，又剥一个，"好香"，再剥一个……直剥到太监手指甲生疼，小溥仪还在嚷嚷"再剥一个，再剥一个……"不一会儿，小肚子胀了起来，吃饭时一口饭也不肯吃了。

　　隆裕太后知道了，叫人把小皇帝带来。御前太监领着哭哭啼啼的小皇帝来到养心殿东暖阁，太后把小溥仪拉在身旁，一边给他擦眼泪，一边心疼地说："肚子疼吧？以后可不能贪吃了。"接着呵斥太监说，"你们这些奴才，不仔细伺候皇帝，让他吃这么多栗子。栗子香甜可口，小孩子当然爱吃，多吃就胀肚了。"那太监知道闯祸了，吓得直哆嗦，头磕得咚咚响，差点儿没磕破了皮。从那以后一个月内，隆裕太后吩咐太监只准小皇帝吃稠米粥。害得小皇帝以后见粥直想吐。

　　自从栗子胀肚事件后，御前太监更是小心伺候，不敢再有差池。小皇帝可还是个不懂事的孩子。又一天，小皇帝和太监们在宫里玩，忽然，看到屋里长桌上放着一排食盒，太监们知道那是各王府送给太后的贡品，忙想把小皇帝引开，可是好奇的小皇帝"刺溜"一下跑了过去，众人眼睁睁看着他掀开一个盒盖，哇，一阵香味扑鼻而来，原来是酱肘子啊！小皇帝抓起一个就啃。上次犯错的太监可急坏了，这要是给太后知道了还了得？他一把把酱肘子给夺了下来，小皇帝大哭起来，边哭边抢，要夺回肘子。众太监赶紧连哄带骗，硬把他抱走了，小皇帝没吃着。

　　据一九〇九年一份紫禁城的伙食清单中，四岁的溥仪在一个月内就消耗掉了二百斤猪肉和二百四十只鸡鸭，可是老百姓哪里知道小皇帝要吃个酱肘子抢都抢不到啊！

第五十六章　皇子读书记

清朝皇子从小读书，从努尔哈赤的后金时代就开始了。

当时，女真的文化教育比较落后。努尔哈赤抓紧教育本族子弟，用龚正陆、方孝忠、陈国用、陈忠这些汉族文人教诸英、代善、阿拜、汤古代、莽古尔泰、塔拜、阿巴泰、皇太极等皇子，吸取中原文化。

其中聪明伶俐很爱看书学习的八皇子皇太极在努尔哈赤病逝后的天命十一年继承了汗王位，成为后金的天聪汗；后来又改"金"为"清"，成为清朝的第一位皇帝。

天聪三年，皇太极提出"以武功戡乱，以文教佐太平"，主持考试，选取了满、汉、蒙古生员二百人。他规定从天聪六年起，凡贝勒大臣子弟十五岁以下八岁以上的，都要读书，不得贪玩。

皇太极命"满洲圣人"达海在努尔哈赤时代创制的人名地名极易弄错的满文上酌加圈点，创制了有圈点的新满文；成立文馆委托达海等人翻译汉文经典，什么《刑部会典》《素书》《三略》《万宝全书》《资治通鉴》《六韬》《孟子》《三国志》，还有辽金宋元四代史书等，为满族继承汉族典籍提供了条件，也使清朝顺利入关。

皇太极把新满洲编入八旗，还设立了蒙古八旗和汉军八旗，促进了满族新共同体的产生。

皇太极听从鲍承先、宁完我、范文程、罗绣锦等汉官儒臣的建议，使清朝仿照明朝制度。

皇太极仿效王昭君和亲匈奴的故事，与蒙古和亲，化干戈为玉帛。

皇太极为清朝入主中原打基础的种种举措，都源自他当皇子时努力读书的结果。

清朝另外一位有作为的皇帝康熙，他对中国的统一贡献很大，创造了百年繁荣的康熙乾隆盛世，被世人称为康熙大帝。这位大帝在中国历史上执政六十年的成功仍然源自他当皇子时的刻苦读书。

康熙爷玄烨从很小的时候就开始读书了。他的启蒙老师是祖母（孝庄文皇后）为他选定的蒙古族宫女苏麻喇。在玄烨四岁那年年底，清宫内流行天花，诸皇子到紫禁城外避痘，玄烨也到宫城外一处宅邸避痘。苏麻喇就每天骑着马往来于慈宁宫（孝庄文皇后住所）和玄烨避痘所之间，手把手地教玄烨书写满文。玄烨后来的一手好满文，就是当时被小玄烨称为"额娘"的苏麻喇给打的基础。

康熙读书从来不间断。他有个同学就是《红楼梦》的作者曹雪芹的爷爷曹寅；康熙的老师很多，都是饱学之士。

最有趣的老师是傅以渐。傅以渐三岁能诵书、五岁读经史、十岁就博览群书了。清顺治三年开科大考，傅以渐穿着布衣素衫，骑一头毛驴颠颠地赶去考试。有人耻笑他说："自古只有骏马进朝门，现在毛驴也想上金殿？"他一笑了之。后来他以优异的成绩取得了殿试的资格。那天他登上金殿，面对皇帝，对答如流，才冠群士，语惊四座。玄烨的父亲顺治帝大喜，御笔钦点他为第一甲第一名，成为清代开国后的第一位状元，授宏文院修纂。后来这位骑毛驴赶考的状元成了玄烨的老师。

康熙的另外一位老师陈廷敬，是顺治十五年的进士。康熙当上皇帝后请这位老师当《康熙字典》的总裁官。

康熙从小就和其他皇子们一样受到老师的严格教育。每天早晨五点到下午三点，皇子们都在宫中上书房读书学习。他们读书也要像老学究似的正襟危坐，嬉哈不得；夏天不许摇扇子；午饭的时候，侍卫送上饭来，老师先吃，皇子们在另一旁吃。一年四季上书房只有元旦、端阳、中秋、万寿（皇上的生日）、自寿（自己的生日）这几天放假。

皇子们学习的内容包括满、蒙、汉等语言文字以及《四书》《五经》等儒家经典，与治国平天下的内容结合起来。学习经典的方法是：师傅摇头晃脑读一句，皇子装模学样跟一句，如此反复诵读上百遍，直到背诵如流。

由于清朝是"马上得天下"的，因此对皇子、皇孙的骑射训练十分重视。每天下午三点半左右皇子们放学后，吃过晚饭，还得上一节骑马射箭课。后来康熙帝干脆把这个训练放到木兰围场去啦！

清宫皇子刻苦读书已成满族的传统。如我的叔父毓嶦年已耄耋，通晓英文、俄文、日文，古文观止的文章倒背如流并能讲解意思，他仍然苦学不止。我们常夸他传承了祖先精气神。他说，不管生活发生多大变化，书不会弃你。对我们这些晚辈也经常叮嘱："少年易老学难成，一寸光阴不可轻。未觉池塘春草梦，阶前梧叶已秋声。"

　　我父亲常常引以为豪的是他爱读书，加上天智很高，琴棋书画都拿得起，即使是在读书无用论的年代，他也要求我不断读书，并常提及毛主席对康熙帝的高度评价和赞誉，并告诉我们，清朝吸取了明朝的历史教训，所以非常重视皇子的教育。

第五十七章　禁烟的传说

清朝第一个明令禁烟的是康熙帝。

康熙帝玄烨小时候有一段时间避痘在紫禁城外，不在自己的父母身边，学会了抽烟、喝酒。后来他的祖母孝庄太后告诉他：吸烟深害健康，极易引发火灾，太祖（努尔哈赤）、太宗（皇太极）、世祖（福临）时代外面种烟、抽烟很厉害，但他们都不抽烟，而且还禁烟。康熙明白了，自己将来要当皇帝一定要以身作则戒烟。抽烟这种嗜好在祖母的再三劝诫下，终于戒掉了。

孝庄太后还告诉他："大抵嗜酒则心志为其所乱而昏昧，或致病疾，实非有益于人之物。所以要自己'能饮而不饮'。"玄烨也改掉了喝酒这个不良嗜好，只在"平日膳后或过年节筵宴之日，止小杯一杯"。

孝庄太后还引导孙子培养健康兴趣，并给他找了很好的老师——如陈廷敬、苏麻喇等，又给他找了很好的同学——如《红楼梦》作者曹雪芹的爷爷曹寅等，培养起玄烨"独嗜图史"的浓厚兴趣，这一嗜好伴其终身。他"早夜诵读，无间寒暑，至忘寝食"，以致孝庄不无责备地对孙儿说："哪有像你这样的人，贵为天子，却像书生赶考一样苦读呢？"

玄烨八岁登基后，仍然每天到慈宁宫给孝庄请安，顺便常和祖母商量朝廷大事。十六岁亲政后，有一天，康熙帝向祖母问安后，一脸的不高兴，也不吱声。孝庄忙问他："孙儿啊，又遇什么烦心事啦？"

康熙帝打个唉声，说："今天我看到很多大臣聚在一块堆偷偷吸烟，真可恶！"

孝庄太后说："法不责众，既然有很多人吸烟，你就不能靠一个法令就禁止了。戒烟是个长功夫慢功夫，你要有耐心，逐步说服他们。"康熙帝听了祖母这番教导，心里有了底。

一天，秋高气爽，康熙帝趁大伙儿心情好，在乾清宫与众大臣说："朕可以饮酒一斤，但从来不这么喝。我的太祖、太宗、世祖都不抽烟，我小时候抽烟，但后来知道这是耗气的东西，戒了。你们是否可以少抽一点烟呢？"

那些会抽烟的大臣，你看看我，我看看你，谁也不出声。有的心中打鼓：皇上会不会要拿我们问罪啊？有的暗自盘算：爱抽烟的人多着哪，且看他人怎么说。

康熙帝见大伙儿不表态，又接着说："我也抽过烟，知道戒烟的难处，所以我给你们三个月的时间，一定要逐步减少。这三个月里，忍不住的可以下朝后回到自己家抽点，三个月后，哪儿都别抽了。如何？"

那些会抽烟的大臣体会到康熙帝的体贴入微，又佩服这位少年天子的戒烟毅力，都趴地叩谢："谢皇上英明大度！"

康熙帝又说："吸烟深害健康，极易引发火灾，朕先禁近臣，尔后再禁一般百姓。"

康熙帝这一番道理，说得大家心服口服，宫廷里抽烟日渐减少了。

不到三个月，康熙帝要去江南巡视，他故意将两个烟瘾很重的大臣带在身边一起去，他要看看他俩的戒烟情况。这两个人一个叫陈文简，一个叫史文清。哪承想，他俩还是烟袋不离手，烟嘴不离口，整天里喷云吐雾。到了德州（现为山东省德州市），安顿好了就寝地点，康熙帝把他们二人召去了，说："两位爱卿，旅途辛苦了。朕今儿赏赐你俩一人一个烟袋。"

两人接过一看：哇，是十分精致的水晶烟袋哪！透亮闪光。两人啧啧称奇。

康熙帝说："咋样啊？装上烟试试？"

陈、史二人兴奋不已，以为皇上真的赏赐他俩呢！当即就在这水晶烟袋里装上烟吸给皇帝看。不料这水晶烟袋看起来精致美观，却是个实心葫芦，里面根本没有通烟口，他俩收瘪了腮帮子，却怎么也吸不着烟。

康熙帝哈哈大笑，说："我这一路上看你俩是抽烟高手哪！怎么，这水晶烟袋不好使？"

陈、史二人自然不是那种愚昧之人，对于康熙帝的这一"恩赐"已心领神会，于是两位大臣立马戒了烟，还上书皇上下旨禁止天下人抽烟。一时间上行下效，不但朝臣中再也不敢上朝时吸烟了，民间的抽烟者也大大减少了。

江南常熟人蒋陈锡后来写了《凤池集·德水恭纪诗》咏颂这件事：

碧椀冰浆激滟开，肆莛先已戒深杯。

瑶池宴罢云屏敞，不许人间烟火来。

过了一段时间，友好邻邦朝鲜半岛的李朝王国进贡来上等烟一千匣，康熙帝知道如果留下这礼物，朝臣中抽烟一定会死灰复燃，果断地派人送回去。

当时的翰林院检讨尤侗又有诗云：

请看万匣高丽种，未许深宫近至尊。

可见康熙帝禁烟决心有多大！但戒烟之事并非一蹴而成。清朝皇帝本身不抽烟，但戒烟的反复很大。

雍正十三年，有一天天气不大好，刮着风。大臣张文斌看到大臣、侍卫等竟不顾刮风天在乾清门肆无忌惮地吸烟，奏请皇上降旨禁止在宫内吸烟，雍正帝赞成张文斌的意见，紫禁城内即为禁烟之处，严禁乾清门内外吸烟。

乾隆元年，身为礼部侍郎的方苞在《请禁烧酒种烟第三札子》的札奏中称："上腴之田半变为烟圃，五谷之美半化为糟醨，民间积贮日少；若迭遇水旱，虽尽发太仓、常平之积粟，费数十百万之国帑，实不能遍济千百万之穷民，思之令人寒心……"把禁烟戒酒与朝廷的经济收入联系起来，力主禁烟戒酒。

乾隆二年，宫廷内围绕禁酒、禁烟问题展开了一场论战，方苞的禁烟戒酒主张遭到吏部尚书孙嘉淦和两江总督尹继善等人的攻击。乾隆帝为这两种意见召开了"九卿会议"，专门讨论禁酒禁烟事宜。在这次会议上，禁烟派和反禁烟派各陈利弊，针锋相对地展开争论，以反对施行禁令者居多。孙嘉淦在奏折中指责方苞的主张纯属空谈，方苞本人也承认，在这次会议上"谓不宜禁者十之七八"。乾隆帝在孙嘉淦的那份奏折上做了朱批："若将此发议，于国体甚有关系，朕自有酌量也。"

经过这一场辩论，乾隆帝把宫廷禁烟上升为国家法律，《大清律例》规定云："凡紫禁城内及凡仓库、坛庙等处，文武官员吃烟者革职，旗下人枷号两个月，鞭一百。民人责四十板，流三千里。又紫禁城内大臣侍卫员吃烟者，派出看门护军查拿被获，除照例议罚外，照其官职加取一个月俸银给予拿获之护军。跟随人被获，除照例责打外，亦向伊等之主取一月俸银给予。如护军校不行拿获，革去护军校，不准折赎，鞭一百，枷号两个月。护军不行拿获，鞭一百，枷号五个月。闲散执事之人照例鞭一百。"朝廷禁烟力度大大加强。

从嘉庆帝起，朝廷禁烟主要是指禁大烟，即鸦片烟，一般烟草已经不是重点了。

第五十八章　姓名趣闻

最近这几年，作家二月河写康熙、雍正、乾隆那几本书都很畅销，电视屏幕上常有清朝题材的电视剧的播出，有报道说"台湾溥字辈和溥仪相差六十岁，不可能是一个辈"，引起了我的好奇。

满族老人爱讲三天女佛库伦的神话故事，毓嶦叔就不止一次地跟我说过这个故事：说很久很久以前有一天，天女三姐妹到长白山之东布库里山的布尔湖里洗澡，小妹佛库伦吞食了喜鹊衔来的朱果生了个儿子。这孩儿到俄漠惠之野的俄朵里城，对众人说："我是天女所生，姓爱新觉罗，名布库里雍顺。天生下我就是要我来平息你们争斗的。"后来因为他真的平息了三姓人的械斗而被众人奉为满洲的创始人。这个故事被郑重记载在《清太祖武皇帝实录》《满洲源流考》《东华录》等清代文献中。

随着这则故事的流传，大家都知道了建立清朝的皇室是姓爱新觉罗，按照《五体清文鉴》等清朝满汉文等多种文字的词典记载，爱新觉罗应为"金"姓。实际上满族人同宗不一定同姓，这个习俗在爱新觉罗氏族中也有反映。如爱新觉罗氏中即使是同一个父亲，三个儿子的姓也不统一，老大姓金，老二姓罗，老三姓庄。平时人们只称名，不称姓，这是清朝初年的满族习俗。如首任黑龙江将军富察·萨布素，人们称他为萨大人，而不称他为富察大人。关于他的说部（长篇英雄传说）已经由吉林人民出版社出版，叫《萨大人传》。这个习俗也许和满族的姓氏源自地名、部落名，甚至是部落图腾有关吧。到清代中期以后，才改变了满族"称名不称姓""父子不同姓"的文化习俗。

清朝的皇族，是从清太祖努尔哈赤的父亲塔克世辈开始算起的，分为"宗室"和"觉罗"两大类。凡属塔克世本支的，就是努尔哈赤及嫡亲兄弟以下子孙归入"宗室"；塔克世叔伯兄弟支系的归入"觉罗"。宗室身系黄带子，觉罗身系红带子。到清末爱新觉罗家族已经有二十万人口啦。

后金与清朝初年的皇族起名字都很有意思。别看努尔哈赤被尊为清太祖，他那个名字，意思却是"野猪皮"，那是满语翻译过来的。原来居住在长白山一带的努尔哈赤父母希望自己的大儿子能像森林里的野猪一样勇猛无敌，像野猪皮一样坚韧，就给他起了这个名字。努尔哈赤的三弟"舒尔哈齐"也是从满语翻译过来的，意思是"小野猪皮"。努尔哈赤的另一个弟弟"雅尔哈齐"，意思是"豹皮"。努尔哈赤的第十四子——后来统一中国有赫赫功名的摄政王"多尔衮"的名字实际上是"獾"的意思。努尔哈赤的侄子阿敏的儿子"固尔玛浑"，是"兔子"的意思。努尔哈赤的嫡长孙"杜度"，是"斑雀"的意思。努尔哈赤的外甥"库尔缠"，是"灰鹤"的意思……总之爱新觉罗家族的长辈都期盼孩子长大能像飞禽走兽一样灵活快捷、骁勇善战，所以起这些有趣的动物名。当初，这个习俗在满族中普遍流行。

爱新觉罗·济尔哈朗，是舒尔哈齐第六个儿子，努尔哈赤的侄子。济尔哈朗受封为和硕郑亲王，是清朝"铁帽子王"之一。说到铁帽子王，这里给大家解释一下：铁帽子王是对清代世袭罔替的王爵的俗称。整个清代共有十二家铁帽子王。皇帝按"功封"诏定清朝初年的八位铁帽子王是：和硕礼亲王（代善，努尔哈赤次子）、和硕睿亲王（多尔衮，努尔哈赤十四子）、和硕豫亲王（多铎，努尔哈赤十五子）、和硕郑亲王（济尔哈朗，努尔哈赤弟舒尔哈齐六子）、和硕肃亲王（豪格，皇太极长子）、和硕承泽亲王（硕塞，皇太极五子）和多罗顺承郡王（勒克德浑，努尔哈赤次子代善三子萨哈璘次子）、多罗克勤郡王（岳托，努尔哈赤次子代善长子）；清朝中后期皇帝所"恩封"的四位铁帽子王是：和硕怡亲王（胤祥，康熙帝十三子）、和硕恭亲王（奕䜣，道光帝六子）、和硕醇亲王（奕譞，道光帝七子）、和硕庆亲王（奕劻，乾隆帝十七子永璘六子绵性长子）。回过头再说济尔哈朗，史籍上称他"亲历战阵，躬冒矢石，决策于万众之中，制胜于千里之外"。这位和多尔衮同为摄政王的满族人起的是一个蒙古名字，意思是"幸福、快乐、开心"。

一个满族人为什么取了个蒙古名呢？

满族故乡在我国东北地区的东部，西部是蒙古草原，没有不可逾越的天然屏障，两个民族互相交往，不仅在血缘上彼此融合，文化上也有许多交流。满族人取蒙古名，就是这种交流的反映。

这种起名方式当时也很时尚。努尔哈赤的第十个儿子叫"德格类"，就是蒙古语的"紧身短上衣"；清太宗皇太极又名"阿巴海"，也是蒙古名，意为"尊如兄长"。济尔哈朗的二哥叫"阿敏"，蒙古语意为"气息""生命"等等。

在清宫里也有外族人改成满族名字的，最有代表性的就是康熙帝的启蒙老师苏麻喇。苏麻喇是科尔沁草原上的蒙古族姑娘，蒙古名字叫"索玛勒"，意思是"毛制的长口袋"，大概当时她额吉①生她时跟前正好有个毛制长口袋，因为蒙古游牧民习惯用孩子降生时眼前的物件为名。这"毛制的长口袋"小时候在贝勒宰桑家当使女，天命年间跟着大玉儿（孝庄文皇后）到了盛京宫中，大玉儿把她的蒙古名字改成意思差不多的满族名字叫"苏麻喇"（后来宫里人尊称她"苏麻喇姑"），意思是"半大口袋"。无论是"毛制的长口袋"还是"半大口袋"，这么普通的称呼都是为了好养活。

爱新觉罗家族和满族还喜欢以数起名，数字往往是以这个孩子出生时自己还健在的祖辈的年岁来取名的，比如，奶奶五十九岁了，孙儿就叫"五十九"；爷爷六十八岁了，孙儿就叫"六十八"……表达了人们延年益寿的愿望，也反映了满族的敬老习俗。

康熙朝开始，满族受汉族文化影响越来越深，给子孙取名也采用辈分字了。如康熙帝他有三十五个儿子，使用"胤"字作辈分字。他还规定儿辈为"胤"字，孙辈为"弘"字，曾孙为"永"字。

乾隆帝取"永绵亦（奕）载"四字为近支宗室的字辈。一七七六年，又规定以后皇嗣取名，"永""绵"二字改用"颙""旻"；而别的人还是用"永""绵"作字辈。

道光帝钦定了"溥毓恒启"四字作为"载"字以下的字辈。

一八五七年，咸丰帝又续拟了"焘闿增祺"四字，作为"启"字以下的字辈。

一九三七年，溥仪主持修过爱新觉罗家谱，又新增："敬志开端，锡英源盛，正兆懋祥"十二字，作为"祺"字以下的字辈。

在《爱新觉罗宗谱》中，乳名和小名很多，如小桂、小柱、小贝、大喜等。希望下一个生女儿，就干脆给男孩起名叫二凤、芯莲、牛妞等女孩名字。这些都是清宫姓名的趣闻呢！

---

① 额吉：蒙古语，即母亲。

第五十九章　宫廷的请客宴席

　　清朝是多元一体的中华民族最后形成期，因此清帝的请客宴席比明朝多一些。皇帝请客的清宫筵宴则由光禄寺、礼部的精膳清吏司及御茶膳房共同承办的。御膳房设官员及厨役等三百七十多人，御茶房及清茶房一百二十多人。光禄寺、精膳清吏司仅官员就有一百六七十人。

　　清帝的请客宴席最隆重的是太和殿国宴。太和殿俗称金銮宝殿，是清宫面积最大、规格最高的一座宫殿。除了元旦、冬至、万寿（皇帝生日）三大节的庆贺外，新皇帝登基、新授官员谢恩、宣布殿试名次和出师命将等重大的国家典礼，都在太和殿内举行。

　　每年元旦，清朝宫廷要举行招待蒙古族王公及外国使节等庆贺新年的国宴。国宴前太和殿布置得庄严肃穆，正中悬挂着御题匾额"建极绥猷"，这四个字庄重地告诉世人：君临天下，建立雄伟强大的国家，安抚海内的藩属，创万世之功业。拂晓时分就点起殿内外巨烛、檀香、松柏等香料，午门响起钟鼓，殿檐下开始奏乐，光禄寺銮仪使率官校来到殿前。在殿内宝座前为皇帝摆设御膳桌与各民族代表宴桌一百零五张。两旁卤簿之外，各设八个蓝布幕棚，棚下设三品以下文武官员的宴桌，外国使臣的宴桌设在西班之末。在太和殿前檐下的东西两侧，设中和韶乐和理藩院尚书、侍郎及都察院左都御史等人的宴桌。丹陛上设四十三张宴桌，供二品以上的世爵、侍卫大臣、内务府大臣及参加喜起舞、庆隆舞的大臣等入宴。乐部率和声署在太和门内檐下，东西两侧设丹陛大乐。

　　太和殿国宴原先要设宴桌二百一十席，乾隆四十五年减去了十九席，嘉庆、道光以后又根据实际情况有所增减。国宴在中午十二点钟开始，王公大臣们穿着朝服，按朝班排立。午门上钟鼓齐鸣，太和殿前檐下开始奏"元平之章"乐曲。等皇帝坐上宝座后，奏乐也随之停止。接着，院内阶下鸣三下鞭，王公大臣们向皇帝行一叩礼。坐下后，便是进茶、赐茶、行谢茶礼；进酒、赐酒、行谢酒礼；进馔、赐馔、行谢馔礼等仪式。然后进舞，上演各种娱乐节目，以助宴兴。进舞的大臣原为十八名，嘉庆八年增为二十二名，他们都穿着朝服，两两依次进舞，舞完行三叩礼退回原处。舞蹈叫"喜起舞"与"庆隆舞"，是很有特色的满族舞蹈。然后进演蒙古乐曲和朝鲜族、回族等的杂技和百戏，筵宴进入高潮，最后鸣鞭奏乐，皇帝起驾还宫，其他人再随后退场，国宴宣告结束。

清帝也举行家宴。顺治、康熙年间，乾清宫是清代皇帝的寝宫和日常处理政务的重要场所。雍正以后，皇帝活动中心转移到了养心殿，乾清宫就用于举行内廷典礼或筵宴。每逢元旦、冬至、除夕及万寿等节日，皇帝都要在乾清宫举行内朝礼和家宴。

这里以乾隆二年的除夕家宴为例，看一下清宫的家宴是如何进行的。清朝皇帝平日多是单独进膳，但在中国人传统团圆日除夕这天晚上也要举行家宴，和皇后及众妃嫔们一起吃顿团圆饭。乾隆二年的除夕家宴也是乾隆皇帝继位以来的首次家宴，参加这次家宴的人数不多，有弘历当皇子时的福晋和侧福晋①。宴桌摆设是这样的：在乾清宫正中地平上，南向面北摆着乾隆皇帝的金龙大膳桌，桌上从里向外摆放八行肴馔。在皇帝金龙大膳桌的左侧地平上，摆着皇后的金龙膳桌。膳桌中间摆着花瓶、座碗盛放的佳肴与点心等。乾清宫地平东西向一字排开五个内廷宴桌。西边头桌为贵妃的，二桌为纯妃的，三桌为海贵人、裕常在的；东边二桌为娴妃的，三桌为嘉妃、陈贵人的。这五桌宴席，每桌也摆放有花瓶、座碗盛放的佳肴与点心。

下午五时半开始，乾清宫两廊下奏起了中和韶乐，在乐声中乾隆帝来到殿里坐上宝座。乐止后，皇后、诸位妃嫔入座，家宴正式开始。先进热膳，大家开始品尝各种佳肴与点心。进膳完毕，总管太监向乾隆帝跪献奶茶，乾隆帝饮后，才献上皇后及诸位妃嫔的奶茶。然后进酒馔桌。总管太监跪进"万岁爷酒"，乾隆帝饮完后，才进皇后、诸位妃嫔等位的酒。家宴进行到最后时刻进果桌，也是先呈进皇帝，再送皇后和诸位妃嫔。家宴结束时，中和韶乐再次奏响，乾隆帝离座，后妃们出座跪送皇帝还宫，然后才能各回各的住处。

清宫中还有一种"凉棚宴"。凉棚宴是清帝在长至节举办的一种御宴。长至节本是冬至，因为冬至是"秋决"（处决死囚）之日，所以清宫的长至节后移到冬至的第二天。清军入关后，许多满族王公贵族开始骄

---

① 侧福晋：满语，小老婆。

逸挥霍起来。康熙帝为了提醒他们不要奢侈败国，便在长至节那天让大家冷饮冷食，重温艰苦的狩猎和征战生活。这凉棚宴可真够受的！简陋的凉棚就用蓝布搭建在外面。宴会在清晨五点钟就开始了，地点在午门外至太和殿这段路上，除皇帝独坐宝座外，所有的赴宴者都坐在棕毯上，靠火盆取暖，但那时天寒地冻，四处漏风，吃的又是冻饽饽、冻果子，很多与会者都冻得牙打战，身哆嗦。而宴会时间还很长，经过奏乐、唱赞、行受茶礼、受酒礼、受馔礼……还有什么隆庆舞、喜起舞、蒙古乐、金川乐、番子乐、番童戏等礼仪和节目，直到上午九点来钟宴会才结束。北京老百姓现在还称这凉棚宴是"冻人儿吃冰食儿"。

茶宴也是清帝的请客宴席之一。清宫茶宴始于乾隆初年，每年正月初二至初十的某一个黄道吉日在重华宫举行。乾隆十一年，确定参加茶宴的人数为满汉大臣、王公十八人，后又增至二十八人，乾隆帝认为此数符合"周天二十八星宿"。参加茶宴的大臣为皇帝亲自选定。与宴大臣进入乾清门由御花园漱芳斋东旁门入重华宫赴宴。茶宴时，皇帝亲自到重华宫正殿，王公席位在重华宫西配殿，大臣席位在重华宫东配殿。重华宫东西配殿设摆矮桌十张，每张桌上摆两份茶碗、果盒及笔墨纸砚。茶并不是"清香醇厚"的香茗，而是用梅花、佛手、松子仁加雪水烹制的"三清茶"。圆鼓式的果盒内装的是清宫特制的满洲饽饽和各式蜜饯果丁。茶宴中，要按规定的题目作诗联句。联句有对景物节令的赞颂，也有对重大政治事件的纪念。茶宴之后，皇帝要对诸臣进行颁赏，有荷包、如意、画轴、砚台等。茶宴作诗联句高雅会友，所以有"重华文宴集群仙"之称。

清帝的请客宴席还有千叟宴、野宴、婚宴、寿宴等等，五花八门。

后　　记

　　出版一本满族故事书是我十几年以前的夙愿，终于在各方面支持下，这部书稿就要面世了，此时我真是感慨万千。

　　这部书稿的成功，首先要归功于满族的"讲古"习俗从东北故乡传到了北京、天津、上海、杭州这些大城市，祖母石克特立·盈儿从我的童年起就给我讲了很多家族故事。近十年来，毓嶹叔父等宗族长辈全力支持和帮助我，使我的这个愿望得以实现了。

　　在这本书的出版过程中，由衷感谢我的恩师厉无畏先生，在他任上海社会科学院部门经济所所长、教授、全国政协副主席时，是我的博士生导师。他对文化产业的深刻见解影响着我。他鼓励我不仅要写出这本书，而且要以书中我熟悉的文化资源来发展文化产业。

　　由衷感谢我的另一位恩师王宏刚先生，他是上海社会科学院宗教所研究员，他就满族文化曾到过国外二十余所大学与研究机构讲学，他在满族故乡三十余年的田野调查和实际经历，使他积攒了比较丰富的满族知识。他经常给我讲起他的满族老师富育光的故事，一直鼓励我要把这本书写出来，他还让他的学生张安巡帮我一起整理书稿。

　　由衷感谢荆文礼老师，他对本书稿一篇一篇认真审阅，从题目到内容都提出了许多重要建议。

　　这部书的出版是许多人支持与帮助的结果，我都要表示由衷的谢忱。他们是满族文化大家富育光研究员、清史专家杨栋梁研究员、上海市档案局金志浩先生、华东政法大学陈坤教授等，这些专家的深刻见解与研究成果启发我、鼓励着我。

　　我还要感谢时任上海市委宣传部部长王仲伟先生、曾任上海社会科学院副院长沈国明先生，他们从各方面都支持这本书的形成。

　　我还要感谢牟艳冰、王海冬、常宏、宋菁等好友，正是他们的热诚关心和大力支持，使本书能顺利完成。

　　我是上海市的满族人大代表。现在我有一个新的愿望，就是想以满族说部为基础，发展出新的文化产业来。二〇〇四年我博士毕业后，在上海成立了一家文化公司，曾经出品拍摄过《爱情国境线》等多部电影，得到时任上海市委宣传部部长王仲伟的支持。我相信在大家的共同努力之下，我这个以满族说部为基础，传承和发扬满族文化的新愿望也一定能实现。

爱新觉罗·德甄